Rowohlt Verlag GmbH, Kirchenallee 19, 20099 Hamburg

Kontaktadresse nach EU-Produktsicherheitsverordnung:
produktsicherheit@rowohlt.de

Jürgen Kehrer wurde 1956 in Essen geboren und lebt seit langem in Münster. Er hat bisher 18 Krimis mit seinem einzigartigen Helden, dem unter chronischem Geldmangel leidenden Privatdetektiv Georg Wilsberg, veröffentlicht. Teilweise wurden die Stoffe vom ZDF verfilmt. Außerdem schreibt Jürgen Kehrer historische und in der Gegenwart angesiedelte Kriminalromane, Drehbücher fürs Fernsehen und Sachbücher. Die Gesamtauflage seiner Bücher beträgt über 700 000 Exemplare. Jürgen Kehrer ist verheiratet mit der Autorin Sandra Lüpkes. Im Rowohlt Taschenbuch Verlag erschien bislang «Münsterland ist abgebrannt», der Auftakt zu der Krimireihe um Kommissar Bastian Matt und Rechtsmedizinerin Yasi Ana.

Jürgen Kehrer

Lambertus-**Singen**

Kriminalroman Rowohlt Taschenbuch Verlag

Originalausgabe
Veröffentlicht im Rowohlt Taschenbuch Verlag, Reinbek bei
Hamburg, Oktober 2014
Copyright © 2014 by Rowohlt Verlag GmbH,
Reinbek bei Hamburg
Umschlaggestaltung yellowfarm gmbh, Stefanie Freischem
Abbildung Daniel Gerd Poelsler/imagebroker,
Frank Fell/Robert Harding World Imagery/CORBIS
Autorenfoto Sarah Koska – www.sarahkoska.com
Satz DTL Dorian PostScript (InDesign) bei
Pinkuin Satz und Datentechnik, Berlin
Druck und Bindung BoD - Books on Demand GmbH,
Norderstedt, Germany
ISBN 978 3 499 26864 9

3. Auflage Juni 2020

O Bur, wat kost't dien Hei,
o Bur, wat kost't dien Kärmis-Hei,
jucheissa-vivat Kärmis-Hei,
o Bur, wat kost't dien Hei?

LAMBERTUSLIED

1

Du bist ein Mensch. Du musst dich manchmal daran erinnern, dass du dazugehörst. Ein achtbarer Bürger. Du hast einen anständigen Beruf, eine Frau, die dich liebt, und ein Kind, das dich bewundert. Du lebst in einem Einfamilienhaus in einer Siedlung mit lauter Einfamilienhäusern. Du redest mit deinen Nachbarn, den Freundinnen deiner Frau und den Kindergärtnerinnen deiner Tochter. Du bist Bestandteil einer Gemeinschaft. Man sucht deine Nähe, weil du charmant sein kannst. Die Frauen mögen es, wie du sie anschaust. Aber du riskierst nichts. Du bist vorsichtig. Du hast lange dafür gebraucht, so zu sein, wie du jetzt bist. Du verbirgst dich hinter der perfekten Tarnung, schwimmst wie ein Goldfisch mit anderen Goldfischen im Teich – friedfertig, das Maul nur aufreißend, um nach einem Brocken Futter zu schnappen. Niemand käme auf die Idee, dass mit dir etwas nicht stimmt.

Nur du weißt, dass ein Monster in dir steckt. Und diejenigen, denen du dein anderes Ich gezeigt hast. Wem solltest du auch von deinen Phantasien erzählen? Von deinem Kopfkino, das du einschaltest, während du auf der Gartenterrasse sitzt oder neben Katharina im Bett liegst? Manchmal scheint sie etwas zu ahnen. Wenn du nahe daran bist, die Geduld zu verlieren, guckt sie dich mit diesem ängstlichen Blick an, als wärst du ein Alien. Doch dann beruhigt sie sich wieder. Sie fragt nicht, was los ist, sie hat noch nie gefragt. Sie ist zufrieden mit dem, was sie hat. Und ein paar Jahre hältst du das noch durch, vielleicht noch länger, wer weiß, vielleicht sogar für immer.

Heute allerdings wird es schwierig, so zu tun, als kämest du von einer ganz normalen Reise nach Hause. Du bist noch vollgepumpt mit Adrenalin, du kannst deine Aufregung nicht unterdrücken. Du hast einen Fehler gemacht, einen schweren Fehler. Das hätte dir nicht passieren dürfen. Du bist unvorsichtig geworden, hast Es unterschätzt. Beinahe wäre dein ganzer Plan gefährdet worden, alles, wofür du lebst.

Im Haus brennt kein Licht. Katharina schläft schon. Das ist gut. Du kannst dich unter die Dusche stellen und das Monster abspülen. Dich ins Bett legen und so tun, als ob du schläfst. Und morgen früh bringst du Emma in den Kindergarten. Wie ein liebender Vater.

2

«**Weißt** du, wie alt meine Tochter ist? Die aus der Ehe mit Helga, meine ich.»

Bastian Matt wusste es nicht. Während ihrer Einsätze in der K-Wache redete Udo Deilbach oft über seine Kinder. Er hatte insgesamt vier, zwei aus erster und zwei aus zweiter Ehe, das hatte Bastian sich gemerkt. Die jüngeren Kinder gingen in die Grundschule, also mussten die älteren …

«Zwanzig», schätzte Bastian.

«Dreiundzwanzig», sagte Udo.

«Und?», fragte Bastian.

«Verdammt, kapierst du das nicht? Wenn ich so etwas höre: junge Frau überfahren. Mein erster Gedanke ist: Das könnte deine Tochter sein.»

«Ich denke, sie studiert in …»

«Annika studiert in Heidelberg.» Udo machte eine wegwerfende Handbewegung. «Du bist eben kein Vater. Allein die Vorstellung reicht, um mich auf hundertachtzig zu bringen. Da kriege ich *so* einen Hals. Nur weil irgendein Idiot zu schnell fährt, wird ein Leben ausgelöscht, das gerade erst richtig begonnen hat. Das ist so verdammt …», Udo suchte nach dem richtigen Wort, «… ungerecht.»

«Noch ist der Hergang unklar», bremste Bastian seinen Kollegen. «Der Fahrer sagt, die Frau sei plötzlich auf die Straße gelaufen.»

«Was soll er denn sonst sagen?», empörte sich Udo. «*He, Jungs, ich hab's vermasselt, alles meine Schuld?* Nein, schuld sind immer die anderen. Notfalls lag's am Wetter, an der Dunkelheit oder am Mondzyklus. Ich kann die Ausreden nicht mehr hören.»

Die Meldung war kurz vor Mitternacht gekommen. Bis dahin hatten Bastian und Udo einen ruhigen Dienst im Präsidium geschoben. Um zwei Wohnungseinbrüche hatten sich andere Teams gekümmert. Deshalb waren sie jetzt an der Reihe: Unfall mit Todesfolge auf der Umgehungsstraße östlich von Münster, eine Fußgängerin war von einem Auto erfasst worden. Es gab einige Unklarheiten, angefangen bei der Identität der Toten, die Kollegen hatten keine Papiere gefunden. Und wieso hatte die Frau versucht, an dieser Stelle die Schnellstraße zu überqueren, und nicht die nahe Fußgängerbrücke benutzt? Stand sie unter Alkohol- oder Drogeneinfluss? Das und die genaue Todesursache musste die Obduktion klären. Der Job von Bastian und Udo beschränkte sich darauf, die Beteiligten zu befragen und den Transport der Leiche zur Rechtsmedizin zu veranlassen. Sollte sich im Laufe der Nacht noch herausstellen, um wen es sich bei der Toten handelte, würden sie auch die Angehörigen informieren müssen. Bastian hoffte, dass ihnen das erspart blieb. Morgen früh würden die Kollegen vom Kriminalkommissariat 11, die für nicht identifizierte Leichen zuständig waren, den Fall übernehmen, dann hatte er nichts mehr damit zu tun. Als K-Wachen-Mann kümmerte er sich lediglich um die ersten Ermittlungsschritte vor Ort. Vor allem dann, wenn die Fachkommissariate nicht besetzt waren. Also nachts.

Bastian bog von der Wolbecker Straße auf die Zufahrt zur Umgehungsstraße ab. Er hatte ein Blaulicht an das Wagendach geklemmt, hielt sich aber an die vorgeschriebene Geschwindigkeit. Die Frau war tot, auf eine Minute mehr oder weniger kam es nicht an. Zwischen Wolbecker und Warendorfer Straße verengte sich die Umgehung auf zwei Fahrspuren, schon nach einem Kilometer sahen sie das Ende des Staus, der sich trotz der nächtlichen Uhrzeit gebildet hatte. Bastian lenkte den grauen Passat auf den Seitenstreifen und fuhr langsam an den Autos vorbei. Rechts der Straße erstreckten sich Felder und Wiesen, Münster wurde hier ländlich. Irgendwo dahinter lag St. Mauritz. Sie fuhren durch einen kleinen Wald, in den Baumkronen hingen Nebelschwaden. Erste Vorboten des Herbstes, der den für münstersche Verhältnisse erstaunlich heißen Sommer bald beenden würde.

Sie näherten sich der Unfallstelle. Zwei blausilberne Polizeiwagen hatten sich als Verkehrsbarriere hinter einer oberklassigen, schwarzen Limousine postiert, neben dem Notarztwagen verdeckte eine weiße Plane das, was bis vor kurzem ein Mensch gewesen war. Sobald man aus dem Leben schied, dachte Bastian, verwandelte man sich in eine Art Abfall, lieblos unter Plastik versteckt. Aber vielleicht war das die einzige Möglichkeit, den Tod auf Distanz zu halten.

Er schaute zu Udo hinüber. Sein Kollege hatte die Zähne fest zusammengebissen, unter der Wangenhaut zuckten die Muskeln. «Alles in Ordnung?»

«Alles bestens.»

«Hast du dich unter Kontrolle?»

«Für wen hältst du mich, Basti?» Udo stierte ihn an. «Denkst du, ich vergreife mich an diesem Arschloch?»

Bastian hielt an. «Ich kann das alleine machen. Du redest nur mit den Kollegen.»

«Blödsinn.» Udo stieß die Tür auf. «Wenn ich den Job nicht mehr schaffe, werfe ich das Handtuch. Aber so weit ist es noch nicht.»

Die vier Uniformierten hatten sich aufgeteilt, ein Paar regelte den Verkehr, das andere hatte den Unfallhergang aufgenommen. Bastian und Udo gingen zu der Schriftführerin des Quartetts, einer Polizistin mit blondem Pferdeschwanz und Klemmbrett in der Hand.

Nachdem sie sich gegenseitig vorgestellt hatten, die Polizistin hieß Elena Richter, kam Bastian gleich zur Sache: «Wie sieht's aus?»

«Nach dem Bremsweg zu urteilen, hat sich die Fahrzeuglenkerin an die Geschwindigkeitsbegrenzung gehalten.»

«Fahrerin?», fragte Bastian erstaunt zurück. «Ich dachte, es geht um einen Mann.»

«Davon sind wir auch zunächst ausgegangen.» Elena Richter wirkte verlegen. «Weil er unter Schock steht. Doch dann hat seine Frau die Verantwortung übernommen.»

Bastian blickte sich suchend um.

«Sie stehen hinter dem Notarztwagen», erklärte Richter. «Marion und Stefan Möllenbeck, vierundfünfzig und achtundfünfzig Jahre alt, wohnhaft in Telgte. Sie waren auf dem Rückweg von einem Theaterbesuch.»

«So spät?»

«Nach dem Theater waren sie noch in einem Lokal. Wir haben einen Alkoholtest durchgeführt», beantwortete die

Polizistin unaufgefordert die sich logischerweise anschließende Frage. «Negativ. Frau Möllenbeck hatte null Komma null Promille.»

«Und er?» Udos Stimme klang ein bisschen heiser.

«Da Stefan Möllenbeck nicht gefahren ist, bestand keine Veranlassung, ihn blasen zu lassen.»

«Falls sie die Wahrheit sagen», knurrte Udo.

«Wir reden gleich mit den beiden.» Bastian legte eine Hand auf Udos Schulter. «Zuerst die Fakten, okay?»

«Fakten», echote Udo. «Fakt ist, dass die Frau tot ist. Oder nicht?»

Elena Richter hob den Kopf. Sie war klein, wahrscheinlich gerade groß genug für den Polizeidienst. Allerdings wirkte sie kein bisschen zierlich. Bestimmt hatte es noch jeder gewalttätige Straftäter bereut, sich mit der kompakten, durchtrainierten Frau angelegt zu haben. «Die Tote war eher ein Mädchen, würde ich sagen.»

«Mädchen?» Bastian hörte, wie Udo überrascht die Luft einsog. «Wie alt?»

«Achtzehn, neunzehn. Schwer zu schätzen.»

«Und keine Papiere?», vergewisserte sich Bastian.

Richter schüttelte den Kopf. «Sie trägt nur Hotpants und ein Top. Kein Ausweis, keine Schlüssel, kein Handy, nichts.»

Sehr ungewöhnlich. Bei jungen Menschen war das Smartphone doch quasi an der Hand festgewachsen. Oder zumindest nie weiter als eine Armlänge entfernt.

«Wie ist es passiert?», fragte Udo. Seine Atmung hatte sich normalisiert.

«Das Mädchen kam aus dem Wald. Etwa dort drüben. Frau Möllenbeck sagt aus, sie habe das Mädchen erst gesehen, als es schon auf der Straße war. Sie habe noch versucht, zu bremsen oder auszuweichen, aber …»

«Welche Spuren habt ihr gesichert?»

«Wir haben den Bremsweg gemessen, Fotos vom Auto und der Leiche gemacht. Ich habe mich auch im Wald umgesehen, da ist jedoch in der Dunkelheit nichts zu erkennen. Das müsste man sich bei Tag noch mal anschauen.»

Bastian nickte. «Schickt das ganze Zeug zur K-Wache, ich gebe es morgen früh ans KK 11 weiter.»

Bastian und Udo gingen um den Notarztwagen herum. Stefan Möllenbeck stand vornübergebeugt, die Hände auf den Oberschenkeln abgestützt, vor ihm eine Lache Erbrochenes. Marion Möllenbeck zupfte ein Papiertaschentuch aus einer Packung und hielt es ihrem Mann hin.

«Guten Abend!», sagte Bastian. «Mein Name ist Matt. Mein Kollege Deilbach und ich hätten noch ein paar Fragen.»

«Wir haben doch schon alles gesagt.» Marion Möllenbeck wandte sich gerade so lange um, dass es für einen genervten Blick reichte, dann widmete sie ihre Aufmerksamkeit wieder ihrem Mann. «Putz dir den Mund ab!»

Möllenbeck störte sich nicht an dem rüden Krankenschwesterton, wischte sich wortlos über die Lippen und ließ das Taschentuch auf seinen Mageninhalt am Boden fallen.

«Tut mir leid», Bastian blieb freundlich, «aber wir sind von der Kripo.»

«Ach, und das berechtigt Sie, uns hier festzuhalten?»

«Wir halten Sie nicht fest. Wir möchten nur klären, wie es zu dem Unfall gekommen ist.»

«Die ist wie eine Verrückte auf die Straße gerannt. Die war garantiert bekifft oder was diese jungen Leute heute nehmen.»

«Wie kommen Sie darauf?»

Marion Möllenbeck produzierte ein Geräusch der Entrüstung. «Weil niemand bei klarem Verstand einfach so auf die Straße läuft.»

«Wurde das Mädchen vielleicht verfolgt? Haben Sie noch eine zweite Person gesehen?»

«Nein, sie war allein.»

«Und dann?»

«Was wollen Sie hören?», gab Marion Möllenbeck zurück. «Es ist schlimm, dass das Mädchen tot ist, vor allem für die Eltern. Aber für uns ist es auch schlimm, verstehen Sie?»

Udo baute sich vor Stefan Möllenbeck auf. «Und wie sehen Sie das?»

Möllenbeck starrte weiter auf die rotbraune Masse vor sich.

Udo schnüffelte. «Sie haben getrunken, stimmt's?»

«Lassen Sie meinen Mann in Ruhe!», schaltete sich Marion Möllenbeck ein. «Er ist nicht gefahren.»

«Wissen Sie, was ich merkwürdig finde?» Udos Gesicht färbte sich gefährlich rot. «Sie sind gefahren, trotzdem geht Ihnen die Sache am Arsch vorbei. Und er», Udo zeigte auf den Mann, der jetzt Würgelaute von sich gab, «ist total fertig. Wie passt das zusammen?»

Marion Möllenbeck öffnete ihre Handtasche und nahm ein Handy heraus. «Ich sollte besser unseren Anwalt anrufen.»

«Sie sollten besser die scheiß Wahrheit sagen.»

«Udo!» Bastian nahm seinen Kollegen beiseite. «Tu mir einen Gefallen und schau dir die Leiche an! Achte darauf, ob die Kollegen etwas übersehen haben. Einer von uns beiden muss das machen.»

Udo glotzte ihn an. «Die Leiche?»

«Ja. Bitte!»

«Okay. Wenn du es sagst.»

Bastian blickte Udos stämmiger Gestalt hinterher, bis sie hinter dem Notarztwagen verschwunden war.

«Das wird ein Nachspiel haben, Herr Kommissar», sagte Frau Möllenbeck.

Bastian atmete geräuschvoll aus. «Tun Sie, was Sie für richtig halten. Wenn ich Ihnen einen Rat geben darf: Nehmen Sie sich morgen, nachdem Sie ein paar Stunden geschlafen haben, die Zeit, darüber nachzudenken, ob die Wahrheit nicht für alle Beteiligten das Beste ist.»

Marion Möllenbeck funkelte ihn an. «Können wir jetzt fahren?»

«Ja.» Bastian trat einen Schritt zurück. «Allerdings werden Sie Ihre Aussage noch unterschreiben müssen. Halten Sie sich in den nächsten Tagen zur Verfügung.»

«Das werden wir auch noch überstehen.» Marion Möllenbeck riss am Arm ihres Mannes. «Komm, Stefan, wir gehen.»

Zum ersten Mal hob Möllenbeck sein aschgraues Gesicht. Für einen kurzen Moment traf Bastian die pure Verzweiflung, die sich in den dunklen Augen spiegelte, dann zog die Frau den Taumelnden weg.

Bastian folgte dem Ehepaar, beobachtete, wie Marion Möllenbeck ihren Mann auf den Beifahrersitz verfrachtete, sich hinter das Lenkrad setzte, den Motor startete und wegfuhr.

«Sie ist cool», sagte Bastian zu Udo, der neben der Mädchenleiche am Boden hockte. «Sie hat weder den Sitz noch die Spiegel verstellt. So geistesgegenwärtig muss man in einer solchen Situation erst einmal sein.»

Udo stand auf. Sein Mund war ein schmaler, böser Strich.

«Sie ist ein eiskaltes Biest. Du denkst also auch, dass er gefahren ist?»

«Klar. Aber wenn sie bei ihrer Version bleiben, werden sie damit durchkommen.» Bastian vermied es, die Leiche anzusehen, sein Blick wanderte zum Wald. «Wahrscheinlich wäre das Mädchen so oder so gestorben, unabhängig davon, wer am Steuer saß.»

«Möllenbeck hat getrunken», beharrte Udo. «Schau dir an, was die Nobelkarre von dem armen Ding übrig gelassen hat! Und dann sag mir, dass es egal ist, wer am Steuer saß.»

Sie musste sehr schön gewesen sein, so viel konnte Bastian erahnen. Groß, blond, mit einer fast weißen Haut, auf der hier und da noch ein paar blasse Sommersprossen zu erkennen waren. Doch das, was jetzt vor ihm lag, sah nicht mehr aus wie ein Mensch, eher wie eine Puppe, mit der ein sehr gemeines Riesenkind gespielt hatte. Ein mit Blut und Dreck beschmierter, seltsam verrenkter Körper, bei dem wohl kein einziger Knochen heil geblieben war. *Was hat dich dazu gebracht, auf die Straße zu laufen?*, dachte Bastian. *Warst du nur übermütig, gedankenlos? Oder hast du vor etwas Angst gehabt?*

* * *

Nachdem sie die Überstellung der Leiche zum Rechtsmedizinischen Institut veranlasst hatten, fuhren Bastian und Udo zum Präsidium zurück. Abgesehen von einem brennenden Auto, dem zweiundfünfzigsten in diesem Jahr, um das sich ein anderes Team der K-Wache kümmerte, blieb es ruhig. Bis zum Morgen ging keine Vermisstenmeldung ein. Vielleicht hatte das Mädchen allein gelebt. Oder Eltern, Freundin oder

Freund sahen noch keinen Grund zur Besorgnis, viele junge Menschen blieben manchmal eine Nacht weg, ohne jemanden zu informieren.

Als es draußen hell wurde und die Fachkommissariate ihre Arbeit aufnahmen, packte Bastian das Material zusammen und stieg die Treppe zum KK 11 hinauf. Susanne Hagemeister hatte sich bereit erklärt, den Fall des Mädchens zu übernehmen. Seit ihrer letzten gemeinsamen Mordkommissionsarbeit war Bastian der Hauptkommissarin aus dem Weg gegangen. Damals hatte eine politisch motivierte Serie von Brandstiftungen und Morden mehrere Unternehmer und Wissenschaftler im Münsterland und auf Spitzbergen das Leben gekostet. Und Bastian hatte Yasi Ana kennengelernt, die Rechtsmedizinerin vom Volk der Mosuo, die für Susanne Hagemeister von Anfang an ein rotes Tuch dargestellt hatte.

Das Dienstliche war schnell erledigt. Doch Susanne hatte offenbar nicht vor, die Gelegenheit ungenutzt verstreichen zu lassen: «Und wie geht's dir?»

«Na ja, mit meiner Mutter ist es nicht einfach, sie ist schon zweimal aus dem Altenheim getürmt.»

«Und sonst so?» Susanne schaute zum Fenster. «Bist du noch mit Yasi Ana zusammen?»

Susannes Eifersucht hatte nicht nur Yasi, sondern auch Bastian in erhebliche Schwierigkeiten gebracht. Und obwohl die Geschichte am Ende gut ausgegangen war, konnte Bastian ihr den Vertrauensbruch nicht einfach verzeihen. «So nah, wie man mit Yasi zusammen sein kann.» Er grinste. Inzwischen kannte das gesamte Präsidium die matriarchalisch geprägte Lebensweise der Mosuo einschließlich ihrer Abneigung gegen feste Beziehungen zwischen Männern und Frauen. Wochenlang hatte sich Bastian hämische Kommentare anhören müssen.

Susanne grinste zurück. «Du hast es so gewollt.»

«Genau.» Bastian drehte den Spieß um. «Und wie steht's bei dir?»

«Ich lebe jetzt allein. Meine Tochter ist zu ihrem Vater gezogen. Es ist komisch. Wir haben uns oft gestritten, aber auf einmal vermisse ich die Meckerei und die Unordnung in der Wohnung. Die Stille geht mir auf die Nerven. Und ich habe Angst, dass ich als schrullige Alte ende.»

«Quatsch.» Bastian lächelte aufmunternd. «Du findest schon jemanden. Eine erfolgreiche, gutaussehende Frau wie du.»

«Idiot.» Susanne lachte. «Die guten Männer sind alle verheiratet oder schwul. Weißt du, wie viele Frauen in meinem Alter leer ausgehen?»

«Ich bin weder verheiratet noch schwul.» Bastian drückte ihr zum Abschied den Arm. «Mach dir trotzdem keine Hoffnungen.»

«Scheißkerl!», rief Susanne ihm spöttisch hinterher. So ganz frei von der Illusion, dass sich zwischen ihnen doch noch etwas ergeben könnte, schien sie nicht zu sein.

3

Die graue Jahreszeit hatte begonnen. Die Zeit, in der die Welt unter einer dicken Wattedecke lag. Der niedrige Himmel drückte auf die Gemüter der Menschen, sie wurden verzagt oder übellaunig, je nach Charakter. Yasi Ana liebte den Frühling und Sommer in Münster, aber sie hasste den Herbst und Winter. In der warmen Periode verwandelte sich ganz Münster in einen Freizeitpark, da lagen die Studenten auf den Wiesen an der Promenade oder am Aasee. Abends roch es überall nach den Grillfeuern, um die kleine Grüppchen lagerten, oft mit Gitarren oder Bongos. Und an jeder Straßenecke gab es Biergärten, die bis auf den letzten Platz gefüllt waren. Umso erstaunter war Yasi am Anfang, dass die Münsteraner bei aller Feierlaune zurückhaltend und höflich blieben. Selten kam es zu Streitereien und Handgreiflichkeiten, man spuckte und schlürfte nicht beim Essen und Trinken, und im Gegensatz zu den chinesischen Männern in Peking rollten die Männer in Münster auch nicht ihre Hemden bis unter die Arme auf, um ihre fetten Bäuche in der Sonne zu braten.

Sosehr Yasi die warme Zeit in Münster mochte, sosehr vermisste sie ihre Heimat, sobald es kühl, feucht und dunkel wurde. Spätestens im November, wenn es so schien, als würde die Sonne gar nicht mehr aufgehen, wenn leichenblasse Menschen mit tropfenden Nasen nur noch unter künstlichem Licht vegetierten, sehnte sie sich zurück an den Lugu-See am Rande des Himalaja, wo ihr Volk lebte. Dort, in einer Höhe von zweitausendsechshundert Metern, herrschte das ganze Jahr über ein mildes Klima. Von November bis März wurde es zwar kühler, dafür regnete es jedoch kaum. Und der Himmel blieb hoch und weit, drückte nicht wie eine zu schwere Steppjacke auf die Schultern.

Yasi trank den letzten Schluck Kaffee aus und stellte die Tasse ins Spülbecken der kleinen Teeküche. *Morgenstund hat Gold im Schnabel* – wie die Deutschen sagten. Sie liebte die deutsche Sprache, besonders die Redensarten, auch wenn sich ihr deren Sinn nicht immer erschloss.

Jedenfalls rief die Arbeit. Auf der Schiefertafel im Foyer des Rechtsmedizinischen Instituts hatte ihr Name gestanden, zusammen mit dem von Henning. Das bedeutete, dass die Institutsleitung sie für die erste Obduktion des Tages eingeteilt hatte. Es ging um eine unbekannte junge Frau, so viel hatte Yasi der Aktennotiz der Staatsanwaltschaft entnehmen können. Sie war bei einem noch nicht vollständig geklärten Autounfall ums Leben gekommen.

Henning, eigentlich Dr. Henning Schäfer, wartete zusammen mit dem Sektionsassistenten Georg und einer Frau im Foyer. Yasi kannte die Frau. Eine intrigante Schlange, die Bastian ganz für sich haben wollte und ihr Gift in Yasis Richtung gespritzt hatte. Bei den Mosuo hatten die Frauen Besseres zu tun, als sich über Männer in die Haare zu geraten. Eifersucht hatte Yasi erst kennengelernt, nachdem sie aus ihrem Dorf am Lugu-See fortgezogen war. Zuerst in Peking, später in

Deutschland. Seitdem wusste sie, wie viel Gemeinheit hinter einem Frauenlächeln stecken konnte.

Yasi begrüßte Henning und Georg und gab der Frau die Hand. «Frau Hauptkommissarin Hagemeister – lange nicht gesehen.»

Die Hauptkommissarin lächelte künstlich. «Ich hoffe, Sie haben den Trubel gut überstanden.»

«Wer einmal in die Grube fällt, kennt sich mit Schlangennestern aus», sagte Yasi.

Hagemeister guckte verständnislos.

«Ich habe mich aus dem Trubel so weit wie möglich herausgehalten», übersetzte Yasi. Tatsächlich hatte sich nach ihrer vorübergehenden Festnahme und dem Bekanntwerden der Hintergründe der Mordserie die komplette Medienmeute auf ihre Geschichte gestürzt. Eine Mosuo, die in Deutschland als Rechtsmedizinerin arbeitete, eine Angehörige jenes Volkes, das von einer münsterländischen Pharma-Firma bestohlen worden war, eine Kämpferin gegen Biopiraterie, die aus einer von Frauen regierten Welt kam – so viele Reizthemen auf einmal führten nicht nur bei den Boulevardblättern zur Schnappatmung, auch seriöse Zeitungen und Fernsehsender standen Schlange, um ein Interview oder eine Home-Story zu erbetteln. Doch Yasi lehnte jedes Interview ab, sie ließ keinen Fotoreporter in ihre Wohnung, und sie setzte sich auch nicht in eine Fernseh-Talkrunde. Und nach ein paar Wochen ebbte die Aufregung ab, hatte Yasi wieder ihre Ruhe. Auch wenn es ihr jetzt häufiger passierte, dass sie von Menschen auf der Straße, die ihr Foto in der Zeitung gesehen hatten, gegrüßt wurde. Aber damit konnte Yasi leben.

«Sollen wir?» Henning machte eine einladende Handbewegung.

Die Gruppe setzte sich in Bewegung, Henning und Yasi gingen voraus, Georg und die Hauptkommissarin folgten ihnen. Durch einen unterirdischen Gang gelangten sie zu einem Nebengebäude. Dort befand sich der Sektionssaal, und auf einem der beiden Metalltische lag bereits ein grauer Plastiksack, unter dem sich ein menschlicher Kopf abzeichnete.

Hagemeister schnüffelte angewidert. Obwohl die Lüftung auf Hochdruck arbeitete, hing ein Geruch nach Buttersäure im Raum.

«Das kommt nicht von ihr», erklärte Henning, während er den Reißverschluss des Plastiksacks aufzog. «Wir hatten hier gestern eine faule Leiche. Lag zehn Tage unbemerkt in der Wohnung.»

Yasi hatte eine Menge Leichen gesehen, es machte ihr nichts aus, Körper aufzuschneiden, sogar an penetranten Verwesungsgestank hatte sie sich im Laufe der Zeit gewöhnt. Doch trotz aller Routine gab es Unterschiede. Jeder Tod war auf eine gewisse Art tragisch, das brutale Aus-dem-Leben-gerissen-Werden derer, die einem Verbrechen zum Opfer gefallen waren, ebenso wie das von der Welt unbeachtete Dahinscheiden jener, die einsam in ihrer Wohnung verstarben. Allerdings fühlte es sich um einiges sinnloser an, wenn ein so junger Mensch wie dieser hier vom Schicksal betrogen wurde. Alte Menschen hatten immerhin ein Leben gehabt, die junge Frau auf dem Tisch, die vermutlich noch keine zwanzig Jahre alt gewesen war, würde so vieles nie erfahren. Und irgendwo warteten jetzt Eltern, Geschwister und Freunde vergeblich auf ihre Rückkehr. Ihnen stand der bittere Moment noch bevor.

Yasi, die ebenso wie Henning und Sektionsassistent Georg

Mundschutz angelegt und Latexhandschuhe übergestreift hatte, öffnete mit einer Textilschere die Kleidung der Toten. Viel hatte die Frau nicht am Leib getragen, nur Hotpants aus Jeansstoff und ein pinkfarbenes Top. Kein Schmuck, keine Tattoos, keine persönlichen Gegenstände. Und noch etwas anderes fehlte.

«Sie trägt keinen Slip», stellte Yasi fest. «Seltsam, oder?»

Henning nickte. «Insgesamt macht sie einen gepflegten Eindruck. Kein Mädchen, das auf der Straße gelebt hat, wenn du mich fragst.»

Yasi stopfte Hose und Oberteil in getrennte Papiersäcke. Vielleicht würde die Kleidung später noch auf DNA-Spuren untersucht werden.

Das Procedere einer Obduktion war genau festgelegt. Zunächst maßen die Rechtsmediziner das Gewicht des Mädchens, neunundfünfzig Komma drei Kilo, dann bestimmten sie ihre Größe: einen Meter vierundsiebzig. «Ernährungszustand normal», diktierte Henning in das Mikro, das von der Decke hing. «Keine Anzeichen für Unterernährung oder Magersucht. Hauttyp …», er schaute kurz zu Yasi, «… sehr hell mit Sommersprossen. Rötliche Haare, blaue Augen.»

Eine Schönheit, dachte Yasi, zumindest nach deutschen Vorstellungen. Auf dem Schulhof oder an der Uni waren garantiert viele männliche Wesen stehen geblieben und hatten ihr hinterhergegafft.

Henning diktierte weiter, beschrieb den Zustand der Zähne, die Art der Totenflecke und die Ausprägung der Leichenstarre. Routine, zigmal erprobt. Vor der eigentlichen Sektion, der Leichenöffnung, erfolgte eine genaue Beschreibung des äußerlichen Zustands. Und der jungen Frau war vor ihrem

Tod eine Menge zugestoßen. Neben einer schweren Schädelverletzung, wohl vom Aufprall auf der Straße, gab es große Hämatome an jenen Stellen der Ober- und Unterschenkel, die mit der Vorderseite des Autos in Berührung gekommen waren. Das Auto hatte die Frau frontal getroffen und sie vermutlich in hohem Bogen durch die Luft geschleudert. Durch bloßes Tasten konnte Yasi feststellen, dass fast sämtliche Rippen gebrochen waren. Wahrscheinlich hatten sich abgesplitterte Knochenteile in Herz und Lunge gebohrt. Entweder das oder die Kopfverletzung, womöglich beides zusammen, hatte fast unmittelbar zum Tod geführt. Die Todesursache stellte also kein Rätsel dar, obwohl die Öffnung der Schädel- und der Brusthöhle noch Gewissheit bringen musste. Dafür erregten andere, unscheinbarere Verletzungen Yasis Interesse: drei fast parallele Schnitte auf dem Brustkorb der Toten, die so akkurat verliefen, dass sie unmöglich eine Folge des Unfalls sein konnten. Yasi deutete auf die Schnitte. «Verletzungen durch einen scharfen Gegenstand, wahrscheinlich ein Messer.» Sie hob den rechten Unterarm der Leiche an. «Siehst du das?»

Henning schaute sich das Handgelenk aus der Nähe an. «Fesselspuren.»

Ein dünner bläulicher Streifen zog sich rund um das Handgelenk. Yasi griff nach dem linken Arm. «Hier auch. Die Frau ist kurz vor ihrem Tod gefesselt worden.»

Susanne Hagemeister trat näher an den Tisch. «Sind Sie sicher?»

«Es muss weh getan haben. Manche Mädchen probieren so etwas an sich selbst aus. Aber für wahrscheinlicher halte ich Fremdeinwirkung.» Yasi drückte die Beine der toten jungen

Frau auseinander. «Das passt. Die kleineren Hämatome hier auf den Innenseiten der Oberschenkel stammen jedenfalls nicht vom Zusammenprall mit dem Auto.»

«Sondern?», fragte Hagemeister.

«Jemand hat die Oberschenkel mit Gewalt auseinandergedrückt. Vermutlich hat er auf ihr gekniet.»

«Das bedeutet …»

«Ja.» Yasi beugte sich über die rasierte Scham. «Minderschwere Läsionen im Vaginalbereich.» Sie schaute die Hauptkommissarin an. «Das bedeutet mit ziemlicher Sicherheit, dass sie vergewaltigt wurde.»

«Verdammt», stöhnte Hagemeister. «Das ändert einiges. Wenn Sie recht haben, könnte sie vor ihrem Vergewaltiger geflohen sein.»

«Ich phantasiere mal», sagte Yasi. «Sie ist nackt und gefesselt. Der Vergewaltiger wird durch etwas abgelenkt oder lässt sie kurz allein. Es gelingt ihr, sich von den Fesseln zu befreien. Sie schnappt sich Hose und Top. Für mehr reicht die Zeit nicht, deshalb trägt sie keinen Slip.»

«Und dann läuft sie in Panik auf die Schnellstraße und vor das Auto», ergänzte die Hauptkommissarin. «Das ergibt einen Sinn.»

«Nur schade, dass Ihre Leute das nicht früher erkannt haben», sagte Yasi vorwurfsvoll. «Sie lag lange genug auf der Straße. Man hätte nur mal genauer hinschauen müssen.»

«Sie haben es doch auch nicht sofort bemerkt», konterte Hagemeister.

«Weil wir nach einem festgelegten Protokoll vorgehen. Polizisten sind dazu da, schnell zu handeln, wenn die Umstände es erfordern. Überlegen Sie mal, Frau Hagemeister: Der Täter war vielleicht noch in der Nähe. Mit etwas Glück hätte man ihn festnehmen können.»

Hagemeister verdrehte genervt die Augen. «Machen Sie es sich nicht ein bisschen einfach, Frau Dr. Ana? Sie haben hier optimale Bedingungen und alle Zeit der Welt. Meine Kollegen mussten ihre Entscheidungen in der Nacht treffen, auf einer vielbefahrenen Straße. Ich kann ihnen keinen Vorwurf machen.»

«Eine Krähe reißt der anderen keine Feder aus, nicht wahr?»

«Was?»

«Auge», sagte Henning. «Eine Krähe hackt der anderen kein Auge aus.»

«Reißen oder hacken, was spielt das für eine Rolle?», beharrte Yasi. «Ihre Kollegen haben es verbeutelt.»

«Soll ich Ihnen sagen, wer heute Nacht Dienst hatte?» Hagemeister lächelte böse. «Na?»

Yasi spürte, wie ihr das Blut in den Kopf stieg. Die Hauptkommissarin musste den Namen nicht mehr nennen. Ihr triumphierender Blick sagte alles.

4

Bastian stand vor Yasis Tür und klingelte. Er wusste, da war gerade ein Kerl bei ihr. Er wollte ihn herausholen und verprügeln. Ohne lange zu reden. Einfach zuschlagen. Wenn sie nur endlich die Tür aufmachen würde. Er drückte erneut auf den Knopf. Komisch, es klang wie bei ihm zu Hause. Yasi hatte doch eine andere Melodie, so etwas Jazziges. Da, schon wieder. Und er hatte nicht mal seine Hand bewegt ...

Bastian schlug die Augen auf. Tatsächlich, jemand klingelte Sturm. Verdammter Mist. Er wälzte sich zur Seite, auf dem Radiowecker leuchtete vorne eine Dreizehn. Um zehn war er ins Bett gegangen. Er wollte schlafen, verflucht. Wieso kapierte das der Idiot da unten vor der Haustür nicht?

«Ja doch!», brüllte Bastian, wohl wissend, dass ihn der Unbekannte drei Etagen tiefer nicht hören konnte. Sein Zwei-Zimmer-Apartment nahm die linke Hälfte des Dachgeschosses ein, unter ihm logierten noch vier andere Mietparteien in dem schmalen Haus im münsterschen Geistviertel.

Bastian schleppte sich in den winzigen Flur und betätigte den Türöffner. Falls der nervige Klingler keinen wichtigen Grund für den Lärmterror vorbringen konnte, würde er unhöflich laut werden – so viel stand fest.

Eine Frau stieg die Treppe herauf. Den Hosenanzug hatte Bastian heute schon gesehen. Susanne. Sie musste doch wissen, dass er nach dem Nachtdienst ins Bett gehen würde. Er hatte am Morgen nur freundlich sein wollen, das war doch keine Einladung zu einem Besuch gewesen.

Bastian wurde bewusst, dass er nur ein T-Shirt und Boxershorts trug. Er rannte ins Schlafzimmer und stieg in die Jeans, die noch vor dem Bett lag. Als er den Reißverschluss hochzog, stand Susanne in der Tür: «Habe ich dich geweckt?»

«Wie kommst du bloß darauf?», fragte er sarkastisch zurück und schob Susanne aus seinem Schlafzimmer. «Schlaf wird völlig überschätzt. Ich mache mir einen Kaffee. Willst du auch einen?»

«Kaffee wäre super.»

In der Küche hatte der Architekt neben der Kochzeile gerade noch genug Platz für einen Tisch und zwei Stühle gelassen. Bastian kippte reichlich Kaffeepulver in den Filter und befüllte die Maschine mit Wasser. Währenddessen begutachtete Susanne die Einrichtung. «Echter Junggesellencharme. Soll ich dir mal eine Pflanze schenken? Du glaubst gar nicht, wie das wirkt.»

«Ich bin für jeden Tipp dankbar», kommentierte Bastian ironisch. «Aber sag mir jetzt nicht, dass ich deshalb meinen Schönheitsschlaf abbrechen musste.»

Susanne legte die Hände auf den Tisch. «Das tote Mädchen letzte Nacht ist gefesselt, mit einem Messer verletzt und vergewaltigt worden.»

In Bastians Ohren dröhnte das Blubbern der Kaffeemaschine. «Scheiße.»

«He, das hätte jedem passieren können.» Susanne klang so

verdammt gönnerhaft. «Bei der ganzen Hektik übersieht man leicht mal was.»

Bastian spürte, wie die Scham in ihm hochstieg. «Was heißt das?»

«Die Schnitte und Fesselspuren sind mit bloßem Auge zu erkennen. Deine Freundin in der Rechtsmedizin hat mir das gleich unter die Nase gerieben.»

Er schloss die Augen. Wie konnte ihm so ein gewaltiger Aussetzer unterlaufen? «Scheiße. Scheiße. Scheiße.»

«Es war Udo, stimmt's?» Susanne gab sich einfühlsam. Warum merkte sie nicht, dass sie mit jedem Wort mehr Salz in die Wunde rieb? «Garantiert hat sich Udo das Mädchen angeguckt.»

Bastian ging zum Küchenschrank, um Zeit zu gewinnen. Er nahm zwei Kaffeebecher heraus und stellte sie auf den Tisch. «Wir beide zusammen.»

«Komm schon, Basti. Ich bin sicher, dir wäre das nicht entgangen.»

«So läuft das nicht.» Er goss Kaffee ein. «Wir haben das gemeinsam vermasselt. Ich haue Udo nicht in die Pfanne.»

«Wie du meinst.» Susanne lehnte sich zurück. «Wir haben Reifenspuren entdeckt. Bei einem Maisfeld in der Nähe der Unfallstelle. Jemand hat da letzte Nacht geparkt. Ein größeres Fahrzeug, ein Lieferwagen oder so.»

«Du denkst, der Täter hat sie in dem Wagen …»

«Wäre möglich.» Susanne lächelte aufmunternd. «Basti, der Typ war bestimmt längst weg, als ihr da aufgekreuzt seid. Mach dir keinen Kopf.»

Toller Ratschlag. Sie hätten vielleicht die Chance gehabt, den Täter festzunehmen. Wenn sie sich nicht wie die letzten

Trottel aufgeführt hätten. Bastian trank einen Schluck Kaffee und verbrannte sich die Zunge. «Der Fehler geht auf meine Kappe. Ich übernehme die Verantwortung.»

Susanne grinste. «Das kannst du.»

«Wie meinst du das?»

«Zieh dir was an. Ich erzähle es dir unterwegs.»

* * *

Sie fuhren auf der Warendorfer Straße stadtauswärts. Bastian wusste nicht so recht, ob er sich ärgern oder freuen sollte. Statt für seinen Blackout in der letzten Nacht getadelt zu werden, war er jetzt Mitglied der Ermittlungskommission. Susanne hatte das im Laufe des Vormittags eingefädelt. Bastian kam damit seinem Ziel, dauerhaft ins KK 11, dem auf Mord und Totschlag spezialisierten Kommissariat, versetzt zu werden, ein Stück näher. Allerdings ohne eigenen Verdienst. Er war sicher, dass Susanne das Versagen der beiden verantwortlichen Kripobeamten vor Ort – Udos und sein Name standen nun mal in den Akten – offiziell heruntergespielt hatte. Doch dafür würde sie ihm irgendwann die Rechnung präsentieren. Andererseits – was hätte er tun sollen? Susannes Angebot ablehnen und sie verprellen? Nein, er steckte in einem Dilemma. Aber am meisten ärgerte er sich darüber, dass er Udo blind vertraut hatte. Dabei kannte er die Neigung seines Kollegen, unangenehmen Aufgaben aus dem Weg zu gehen. Warum hatte er sich nicht zwei Minuten Zeit genommen, die Leiche so zu untersuchen, wie er es auf der Polizeihochschule gelernt hatte? Dann wäre er jetzt nicht der Idiot, der von Susannes Gunst abhing.

Kurz vor der Umgehungsstraße bogen sie nach rechts

in einen geschotterten Waldweg ein. Eine große Holztafel machte Werbung für ein Ausflugslokal.

«Das ist die falsche Seite», sagte Bastian. «Hier kann der Täter nicht geparkt haben.»

«Wie kommst du darauf?»

«Weil das Mädchen von der anderen Seite auf die Straße gelaufen ist, aus dem Wald, der an St. Mauritz grenzt.»

«Sagt wer?»

«Die Polizistin, die den Unfall aufgenommen hat. Und die hat es von ...» Bastian stockte. «Scheiße.»

Der Wagen schaukelte. Susanne wich einem größeren Schlagloch aus und warf ihm einen irritierten Blick zu. «Was ist los, Basti?»

«Diese Frau Möllenbeck hat uns verarscht. Ich habe dir doch erzählt, was Udo und ich glauben: In Wirklichkeit ist ihr Mann gefahren, und sie schützt ihn, weil er getrunken hatte.»

«Und das bedeutet?» Susanne schien immer noch nicht kapiert zu haben, worauf er hinauswollte.

«Sie hat das Mädchen gar nicht gesehen oder erst viel zu spät. Und einfach behauptet, es sei aus dem Wald gekommen. Er wusste es vermutlich besser, hat aber keinen Pieps gesagt.»

«Wir werden uns das Ehepaar noch mal vornehmen», versprach Susanne. «Vorerst hoffen wir darauf, dass uns die Spuren weiterbringen. Und endlich jemand das Mädchen vermisst.»

Der weiße Sprinter der KTU, der Kriminaltechnischen Untersuchung, stand auf einem Stück Wiese vor dem Maisfeld, das durch einen schmalen Baumstreifen vom Schotterweg getrennt war. Zwei Spurensicherer in weißen Overalls gossen gerade einen Reifenabdruck aus, zwei andere streiften im Zeitlupentempo durch das Gelände, darauf bedacht, nicht den kleinsten Gegenstand zu übersehen.

Susanne parkte hinter dem Sprinter. Bastian stieg aus und schaute sich um. Der Täter hatte den Ort mit Bedacht gewählt: Die übermannshohen Maispflanzen auf der einen und die Bäume auf der anderen Seite schützten vor neugierigen Blicken, von keinem der Häuser in der Umgebung konnte man den Wiesenstreifen einsehen, der sich um das Feld herum bis zur Schnellstraße zog. Gleichzeitig verschluckte der Lärm der vorbeirasenden Autos alle Geräusche. Hilferufe, zum Beispiel.

«Komm mit», sagte Susanne. «Ich will dir die anderen Mitglieder der EK vorstellen.»

Vor dem rotweißen Absperrband der Spurensicherung warteten bereits ein etwa vierzigjähriger Mann und eine junge Frau in Zivilkleidung. Den Mann hatte Bastian schon öfter im Präsidium gesehen, der Frau war er noch nie begegnet. Sie wirkte ein wenig unsicher, als sei das alles neu für sie.

«Volker Sengling vom KK 11 kennst du wahrscheinlich. Erst seit ein paar Tagen bei uns ist Anja Strubel. Sie kommt frisch von der Hochschule.» Susanne deutete auf Bastian. «Und den Mann hier habe ich gerade aus dem Bett geholt: Bastian Matt, von der K-Wache abgeordnet.»

Sengling nickte nur kurz, Anja Strubel reichte ihm eine erstaunlich schmale, kalte Hand: «Freut mich, Sie kennenzulernen.»

«Bastian. Wir duzen uns, okay?»

Die Neue schüttelte ihre dicken, blondbraunen Locken und wurde rot. «Klar. Gerne.»

Du wirst alt, dachte Bastian. *Es ist schon so weit, dass du Hochschulabsolventen einschüchterst.*

«Dann haben wir das ja geklärt», kommentierte Susanne spröde. «Wie sieht denn die Spurenlage aus?»

«Mies», sagte Sengling. «Bis auf einige verwischte Schuhabdrücke ist noch nichts herumgekommen.»

Über einen Pfad, den die Spurensicherer gekennzeichnet hatten, näherte sich einer der Weißgekleideten den Beamten der Ermittlungskommission. Mit Jochen Millitzke, dem KTU-Hauptkommissar, hatte Bastian schon bei seiner letzten Mordkommission zusammengearbeitet.

«Das Wetter ist schuld», dröhnte Millitzke aus einiger Entfernung. «Ein kleiner Regenguss in der Nacht, und wir hätten blitzsaubere Abdrücke bekommen. Da heißt es immer, in Münster regnet es ständig. Aber wenn man mal ein bisschen Pampe braucht, ist der Boden furztrocken.» Der Spurensicherer baute sich hinter dem Absperrband auf. «Macht euch keine großen Hoffnungen, dass sich der Scheißkerl aufgrund seiner Schuhe überführen lässt.»

Millitzke war ein landesweit anerkannter Experte für Schuhspuren, er kannte die Profile von Hunderten von Sportschuhen und konnte auf Anhieb die Marke und das Herstellungsjahr bestimmen.

«Was hast du anzubieten?», fragte Susanne.

«Zwei verschiedene Abdrücke. Einmal handelt es sich um einen Damenschuh, also möglicherweise vom Opfer. Da läuft gerade der Abgleich. Und dann haben wir noch etwas, das nach Herrenschuh aussieht, sprich: vom Täter stammen könnte. Viel zu unscharf, um damit vor Gericht zu punkten. Nagelt mich nicht fest, der Typ hat vermutlich Schuhgröße dreiundvierzig oder vierundvierzig – wie achtzig Prozent aller Männer.» Millitzke drehte sich um und betrachtete das abgezäunte Territorium wie ein Feldherr sein Schlachtfeld. «Wir sind noch nicht ganz durch und biegen jeden Grashalm zweimal um. Würde mich allerdings verdammt wundern, wenn wir was Brauchbares finden.»

«Und das Auto?», fragte Bastian.

«Das Auto?» Millitzke kratzte sich an der Stelle, wo sich unter der Gummikapuze sein Nacken befinden musste. «Ist ein Lieferwagen oder Wohnmobil. Schätze, wir können anhand der Reifen und der Achsenbreite das Modell eingrenzen. Wäre hilfreich, wenn ein Augenzeuge die blöde Karre gesehen hätte. Reicht das?»

«Danke, Jochen», sagte Susanne. Der Mann im weißen Overall schlurfte zu seinen Leuten zurück. «Ihr habt's gehört.» Das galt Bastian und den beiden anderen. «Türklingeln ist angesagt. Volker und Anja, ihr klappert die Häuser entlang der Straße ab. Bastian und ich gehen zu dem Gartencafé hinter dem Waldstück.»

«Denkst du, das Arschloch hat anschließend noch ein Bier getrunken?», fragte Sengling mit schiefem Grinsen.

Susanne sparte sich die Antwort, zumal sich ihr Handy mit einer krächzigen Stimme bemerkbar machte. Anscheinend war sie neuerdings Casper-Fan.

«Jeder, der gestern Abend im Lokal war, könnte hier vorbeigekommen sein», bemerkte Anja ernst.

«Ach was? Das ist ja eine Super-Idee», höhnte Sengling. Anja wurde schon wieder rot. Sie tat Bastian ein bisschen leid. Mit den Macho-Sprüchen im Präsidium klarzukommen war sicher für alle Anfängerinnen nicht leicht. Mit Volker Sengling als Partner hatte die Einarbeitung vermutlich den Charme einer Darmspiegelung ohne Narkose. Obwohl Bastian ihn erst seit einer Viertelstunde erlebte, fand er ihn schon ausgesprochen unsympathisch.

«Na los, Mädchen, wir gehen.» Sengling marschierte in Richtung Schotterweg.

Anja guckte entgeistert zu Bastian. Der verdrehte die Augen. *Wir sind nicht alle so*, sollte das bedeuten. Währenddessen wiederholte Susanne am Telefon einen Frauennamen und eine Adresse in Tecklenburg, die man ihr offenbar diktiert hatte. Bastian ahnte, was das bedeutete.

Eine Sekunde später beendete Susanne das Gespräch und rief laut: «Programmänderung.» Sie winkte Sengling zurück. «Wir haben eine Vermisste: Anna-Lena van Beek aus Tecklenburg. Die Beschreibung trifft auf unsere Tote zu. Bastian und ich fahren hin. Ihr übernehmt auch das Lokal. Wir treffen uns später im Präsidium. Alles klar?»

5

Du hättest es fast vergessen.

«Wir gehen um fünf Uhr los», ruft Katharina aus der Küche.

Natürlich, Grillen bei den Merschmanns. Unter dem Terrassendach, es könnte ja regnen. Die Merschmanns grillen zu jeder Jahreszeit, selbst bei Schnee und Eiseskälte. Du hast keine Lust. Wie immer. Du kannst dir schon vorstellen, wie das abläuft. Die Frauen hocken zusammen und reden, reden, reden: Kinder, welche Schule ist die beste und wohin geht's in den Urlaub. Die Männer, Bierflaschen in den Händen, stehen um den Grill herum und reden auch, nur langsamer: Schützenfest, welche Heizung ist die beste fürs Eigenheim und wann wird endlich der Acker von Bauer Schweinebacke als neues Baugebiet ausgewiesen. Interessiert dich einen Dreck. Tust aber so, als würde es das. Nickst, lachst, prostest mit der Bierflasche den anderen zu. Hoch die Tassen, einer geht noch, auf drei Beinen kann man nicht stehen – all die blöden Sprüche. Seitdem sie im Dorf wissen, was du beruflich machst, kommen noch die Scherze hinzu: «Na, ist die Bratwurst auch nicht zu kross geraten? Und das Ketchup habe ich extra für dich angerührt – du magst doch bestimmt keins aus dem Supermarkt?» Haha – sehr witzig. Du lachst trotzdem, um den anderen den

Spaß nicht zu verderben. Um sie nicht auf die Idee zu bringen, dass du anders bist als sie. Und du achtest auch darauf, dass ihr nie als Erste geht. Willst ja kein Außenseiter sein. Zum Glück nehmt ihr heute Emma mit. Ein vierjähriges Kind ist eine gute Ausrede: *Tut uns leid, wir wären ja gerne länger geblieben, aber das Kind muss ins Bett.* Wenn Katharina sich nicht losreißen will, kannst du Emma auch alleine ins Bett bringen. Emma und du, ihr versteht euch, sie vertraut dir, Kinder kennen keinen Argwohn.

«Klar, ich freu mich schon drauf», rufst du in die Küche zurück.

Seit einem halben Jahr arbeitet Katharina vormittags im Laden von Lars Merschmann. Schreib-, Tabakwaren und Lotto. An der Münsterstraße, der Laden ist eine der zentralen Anlaufstellen in diesem Kaff. Sonst gibt's nicht viel. Die meisten Menschen, die hier leben, sind nur zum Schlafen zu Hause. Und um am Wochenende den Garten zu pflegen. Zum Arbeiten fahren sie weg. So wie du.

Als ihr beschlossen habt, dass so schnell kein zweites Kind kommen wird – genau genommen hast du das beschlossen –, hat Katharina angefangen, sich zu langweilen. Deshalb der Job bei Merschmann. Um mal wieder unter Leute zu kommen, hat Katharina gesagt. Und das bisschen Geld, das sie verdient, ist ja auch nicht schlecht. Immerhin muss das Einfamilienhaus, in dem ihr wohnt, noch abgezahlt werden. Du legst dich krumm, schreibst Kritiken für alle möglichen Magazine, vergibst symbolische Kochlöffel für einen großen Restaurantführer, staubst hier und da mal was ab – und trotzdem reicht das Geld hinten und vorne nicht. Zumindest nicht für Katharinas Wünsche. Und auch Emma redet neuerdings von Markenklamotten. Vor dem Kindergarten, den sie besucht, fahren jeden Morgen supergestylte Mütter in teuren Autos vor, die ihre Bonzenkinder abliefern. Die Bonzenkinder machen sich über jeden lustig, der nicht die gleichen affigen Embleme auf dem T-Shirt oder dem Pullover hat wie sie.

Ist also gut, dass Katharina etwas dazuverdient. Vielleicht steht sie auch auf Lars Merschmann. Wäre möglich, du hast da so einen Verdacht. Bei Gelegenheit wirst du dich auf die Lauer legen und die beiden beobachten.

Aber das hat Zeit. Du hast wichtigere Dinge zu tun. Du bist auf der Jagd. Schon wieder. Eigentlich total unvernünftig. Du solltest Zeit vergehen, Ruhe einkehren lassen. Bis man dich wieder vergessen hat. Bis das nächste *Es* nicht mehr an die Gefahr denkt, in die es geraten könnte. Im Moment sind die Medien noch voll von dem, was du getan hast. Die Bullen haben wohl nichts gemerkt. Doch die Rechtsmediziner haben genau hingeguckt. Jetzt wissen sie, dass du da warst. Und irgendwann zählt ein cleverer Bulle eins und eins zusammen. Die Luft wird dünner. Damit musstest du rechnen. Hauptsache, das bringt dich nicht von deinem Plan ab, der Plan ist das Wichtigste. Und den gefährdest du gerade. Sofort weiterzumachen ist einfach idiotisch.

Trotzdem kannst du nicht anders. Der Frust nagt an dir. Die Tatsache, dass du es nicht zu Ende gebracht hast. Dass dir die *Ernte* versagt blieb. Dass *Es* dir entwischt ist, bevor sein Widerstand gebrochen war.

Deine Enttäuschung, als du gesehen hast, wie *Es* vor das Auto gelaufen ist. Bei dem Knall wusstest du gleich, dass *Es* tot war. Letztlich nicht die schlechteste Lösung. Der Tod erspart dir ein paar Sorgen. Du hättest dich sonst gefragt, was *Es* der

Polizei erzählen kann, immerhin hat Es mehr gesehen als alle anderen vorher. Und doch ein unnötiger, vollkommen überflüssiger Tod. Er hat dir nichts gebracht.

Und du willst deinen Lohn. Du willst ihn jetzt, nicht erst in einem Jahr. So lange kannst du nicht warten. Also bist du heute, nachdem du den Wagen innen gründlich gereinigt hast, weggefahren. Du benutzt nie deine eigenen Geräte, kein Handy, keinen Laptop. Du gehst in ein Internetcafé. So kann man die Spur nicht bis zu dir zurückverfolgen. Du hast eine deiner Identitäten benutzt und dich bei Facebook umgesehen. Und du hast großes Glück gehabt. Du hast fast sofort ein neues Es entdeckt, eines, das nicht zu weit entfernt lebt und dem letzten sehr ähnlich sieht. Das neue Es schreibt sogar einen Blog, in dem es die intimsten Dinge verrät. Manche machen es einem verführerisch einfach.

«Du hast dich ja noch gar nicht umgezogen.» Katharina steht vor dir. Ausgehfertig.

«Tut mir leid, Schatz. Ich war in Gedanken.» Du springst auf.

«Bei deiner Arbeit?»

Du lachst. «Woher weißt du das?»

«Weil du an nichts anderes denkst.»

6

«**Wir** sind da früher mal gewandert. So eine Drei-Tages-Tour», sagte Susanne.

Bastian wäre fast eingeschlafen. Er setzte sich gerade hin, schüttelte den Kopf und atmete tief durch. Der Schlafmangel, in Kombination mit dem monotonen Motorengeräusch und der stickigen Luft im Wagen, machte ihm zu schaffen. «Wer?»

«Mein erster und vorläufig letzter Mann und ich. Sag mal, hörst du mir überhaupt zu?»

«Entschuldige, ich bin total müde.»

«Tecklenburg», redete Susanne weiter. «Ein hübsches Städtchen. Fachwerkhäuser, hügelig und drumherum viel Wald. Sieht gar nicht aus wie Münsterland. Ist ja auch streng genommen nicht Münsterland, sondern Teutoburger Wald.»

«Toll», sagte Bastian. «Muss ich mit Yasi unbedingt mal hin.»

Das brachte Susanne zum Schweigen.

Bastian rieb sich die Augen und schaute auf das blaue Ausfahrtsschild *Lengerich/Tecklenburg*. «Wie viel wissen die Eltern?»

«Sie hören Nachrichten, nehme ich an. Sie vermissen ihre Tochter, in Münster wird ein totes Mädchen gefunden, und zwei Kripobeamte aus Münster machen sich auf den Weg zu ihnen. Was würdest du an ihrer Stelle vermuten?»

Bastian hatte schon etliche Male Todesnachrichten überbringen müssen. Im Großen und Ganzen gab es zwei Standardreaktionen: das Aufbegehren und «der Sack». Beim Aufbegehren wollen die Angehörigen das Offensichtliche nicht wahrhaben, sie zweifeln die Identität der Leiche an, bezichtigen die Polizisten der Lüge, werden manchmal richtig aggressiv. Beim «Sack» klappen sie zusammen, fallen in eine Schockstarre, sind mitunter nicht mal mehr ansprechbar. Bastian konnte nicht sagen, mit welcher Reaktion er besser zurechtkam. Er wusste nur, dass alles umso schlimmer wurde, je jünger die Opfer waren.

Sie hatten die Autobahn verlassen. Statt rechts nach Tecklenburg abzubiegen, fuhr Susanne geradeaus. «Die van Beeks wohnen in Brochterbeck», erklärte sie. «Ist ein Ortsteil von Tecklenburg.»

Tatsächlich hatte die Landschaft nicht viel Ähnlichkeit mit der Gegend um Horstmar, wo Bastian aufgewachsen war. Am Horizont baute sich etwas auf, das fast wie ein Mittelgebirge aussah. Und die Bäume standen auch nicht so vereinzelt herum wie in der münsterländischen Parklandschaft, sondern bildeten ein zusammenhängendes Waldgebiet.

Das Haus der van Beeks stand im herausgeputzten Ortskern von Brochterbeck, kaum hundert Meter von der alten Kirche entfernt. Susanne stellte den Dienstwagen auf dem Parkplatz eines kleinen Ladens auf der anderen Straßenseite ab. Dann gingen sie über die Straße und klingelten.

Der Vater öffnete. Er trug eine schwarze Hornbrille, sah gefasst aus und redete auch so: «Kommen Sie bitte herein!»

Auf dem Wohnzimmertisch standen Kaffeetassen, eine Warmhaltekanne und Kekse, als würden die beiden Polizisten zu einem Höflichkeitsbesuch vorbeikommen. Die Mutter hatte verheulte Augen, lächelte jedoch tapfer. Ein etwa zwölfjähriger Junge stand misstrauisch in der Tür.

«Geh auf dein Zimmer!», sagte die Mutter.

«Ich will aber wissen, was mit Anna ist.»

«Geh bitte auf dein Zimmer!»

Der Junge hielt noch ein paar Sekunden trotzig durch, bevor er sich langsam entfernte. Die vier Erwachsenen waren allein mit ihrem lähmenden Schweigen.

Statt langer Erklärungen nahm Susanne das Foto des toten Mädchens aus ihrer Handtasche und legte es wortlos auf den Tisch. Die Eltern beugten sich darüber. Wieder vergingen endlose Sekunden.

«Das ist sie nicht», sagte die Mutter. «Das ist nicht Anna-Lena. Das ist ein anderes Mädchen.»

Aufbegehren, dachte Bastian.

«Doch, das ist sie», sagte der Vater tonlos.

Er war ein «Sack-Typ». Allerdings hielt er sich gut. Vielleicht würde die Reaktion erst später eintreten, nachdem sie längst wieder weggefahren waren.

«Das ist sie nicht.» Die Mutter fing an zu weinen. Ihr Mann legte einen Arm um ihre Schulter, was sie gar nicht zu bemerken schien.

«Sollen wir einen Notfallseelsorger verständigen?», fragte Susanne. «Der könnte Ihnen zur Seite stehen. Oder sie – falls Sie lieber eine Frau wünschen.»

«Nicht nötig. Danke. Das schaffen wir schon», sagte van Beek.

Susanne schaute zu Bastian herüber. Der zuckte mit den Schultern. Man konnte niemandem Hilfe aufzwingen. Manche Menschen hatten sogar eine dezidierte Abneigung gegen professionelle Tröster.

«Ich weiß, wie schwer Ihnen das fallen muss», setzte Susanne nach. «Doch je früher wir Informationen erhalten, desto größer ist die Chance, den Täter zu fassen. Deshalb würden wir Ihnen gerne ein paar Fragen stellen.»

Van Beek nickte. «Fragen Sie.»

Bastian hatte schon einen Notizblock und einen Kugelschreiber in den Händen. Es war ihm recht, dass Susanne das Gespräch führte, so konnte er sich ganz aufs Zuhören konzentrieren.

«Wann haben Sie Ihre Tochter zuletzt gesehen?»

«Gestern gar nicht. Sie war schon weg, als ich von der Arbeit kam. Du hast noch mit ihr gesprochen, Paula?»

Paula van Beek schluchzte auf. Ihr Mann reichte ihr ein Papiertaschentuch, damit sie sich die Augen abtupfen konnte. *Vielleicht doch kein Sack-Typ*, dachte Bastian, *möglicherweise einer von denen, die das Unfassbare schlicht verdrängen. Oder war er am Ende vom Tod seiner Tochter gar nicht überrascht?*

«Sie wollte zu Lisa», sagte Paula van Beek.

«Lisa wer?»

«Lisa Kintrup. Ihre beste Freundin.» Paula van Beek weinte heftiger. «Warum habe ich sie bloß gehen lassen? Ich hätte ihr das verbieten sollen. Ja, das hätte ich tun müssen.»

«So ein Quatsch», sagte ihr Mann barsch. «Anna war oft bei Lisa. Mach dir jetzt keine Vorwürfe. Es ist nicht deine Schuld, verstanden?»

«Wann war das? Wann hat Anna-Lena das Haus verlassen?», fragte Susanne schnell, um einer Eskalation zuvorzukommen.

Paula van Beek überlegte. «Etwa um sieben. Also neunzehn Uhr.»

«Und ist sie bei Lisa angekommen?»

«Ist Anna tot?» Der Junge stand wieder in der Tür.

Paula van Beek sprang auf und rannte hinaus. Eine Zeitlang waren die schrillen Stimmen von Mutter und Sohn noch zu hören, dann wurde eine Tür zugeschlagen. Bastian hatte erwartet, dass van Beek seiner Frau folgen würde, doch der Mann blieb ruhig sitzen. «Sie wollten sich in Tecklenburg treffen», sagte er nach einer kurzen Pause, als fiele ihm wieder ein, worüber sie zuletzt gesprochen hatten. «Als Anna nicht erschien, dachte Lisa, sie habe es sich anders überlegt. Und wir dachten natürlich, sie würde bei Lisa übernachten. Das kommt häufig vor, die beiden gehen auf dasselbe Gymnasium. Lisa wohnt in der Nähe.»

«Lisa hat eine eigene Wohnung?»

«Eine Einliegerwohnung im Haus ihrer Eltern.» Van Beek deutete ein Lächeln an. «So etwas hätte Anna auch gerne gehabt. Einen eigenen Eingang und Ruhe vor den Eltern.»

Bastian machte sich eine Notiz. Sie würden so schnell wie möglich mit Lisa Kintrup sprechen müssen. Möglicherweise hatte sich Anna-Lena mit jemandem verabredet, und Lisa wusste davon.

«Sie haben sich also keine Sorgen gemacht?», vergewisserte sich Susanne.

«Nein, überhaupt nicht. Sonst hätten wir ja etwas unternommen.»

«Und in der Schule ist Anna-Lenas Abwesenheit auch nicht aufgefallen?»

Van Beek schüttelte verwundert den Kopf. «Anna ist neunzehn. Ob sie zum Unterricht erscheint oder nicht, liegt in ihrer eigenen Verantwortung. Da informiert doch niemand die Eltern, wenn das einmal vorkommt.»

«Waren Anna-Lenas Freunde nicht beunruhigt?»

Van Beek stieß ein halbes Lachen aus. «Da kennen Sie die heutigen Schüler schlecht. Die kommen und gehen, wann sie wollen.»

«Aber irgendwann haben Sie gemerkt, dass etwas nicht stimmte?», setzte Susanne nach.

«Ja.» Van Beek schaute auf die Tischplatte. «Heute Mittag, als Anna von der Schule nicht nach Hause kam, hat meine Frau bei Lisa angerufen. Und da hat sie es erfahren.»

«Hatte Anna-Lena kein Handy dabei?», erkundigte sich Bastian.

«Doch. Selbstverständlich. Es war ausgeschaltet. Und ist es immer noch.»

Handy orten. Dringend, notierte Bastian. «Wir brauchen die Nummer.»

Van Beek schrieb die Telefonnummer auf einen Zettel und schob ihn über den Tisch. «Müssen wir Anna identifizieren – in diesem Raum, den man immer im Fernsehen sieht?»

«In der Rechtsmedizin? Nein, nicht unbedingt», sagte Susanne. «Wir können auch einen DNA-Abgleich machen. Es reicht, wenn wir eine Zahnbürste von Anna-Lena mitnehmen.»

«Ich möchte sie aber gerne sehen», sagte van Beek. «Und meine Frau sicher auch.»

Susanne schaute Bastian an. Der schüttelte unmerklich den Kopf: keine weiteren Fragen.

Die Hauptkommissarin stand auf und reichte van Beek ihre Visitenkarte. «Rufen Sie mich an. Dann vereinbaren wir einen

Termin. Möglichst bald. Und in Anna-Lenas Zimmer werden wir uns auch umsehen müssen.»

«Warum?»

«Vielleicht ist sie dem Mann, der ihr das angetan hat, schon mal begegnet. Oder sie standen in Mailkontakt. Unsere Kriminaltechniker werden ihren Laptop untersuchen. Lassen Sie bitte alles unberührt.»

«Natürlich.» Van Beek steckte die Karte in die Hosentasche. «Ich bringe Sie hinaus.»

Bastian sah dem Mann an, dass er noch etwas auf dem Herzen hatte. Und tatsächlich blieb van Beek kurz vor der Haustür stehen. «Sie werden es wahrscheinlich sowieso erfahren, von meiner Frau oder Annas Freunden: Anna und ich hatten nicht das beste Verhältnis.»

«Was heißt das?», fragte Bastian.

«Wir haben uns oft gestritten. Anna wollte sich von mir nichts sagen lassen. Und ich konnte nicht akzeptieren, dass sie mit diesen … Typen rummachte.»

«Welchen Typen?»

«Na ja, Jungs. Sie war nicht wählerisch. Zog jedes Wochenende mit einem anderen herum. Ich habe ihr gesagt: Du ruinierst deinen Ruf. Wenn du so weitermachst, hält man dich für ein Flittchen. Aber …» Van Beek lutschte an seiner Unterlippe.

«… sie wollte davon nichts hören», ergänzte Susanne.

«*Das ist mein Leben, Papa*, hat sie gesagt. Und jetzt?»

«Was für Jungs waren das?»

«Jungs in ihrem Alter. Aus der Schule. Die sie in der Disco aufgegabelt hat. Oder im Club, wie man heute sagt.»

«Auch schon mal ältere Männer?»

Van Beek starrte Susanne entgeistert an. «Was meinen Sie damit? Sie denken doch nicht, dass sie wirklich …»

Susanne hielt dem Blick stand. «Wir sammeln Informationen, Herr van Beek. Je mehr wir über Ihre Tochter erfahren, desto schneller kriegen wir den Kerl. Können Sie uns sagen, mit wem sich Anna-Lena zuletzt getroffen hat?»

«Nein. Sie hat uns nichts mehr erzählt. Um Diskussionen aus dem Weg zu gehen, nehme ich an.»

«Gut.» Susanne lächelte aufmunternd. «Schreiben Sie alle Namen auf, die Ihnen einfallen. Am besten zusammen mit Ihrer Frau. Freunde und Freundinnen. Wir werden uns jeden Einzelnen vorknöpfen.»

Van Beek räusperte sich. «Eines sollten Sie wissen: Ich habe Anna geliebt. Egal, was man über mich erzählt.»

Susanne reichte dem Mann ihre Hand. «Wir sehen uns bald wieder.»

Bastian schloss sich der Verabschiedung an: «Grüßen Sie auch Ihre Frau!»

* * *

«Was glaubst du?», fragte Susanne, nachdem sie zurück auf die Straße gesetzt hatte und dann den Verkehrsschildern in Richtung Tecklenburg gefolgt war.

«Für einen liebenden Vater wirkt van Beek extrem gefasst», sagte Bastian.

«Hältst du ihn für verdächtig?»

«Warum hast du ihn nicht nach seinem Alibi gefragt?», antwortete Bastian ausweichend.

«Das werde ich. Aber zuerst möchte ich mir ein Bild von

Anna-Lena machen. Such mal die Adresse von dieser Lisa Kintrup heraus.»

Bastian salutierte. «Okay, Boss. Wäre auch mein Vorschlag gewesen. Darf ich vorher noch Annas Handynummer an die KTU weitergeben? Das Gerät sollte geortet werden.»

Susanne musste grinsen. «Übertreib's nicht. Ich bin lange nicht so mies wie Fahlen, oder?»

Der Erste Hauptkommissar Dirk Fahlen war der Liebling des Kommissariatsleiters Brunkbäumer und riss sich regelmäßig die spektakulären Mordfälle unter den Nagel, kein anderer Kripomann wurde von den Medien so hofiert wie Fahlen. Außerdem konnte er Bastian nicht leiden, was durchaus auf Gegenseitigkeit beruhte.

«Wenn du dich ein bisschen anstrengst ...»

«Halt die Klappe!», lachte Susanne. «Sonst lasse ich dich in die K-Wache zurückversetzen.»

Bastian wusste, dass Susanne es unter den Alpha-Männchen im KK 11 nicht leicht hatte. Eigentlich wäre sie schon längst als Leiterin einer großen Mordkommission an der Reihe gewesen. Doch die Silberrücken im Kommissariat schafften es immer wieder, sie kleinzuhalten. Deshalb war dieser Fall ihre große Chance. Susanne brannte darauf, ihn schnell und souverän zu lösen, das konnte Bastian spüren.

* * *

Lisa Kintrup hatte verheulte Augen und wollte die beiden Polizisten nicht angucken. Vielleicht ein Indiz dafür, dass sie etwas wusste. Allerdings hatte Bastian auch schon erlebt, dass der fehlende Augenkontakt nur Ausdruck von Unsicherheit war.

Die Augen von Lisas Mutter, die neben ihrer Tochter auf dem Wohnzimmersofa saß, waren mindestens genauso verquollen. Trotzdem eigneten sie sich hervorragend, um Susanne und Bastian anzufunkeln. «Sie sehen doch, dass es meiner Tochter nicht gutgeht.»

«Nur ein paar Fragen, dann sind wir wieder weg», beschwichtigte Susanne. Und schob gleich die erste hinterher: «Sie waren gestern Abend mit Anna-Lena verabredet – ist das richtig?»

Lisa nickte.

«Wo?»

«In der *Alten Legge*.»

«Das ist?»

«Eine Kneipe in der Altstadt», half die Mutter aus. «Da treffen sich die jungen Leute.»

«Und was ist dann passiert?»

Lisa zuckte mit ihren hängenden Schultern. «Weiß nicht.»

«Was wissen Sie nicht?»

«Warum sie nicht gekommen ist.»

«Anna-Lena ist nicht erschienen?»

Kopfschütteln.

«Und das hat Sie nicht gewundert? Wieso haben Sie sie nicht angerufen? Oder ihr eine Nachricht geschickt?»

Schulterzucken. «Weiß nicht.»

Auch ein nicht in Vernehmungstechnik geschulter Profi hätte spätestens an dieser Stelle begriffen, dass Lisa Kintrup log. Bastian fühlte Susannes Schuhspitze an seiner Wade. *Übernimm du!*, hieß das. *Mach ihr Druck! Spiel den bösen Bullen!*

Bastian beugte sich vor und legte eine gehörige Portion Schroffheit in seine Stimme. «Möchten Sie hören, was *ich* glaube? Sie erzählen uns ein Märchen.»

«Ist das wirklich notwendig?», keifte die Mutter.

«Ja, das ist es», gab Bastian zurück. «Wir reden hier nicht über Ladendiebstahl. Es geht um eine Vergewaltigung und den damit in unmittelbarem Zusammenhang stehenden Tod einer jungen Frau. Ihrer Freundin, Lisa. Wenn Sie uns etwas verschweigen, dann machen Sie sich mitschuldig an ihrem Tod. Das wollen Sie doch nicht, oder?»

Die Tränen, die in den letzten Minuten vereinzelt über Lisas Wangen gelaufen waren, verwandelten sich in Sturzbäche. «Wir haben uns gestritten.»

«Wo?»

«Vor der *Legge*.»

«Wann war das?»

«So um halb acht, Viertel vor acht. Ich habe sie abgefangen und ihr gesagt, dass sie die Finger von Jan lassen soll.»

«Wer ist Jan?», schaltete sich Susanne ein.

«Mein Freund. Lisa hat ihn angebaggert. Am Samstag. Ich habe ihr gedroht, wenn sie das noch mal macht, ist es aus zwischen uns.»

«Und wie hat Anna darauf reagiert?»

«Sie hat sich umgedreht und ist weggegangen. Ich konnte ja nicht ahnen, dass ...»

Lisas Kopf sank in den Schoß ihrer Mutter, begleitet von einem steineerweichenden Schluchzen. Auf absehbare Zeit würde kein vernünftiger Satz mehr aus ihr herauszubekommen sein. Bastian und Susanne konnten den Weinkrampf noch hören, als sie vor dem Haus der Kintrups in den Dienstwagen stiegen.

7

Als Yasi auf dem Fahrrad durch den Schlosspark fuhr, begann es leicht zu regnen. Sie schlug die Kapuze ihres Mantels über den Kopf und beugte sich tiefer über den Lenker. Aus dem Unterholz quoll ein muffiger Geruch, als ob die Blätter faulen würden. So ein typischer münsterscher Herbstgeruch. *Wenn der Herbst ist klar und hell, fallen auch die Blätter schnell.* In der Welt der deutschen Sprichwörter wirkte die Natur immer aufgeräumt und gemütlich. Aber die Blätter fielen zwar schnell, doch dann vermoderten sie ziemlich langsam. Und muffelten.

Die Obduktion der unbekannten jungen Frau hatte keine weiteren Erkenntnisse gebracht. Am interessantesten war letztlich, was sie nicht gefunden hatten, nämlich Fremd-DNA. Weder am Körper noch an der Kleidung hatten sie irgendwelche Spuren des Täters entdeckt, nicht einmal ein einziges Haar. So etwas kam sehr selten vor. Und dafür gab es eigentlich nur zwei Erklärungen: unwahrscheinliches Pech – oder der Täter war ein Pedant, der sich in Gummi gehüllt hatte, an den Händen, auf dem Kopf und natürlich bei der Vergewaltigung. Aber wie passte eine solche rationale Planung zu dem brutalen Gewaltausbruch? Was war das für ein Mann, der zugleich vernünftig und unwahrscheinlich grausam sein konnte?

Yasi fuhr am Wassergraben entlang. Vor ihr tauchte das Schloss auf. Ein massiger Bau aus roten Ziegeln mit großen weißen Fenstern. Heute residierte hier die Rektorin der Universität mitsamt ihrer Verwaltung, einst war es für den Fürsten von Münster gebaut worden, der gleichzeitig als Bischof seiner Kirche amtierte. Der Fürst, hatte Yasi gelesen, war kurz vor Vollendung des Baus gestorben, seinem Nachfolger gefiel der Prunk nicht, er wohnte, wenn er in Münster weilte, lieber in einer bescheidenen Wohnung in der Nähe des Doms. Einen weiteren Nachfolger gab es nicht mehr, Münster wurde nach einem großen europäischen Krieg Teil eines Königreiches. Der König schickte von Berlin einen Provinzverwalter nach Münster und in das fürstliche Schloss, in dem bis heute nie ein Fürst gelebt hatte.

Einer der schönsten Orte, wenn nicht der schönste überhaupt, den Yasi in Münster kannte, war der Botanische Garten gleich hinter dem Schloss. Hier wuchsen Pflanzen aus allen Erdteilen, sogar aus China. Manchmal, wenn ihre Zeit es zuließ, machte sie einen Spaziergang durch den Garten. Nirgendwo fühlte sie sich ihrer Heimat so nah wie in dieser künstlich angelegten Landschaft.

Würde sie den Botanischen Garten heute betreten, bekäme sie wahrscheinlich fürchterliches Heimweh. Schon den ganzen Tag kroch diese Sehnsucht nach ihrer Familie und dem Dorf am Lugu-See durch ihre Eingeweide. Heimweh tat tatsächlich weh, dieses komische deutsche Wort schlug den Nagel auf die Wahrheit.

Aber heute hätte sie ohnehin keine Zeit für einen Spaziergang gehabt. Sie hatte Bastian zum Abendessen eingeladen und musste das Sojahuhn, das bereits seit vierundzwanzig

Stunden in einer Marinade schwamm, in den Ofen schieben. Bastian würde sie hoffentlich von ihren trüben Gedanken ablenken.

Yasi radelte um das Schloss herum und über den Schlossplatz. Die großen Pflastersteine waren vom Regen glitschig, und sie musste aufpassen, dass sie nicht das Gleichgewicht verlor. Sie stoppte an der Fahrradampel vor der vierspurigen Straße. Schon im letzten Jahr hatte sie es sich vorgenommen, doch in diesem Winter würde sie auf jeden Fall nach Hause fliegen. Für mindestens vier Wochen. Niemand würde sie davon abbringen. Weder die Institutsleitung noch Bastian. Am besten, sie sagte Bastian gar nichts davon. Womöglich würde er wieder einen seiner Eifersuchtsanfälle bekommen oder den Vorschlag machen, sie zu begleiten. Aber sie wollte nicht, dass er wie ein Schatten an ihr klebte. Mit einem Fremden, der kein Wort der Mosuo-Sprache verstand, bei ihrer Familie aufzutauchen machte alles viel zu kompliziert. Sie müsste nicht nur die Übersetzerin geben, sondern auch zwischen den Kulturen vermitteln. Viel lieber würde sie mal wieder eine Mosuo unter Mosuo sein, auf dem Feld arbeiten, mit ihren kleinen Nichten und Neffen spielen, traditionelle Kleidung tragen und auf Festen mit Männern flirten. Das tun, was sie seit Jahren vermisste. Ja, vielleicht würde sie sogar einen Mann in ihr Blumenzimmer einladen. Warum nicht? Wenn sie noch ein paar Jahre so weiterlebte wie bisher, verwandelte sie sich irgendwann in eine Deutsche, mit allen Konventionen und Zwängen. Ein Schaf im Wolfspelz, das mit dem Rudel heulte.

Die Fahrradampel sprang auf Grün, und Yasi radelte in die Altstadt hinein. Sie musste sich eingestehen, dass ihre Verliebtheit nachgelassen hatte. Die ständigen Missverständnisse und unterschiedlichen Ansprüche strengten sie an. Sie mochte Bastian immer noch und schlief gerne mit ihm, aber vielleicht war es besser, sich eine Zeitlang aus dem Weg zu gehen. Und danach noch einmal neu anzufangen – auf einer anderen, abgeklärteren Ebene.

* * *

Bastian sah müde aus. Und ihm schmeckte das Sojahuhn nicht, obwohl er sich Mühe gab, diese Tatsache zu verbergen. Yasi riss ein Stück Fleisch ab, tunkte es in die Soße und stopfte es sich in den Mund. «Du isst ja gar nichts. Magst du das Huhn nicht?»

«Doch, doch.» Bastian streckte die Hand aus und suchte auf der Platte nach einem passenden Happen. «Es ist lecker. Aber ich habe keinen Hunger. Stammt das Gericht aus deiner Heimat?»

«Nein. Es ist einfach ein in Brühe und Soja mariniertes Huhn, das im Ofen bei Niedrigtemperatur gegart wird. Ich habe das Rezept aus einer Zeitschrift.»

«Hhmm.» Bastians Finger waren fündig geworden. «Entschuldige, wenn ich nicht so gut drauf bin. Susanne hat mich heute Mittag nach drei Stunden Schlaf geweckt. Und dann waren wir den Rest des Tages im Einsatz: Tatort, Gespräch mit den Eltern des toten Mädchens, mit ihrer Freundin, anschließend noch eine Sitzung im Präsidium. Ich bin total erledigt.» Bastian leckte sich die Finger ab und schaute Yasi an. «Du kannst dir denken, um wen es geht.»

«Ich weiß, ich habe dir das ja eingebrockt.»

«Quatsch. Ich bin froh, dass du die Vergewaltigung so

schnell bemerkt hast. Und ich könnte mich in den Hintern beißen, dass ich Udo die Untersuchung der Leiche überlassen habe. Mir wäre das wahrscheinlich nicht passiert.»

«Habt ihr inzwischen den Namen des Opfers?», erkundigte sich Yasi.

«Anna-Lena van Beek. Neunzehn Jahre alt, Schülerin in Tecklenburg. Wir nehmen an, dass der Täter sie dort aufgegriffen und nach Münster gebracht hat.»

«Irgendwelche Hinweise, wer es war?», fragte Yasi.

«Nein, nur einige vage Aussagen. Ein Comiczeichner, der in der Nähe des mutmaßlichen Tatorts wohnt, hat zur fraglichen Zeit ein weißes oder silberfarbenes Wohnmobil gesehen. Leider hat er nicht auf das Kennzeichen geachtet. Die beste Freundin von Anna-Lena hat gestern Abend gegen acht vor einem Lokal in Tecklenburg noch mit ihr gesprochen. Danach ist sie nicht mehr gesehen worden. Inzwischen haben wir allerdings ihr Handy geortet, es befindet sich immer noch in Tecklenburg. Morgen suchen wir den Bereich ab. Eines steht jedoch schon fest: Telefoniert hat sie letzte Nacht nicht mehr.»

«Nicht nur das Handy war weg, sie hatte überhaupt keine persönlichen Gegenstände bei sich», erinnerte sich Yasi.

Bastian nickte. «Wir vermuten, dass der Täter ihr die Sachen abgenommen und sie weggeworfen hat, bevor er losgefahren ist.»

«Warum dieser ganze Aufwand? Warum hat er sie nicht an Ort und Stelle vergewaltigt?»

«Weil das zu auffällig gewesen wäre?» Bastian schob den Küchenstuhl zurück und nahm eine bequemere Sitzhaltung ein. «Was weiß ich, was in den Köpfen von solchen Typen vorgeht? Die sind doch krank.»

«Vielleicht wollte er sie noch eine Weile quälen?», überlegte Yasi.

«Ja, schon möglich. Der Ort war jedenfalls sorgfältig gewählt, da hätte ihn so schnell niemand gestört. Er konnte ja nicht ahnen, dass die Sache aus dem Ruder läuft und das Mädchen flieht.»

«Er ist frustriert, meinst du nicht?»

«Woher soll ich das wissen?», sagte Bastian gereizt und schloss die Augen. «Yasi, ich dachte, wir machen uns einen ruhigen Abend und reden nicht über die Arbeit.»

Wie konnte er nur so unsensibel sein? Sie hatten sich beide den ganzen Tag mit dem Fall beschäftigt – und jetzt wollte er über etwas Angenehmes plaudern? Wie konnte er das Bild des toten Mädchens aus dem Kopf bekommen? Na ja, sie hatte auch an ihre Heimat gedacht. Aber das war etwas anderes, die Sehnsucht nach ihrer Familie plagte sie schon seit Wochen.

«Du bist ein Mann», sagte Yasi.

Bastian schnaubte. «Was willst du damit sagen?»

«Ganz einfach: Du kannst dich eher in den Täter hineinversetzen als ich. Warum wird so jemand gewalttätig? Warum versucht er nicht, auf eine andere Weise eine Frau zu gewinnen?»

«Weil er ein Loser ist? Weil die Frauen ihn alle abblitzen lassen? Weil er ein psychopathisches Arschloch ist, das schon so auf die Welt kam? Manche quälen als Kinder Tiere und vergreifen sich später an Menschen. Andere sind selbst missbraucht worden. Ich habe gelernt, dass es Vergewaltigern weniger um sexuelle Befriedigung, sondern mehr um Macht geht. Sie wollen ihre Opfer erniedrigen, daraus ziehen sie ihre Lust.»

«Kannst du das nachvollziehen?», fragte Yasi.

«Nein, kann ich nicht.» Bastian wurde ärgerlich. «Ich bin nicht so ein Mann, das solltest du langsam wissen. Aber bei euch am Lugu-See, wo die Männer immer brav den Frauen gehorchen, gibt es natürlich keine Vergewaltigungen.»

«Doch. Selbst bei uns wird manchmal eine Frau vergewaltigt. Allerdings sehr selten.»

«Okay, dann haben wir das ja geklärt.» Er schnaufte. «Können wir jetzt damit aufhören?»

«Um was zu machen? Ins Bett zu gehen?»

«Wäre nicht die schlechteste Idee.»

Yasi schüttelte den Kopf. «Ich habe keine Lust, mit einem wütenden Mann zu schlafen. Das Feuer im Blumenzimmer bleibt heute Nacht aus.»

Bastian schaute sie ein paar Sekunden lang an. «Wenn das so ist ...»

«Heute ist einfach nicht der richtige Tag. Da beißt die Maus nicht am Fladenbrot. Oder wie heißt das?»

«Da beißt die Maus keinen Faden ab», korrigierte Bastian sie.

«Welchen Faden?»

«Keine Ahnung.» Er stand auf. «Dann gehe ich wohl besser nach Hause.»

Yasi überlegte, ob sie sich ihm gegenüber zu hart verhalten hatte. Nein, sie war im Einklang mit ihren Gefühlen. Heute hatte sie definitiv keine Lust, mit ihm zu schlafen. Und so weit, dass sie ihm etwas vorspielte, würde es nicht kommen. So etwas machte eine Mosuo einfach nicht. *Sieh zu, dass du zuerst deinen Spaß hast*, hatte ihre Mutter zu ihr gesagt, *erst danach ist der Mann an der Reihe.*

Yasi folgte Bastian zur Wohnungstür. «Ich wollte es dir eigentlich noch nicht sagen.»

Er blieb in der Tür stehen. «Was? Dass du einen anderen kennengelernt hast?»

«Nein. Dass ich bald nach China fliege. Zu meiner Familie.»

«Allein?»

«Ich denke schon.»

«Schön für dich.»

Sie legte ihm ihre Hand auf den Arm. «Bis es so weit ist, haben wir noch oft Gelegenheit, uns zu sehen.»

«Bestimmt.» Er schüttelte ihre Hand ab und ging hinaus. «Tschüs, Yasi.»

Als sie die Tür schloss, tat er ihr ein bisschen leid. Aber nicht so leid, dass sie ihn zurückgerufen hätte.

8

Du liegst neben Katharina im Bett. Sie atmet gleichmäßig, schläft aber nicht. Ihr belauert euch. Der Grillabend bei Merschmanns ist nicht ganz nach Programm gelaufen. Du warst unaufmerksam, hast vieles nicht mitbekommen. Das neue *Es* nimmt dich gefangen, deine Phantasien gehen mit dir durch. Auf einmal, mitten im Gespräch, siehst du nackte Haut, Panik in himmelblauen Augen, einen blutroten Mund. Du musst es tun, du musst es bald tun, sonst kannst du dein Kopfkino nicht mehr kontrollieren, sonst wirst du unvorsichtig. Der Fehler beim letzten *Es* war schon schlimm genug, so etwas darf dir nicht noch einmal passieren. Also morgen. Morgen ist ein guter Tag. *Es* schreibt und schreibt und schreibt. *Es* wird auch morgen schreiben. Öffentlich. Lesbar. Diese jungen Wesen denken, sie existieren nur, wenn alle es mitbekommen. Wenn alle wissen, was sie gerade machen. Dir ist das recht. Nur zu. Schreib!

Heute Abend hättest du allerdings nicht so viel daran denken sollen. Merschmann ist deine geistige Abwesenheit aufgefallen. Er hat dich damit aufgezogen, hat vor versammelter Runde Witze über dich gerissen. Und Katharina schien peinlich berührt. Nicht von Merschmann, sondern von deinem

Verhalten. Du verstehst das, klar, Merschmann ist ihr Chef, seine Freunde sind ihr wichtig, sie möchte im Dorf beliebt sein. Das kannst du nachvollziehen. Trotzdem musst du diesen schmierlappigen Lottobudenbesitzer ja nicht gleich sympathisch finden. Vor allem, weil er es auf Katharina abgesehen hat. Die beiden haben eine Affäre, stehen zumindest kurz davor. Du wirst dich darum kümmern, später, wenn alles vorbei ist, wenn du wieder normal tickst. Jetzt nicht, jetzt hast du Wichtigeres vor.

Natürlich hättest du es dir sparen sollen, auf Merschmanns flachen Bildungshorizont hinzuweisen, irgendwas von Hauptschulabschluss hast du gesagt. Plötzlich war es ganz still, alle guckten betreten auf ihre Teller, man konnte sogar den Nieselregen hören, der auf das Holzdach der Gartenterrasse fiel. Shit happens.

Du bist bald darauf gegangen. Hast vorgeschoben, dass Emma ins Bett muss. Emma wollte nicht mit dir gehen, sondern lieber bei ihrer Mama bleiben. Du warst gezwungen, resolut zu werden. Auch zu Hause war Emma nicht so lieb wie sonst. Sie hat gequengelt und geweint. Erst nach einer halben Stunde war endlich Ruhe im Kinderzimmer.

Katharina ist gegen Mitternacht gekommen. Da hattest du schon das Licht gelöscht. Sie ist im Dunkeln zu dir gekrochen, du hast ihre Alkoholfahne gerochen. Und jetzt liegt ihr schlaflos nebeneinander. Sie weiß, dass du wach bist und dass du weißt, dass sie wach ist.

Katharina seufzt. «Ich verstehe dich nicht.»

«Was gibt es daran nicht zu verstehen? Ich lasse mich doch nicht vor Publikum zum Deppen machen.»

«Du bist regelrecht ausgerastet.»

«Quatsch. Ich habe nur meine Position klargestellt.»

«Sie meinen es doch gut mit uns. Begreifst du das nicht?»

«Sie meinen es gut mit dir. Nicht mit uns. Das ist ein kleiner Unterschied. Besonders dieser aufgeblasene Möchtegern-Zampano Merschmann meint es gut mit dir.»

«Was soll das heißen?»

«Nichts. Gar nichts. Vergiss es!»

Katharina seufzt erneut. «Manchmal denke ich, ich lebe mit einem völlig fremden Menschen zusammen.»

Du hast keine Lust auf eine Beziehungsdiskussion. In ein paar Tagen. Vielleicht. Wenn du wieder rationaler denken kannst.

Du drehst dich zu ihr um, streckst deine Hand aus, um ihre Wange zu streicheln. Sie biegt den Kopf zurück.

«Es tut mir leid.» Sagst du.

«Ach? Auf einmal?»

«Ich habe zurzeit ziemlichen Stress im Job. Die Verkaufszahlen für den Restaurantführer rauschen in den Keller. Die Leute holen sich ihre Informationen nur noch aus dem Internet. Sie wollen alles sofort und umsonst. Niemand kauft mehr ein dickes, teures Buch.»

«Aber ihr habt doch auch eine Internetseite?»

Sie ist darauf angesprungen. Ein Gespräch über deine Arbeit wirkt wie ein Beruhigungsmittel. Spätestens in einer Viertelstunde seid ihr wieder beste Freunde, und sie schläft ein.

«Natürlich haben wir eine Internetseite. Und die Klickzahlen steigen ständig. Aber da verdient man eben nur Geld mit Werbung. Unter dem Strich ist das viel weniger als zu der Zeit, als unser Restaurantführer noch als das Nonplusultra der Gastro-Szene galt. Deshalb wird an allen Ecken gespart.

Der Chefredakteur hat schon angekündigt, dass zum Jahresende ein paar Tester ausscheiden müssen. Die Restaurants werden auf die anderen verteilt und im Durchschnitt nicht mehr so oft besucht. Mit anderen Worten: Wir tun so, als bliebe alles beim Alten, doch in Wirklichkeit testen wir seltener.»

«Und was ist mit dir?» Katharinas Stimme klingt besorgt. Beim Thema Geld wird sie hellhörig. Schließlich geht es um ihren Lebensstandard, den sie nicht einschränken möchte.

«Keine Ahnung. Aber ich denke, dass der Chef soziale Kriterien anlegt. Und als Familienvater ...»

«Die Zeitschriften bleiben dir auf jeden Fall.» Katharina macht sich Mut.

Du stützt dich auf den Ellenbogen. Im Restlicht, das von der Straßenlaterne vor dem Haus ins Schlafzimmer fällt, schneidest du eine skeptische Grimasse. «Denen geht's doch ähnlich. Sinkende Verkaufszahlen, wirtschaftliche Probleme, Einsparungen, Zusammenlegungen. Wo man hinguckt, dasselbe Elend. Papier ist out. Die Leser tippen auf ihren Bildschirmen herum und zahlen keinen Cent. Eine gute Restaurantkritik ist nichts mehr wert. Viele halten geschulte Tester sowieso für überflüssig. Die glauben, wenn dreihundert User ein Restaurant geliked haben, muss es Spitze sein.»

Du greifst nach Katharinas Arm. Diesmal lässt sie es geschehen. «Kein Grund zur Panik, Schatz. Ich werde uns schon durchbringen. Bis jetzt habe ich noch immer einen Weg gefunden.»

Du hast keine Idee, wie der aussehen könnte. Deine Qualifikationen beschränken sich auf ein abgebrochenes Studium und einige Jahre Lokaljournalismus.

Sie rutscht näher zu dir heran. Zeit der Versöhnung. «Bist du sicher?»

«Ganz sicher, Schatz. Wir schaffen das.» Du küsst sie auf den Mund. «Und jetzt lass uns schlafen. Es ist schon spät.»

Du legst dich auf den Rücken und schließt die Augen. Du hast gewonnen. Wie immer. Wenn du auf etwas vertrauen kannst, dann auf deine Fähigkeit, Menschen zu manipulieren. Dein Leben lang hast du Menschen dazu gebracht, dir zu folgen. Und sei es in ihr Verderben.

Aber Katharina hat noch etwas: «Morgen Abend kommst du doch mit, oder?»

«Was ist da?»

«Hast du das etwa vergessen? Emmas Kindergarten veranstaltet ein Lambertus-Fest. Mit geschmückter Pyramide und gemeinsamem Liedersingen. Sie freut sich so darauf, dass du dabei bist.»

Auf keinen Fall. Das hältst du nicht aus. Nicht mit deiner Tochter. Du könntest kotzen. «Morgen habe ich einen Termin. Ein Kontrolltest bei einem Restaurant. Den kann ich nicht verschieben.»

Das stimmt sogar. Zum Teil zumindest. Es hat ein paar Beschwerden gegeben, die Qualität der Küche habe nachgelassen. Der Chefredakteur hat dich gebeten, das zu überprüfen. Allerdings müsstest du nicht unbedingt morgen dorthin fahren. Doch du willst das. Unbedingt. Denn das neue *Es* wohnt ganz in der Nähe.

«Schade. Emma hat einen Lampion gebastelt und die Liedtexte geübt. Sie würde dir gerne zeigen, was sie kann.»

«Nächstes Jahr. Versprochen. Ich darf den Chef nicht enttäuschen. Nicht in diesen schwierigen Zeiten. Das leuchtet dir ein, oder?»

Katharina gibt sich geschlagen. Dreißig Sekunden später ist sie eingeschlafen.

Und du verbringst eine schlaflose Nacht.

9

Als Bastian den Flur des KK 11 betrat, wartete Susanne Hagemeister schon auf ihn. «Kommst du mal kurz in mein Büro?»

Bastian bemerkte, dass sie gegen ihre Gewohnheit sehr sorgfältig geschminkt war. Auch der Hosenanzug sah neu aus. *Die Pressekonferenz*, fiel ihm ein. Am späteren Vormittag würde Susanne zusammen mit Oberstaatsanwalt Willenhagen und dem Pressesprecher des Präsidiums die Medien über den Stand der Ermittlungen informieren. Die Vergewaltigung und der Tod von Anna-Lena van Beek hatten bereits Wellen geschlagen, im Internet kursierten wilde Spekulationen. Letzte Nacht, nach seinem Rauswurf bei Yasi, als er trotz oder gerade wegen seiner Übermüdung nicht schlafen konnte, hatte Bastian noch eine Weile auf den einschlägigen Seiten gesurft.

Susanne wirkte nervös. Bastian beneidete sie nicht um ihre Aufgabe. Pressekonferenzen waren immer eine heikle Angelegenheit. Man durfte den Medien nicht zu viel verraten, weil sich der Täter dann auf die Strategie der Polizei einstellen konnte. Andererseits durfte man aber auch nicht mauern und Journalistenfragen generell abblocken. Denn dann kam unweigerlich der Vorwurf, die Rechte der Medien zu missachten. Die Kunst bestand also darin, viel zu sagen, ohne etwas wirklich Substanzielles preiszugeben. Oberstaatsanwalt Willenhagen war ein Meister in dieser Verschleierungstechnik. Deshalb arbeitete er seit vielen Jahren als Sprecher der münsterschen Staatsanwaltschaft. Susanne dagegen stand bei Ermittlungen meistens in der zweiten Reihe, für sie war das heute eine neue Erfahrung.

«Machst du dir Sorgen wegen der Pressekonferenz?», fragte Bastian.

«Das auch. Aber deswegen will ich nicht mit dir reden. Anja Strubel war bei mir.» Susanne zog die Mundwinkel nach unten, ihre Marionettenfalten traten deutlich hervor. «Sie hat sich über Volker beschwert. Er soll sie mit sexistischen Sprüchen provoziert haben.»

«Wundert mich nicht. Einer wie Sengling nimmt eine Anfängerin nicht ernst.»

«Sie möchte nicht länger mit ihm zusammenarbeiten.»

«Und?», fragte Bastian. «Was hast du vor? Mit Sengling reden?»

«Das hat keinen Sinn. Volker ist eben so, wie er ist. Den ändere ich nicht.» Susanne schaute ihn an. «Ich dachte, dass du …»

«Ich? Du willst mich mit Anja zusammenstecken?»

«Ja. Ich bin sicher, du kommst besser mit ihr klar.»

Bastian spürte einen Anflug von Ärger. Anja war nicht nur neu im Geschäft, sondern anscheinend auch kompliziert.

«Du weißt, ich bin schon lange in der K-Wache. Ermittlungsroutinen sind mir fast genauso fremd wie Anja. Ich wäre selber froh, jemanden an meiner Seite zu haben, der sich auskennt.»

Susanne blickte ihm fest in die Augen. «Das ist kein Vorschlag, Basti. Das ist meine Entscheidung.»

So kannte er Susanne gar nicht. Bastian war einen Moment sprachlos. Dann begriff er, wo Susannes Problem lag. Sie wollte unbedingt vermeiden, dass Anja Strubel zum Kommissariatsleiter ging. Spannungen innerhalb der Ermittlungskommission fielen auf die Leiterin zurück, Brunkbäumer könnte Susanne Führungsschwäche vorwerfen.

«Okay», sagte Bastian. «Wie du meinst. Aber falls Anja bei der Polizei eine Zukunft haben will, muss sie sich durchbeißen und mit Typen wie Sengling fertigwerden.»

Susanne entspannte sich und lächelte. «Damit beschäftige ich mich, wenn wir unseren Vergewaltiger haben.» Sie schaute auf ihre Armbanduhr. «In fünf Minuten ist Sitzung. Danach treffe ich mich mit Willenhagen zur Vorbereitung der Pressekonferenz.»

Bastian stand auf und ging zur Tür.

«Ach, Basti!»

Er verharrte mit der Hand auf der Türklinke.

«Danke!»

* * *

Neben den vier Mitgliedern der Ermittlungskommission erschien auch Jochen Millitzke, der Chef der Spurensicherer, zur routinemäßigen Sitzung der EK.

Er referierte als Erster. Die Kriminaltechniker hatten das Gebiet rund um den mutmaßlichen Tatort weiträumig abgesucht, jedoch keine neuen Spuren entdeckt. Dafür stand inzwischen fest, dass die kleineren Schuhabdrücke zu Anna-Lena van Beek gehörten. Es bestanden keine Zweifel, dass Anna-Lena von der Wiese zur Umgehungsstraße gelaufen war.

«Was ist mit den Reifenabdrücken?», fragte Susanne.

«Daran arbeiten wir noch», antwortete Millitzke. «Außerdem checken wir alle Handynummern, die zur fraglichen Zeit in der Funkzelle eingeloggt waren, und sortieren diejenigen aus, die nur durchgefahren sind. Unter den Nummern, die übrig bleiben, fischen wir vielleicht einen unserer Kunden heraus.»

«Sie meinen einen einschlägig Vorbestraften?», fragte Anja Strubel.

«Genau. Die Handy-Ortung ist kein Beweis, aber dann wissen wir wenigstens, wo wir bohren sollten.»

«Vergesst nicht Anna-Lenas Handy in Tecklenburg», sagte Susanne. «Der Täter hat es ihr vermutlich weggenommen, zusammen mit den anderen persönlichen Gegenständen. Wenn wir Glück haben, finden wir auf irgendeinem Teil seine Fingerabdrücke oder DNA-Spuren.»

«Ich habe zwei Leute dafür abgestellt», sagte Millitzke. «Das sollte reichen. Notfalls fordern wir Bereitschaftspolizisten an.»

Susanne Hagemeister stimmte zu. Anschließend verteilten sie die Aufgaben für den kommenden Tag. Bastian und Anja Strubel erklärten sich bereit, nach Tecklenburg zu fahren und Anna-Lenas Schulfreunde zu befragen. Volker Sengling erhielt den Auftrag, sich noch einmal das Ehepaar Möllenbeck, vor dessen Auto die Schülerin gelaufen war, vorzunehmen. Und Susanne selbst wollte unter den dokumentierten Vergewaltigungsfällen der letzten Jahre nach Übereinstimmungen suchen, immerhin bestand die Möglichkeit, dass sie es mit einem Serientäter zu tun hatten.

* * *

Aus dem Fuhrpark des Präsidiums hatten sie einen blauen Golf bekommen. Bastian saß am Steuer, und Anja Strubel schien sich auf dem Beifahrersitz so klein wie möglich machen zu wollen. An der Steinfurter Straße verließen sie den Ring, der rund um Münsters Innenstadt führte, und fuhren stadtauswärts. Das Schweigen wurde langsam unangenehm. Bastian vermutete, dass seiner Kollegin die Sache mit Sengling peinlich war. Allerdings hatte er nicht vor, sie darauf anzusprechen, besser, sie fing von sich aus damit an. Noch ein Kilometer bis zur Autobahn, er trat aufs Gaspedal.

Anja räusperte sich. «Hat Susanne Hagemeister mit dir geredet?»

Bastian nickte. «Hat sie.»

«Dann denkst du bestimmt, dass ich eine eingebildete Zicke bin?»

Er zischte. «Man muss Volker Sengling nicht sympathisch finden.»

«Aber?»

«Aber was?»

«Du hältst meine Reaktion für übertrieben?»

«Ich denke, dass man sich die Leute, mit denen man zusammenarbeitet, nicht immer aussuchen kann. Daran solltest du dich gewöhnen, wenn du bei uns bleiben willst.»

«So naiv bin ich nicht.» Anja kam langsam aus ihrem Schneckenhaus. Sie setzte sich aufrecht hin und sprach mit fester Stimme. «Während der Ausbildung habe ich etliche Machos in meiner Gruppe gehabt. Damit kann ich umgehen. Aber eines habe ich auch gelernt: Ich lasse mir nicht alles gefallen. Wer mich als Person nicht respektiert, kriegt Kontra.» Sie wartete kurz auf einen Kommentar von Bastian und fuhr dann fort:

«Es war nicht meine Idee, den Partner zu wechseln. Ich habe Susanne nur darüber informiert, dass ich zum Kommissariatsleiter gehen werde, falls Sengling nicht mit seinen blöden Sprüchen aufhört.»

Bastian lenkte den Golf auf die A 1. «Du musst Susanne verstehen. Sie bekommt nicht oft die Chance, eine größere Ermittlung zu leiten. Eine Beschwerde wirft ein schlechtes Licht auf sie.» Er schaute Anja kurz an. Offenbar hatte sie diese Möglichkeit nicht in Betracht gezogen. «Lass uns das Beste daraus machen», schlug er vor. «Wir müssen an einem Strang ziehen. Sobald Zeugen oder Verdächtige merken, dass man sich nicht einig ist, nutzen sie das aus.»

Die junge Kommissarin sank in den Sitz zurück. «An mir soll es nicht liegen – Partner.»

Wir werden sehen, dachte Bastian. Das mulmige Gefühl in seinem Magen war noch nicht ganz verschwunden.

* * *

Im Foyer des Gymnasiums stand ein großes Schwarzweißfoto von Anna-Lena van Beek auf einer Staffelei. Davor brannten Dutzende von Kerzen, umkränzt von mindestens genauso vielen Blumensträußen in allen möglichen Farben. Ein Schrein, der von einer Gruppe älterer Schüler bewacht wurde, die sich an den Händen hielten und leise sangen.

Die Anteilnahme der Mitschüler und Lehrer war auf dem Weg zum Sekretariat fast körperlich spürbar. Bastian und Anja hörten kein lautes Wort, in vielen Gesichtern, die ihnen begegneten, standen Verunsicherung und Trauer.

«Die Schule befindet sich im Schockzustand», sagte die

Direktorin, die die beiden Polizisten in ihrem Büro empfing. «An einen normalen Lehrbetrieb ist gar nicht zu denken. Wir haben für die dritte Stunde eine Trauerfeier in der Aula angesetzt. Außer mir werden noch zwei Seelsorger reden. Und enge Freunde von Anna-Lena, falls sie dazu in der Lage sind. Bis dahin haben die Schüler die Gelegenheit, im kleineren Kreis über das Geschehene zu sprechen.»

«Wäre es sehr unpassend, die Veranstaltung dafür zu nutzen, den Schülern ein oder zwei Fragen zu stellen?», erkundigte sich Bastian. «Wenn wir alle Schüler gleichzeitig erreichen können, würde uns das eine Menge Aufwand ersparen.»

Die Direktorin überlegte. «Ich weiß nicht, ob das klug wäre. Ihre Fragen verunsichern die Schüler am Ende noch mehr. Wir brauchen jetzt vor allem Ruhe.»

«Solange der Täter frei herumläuft, gibt es keine Ruhe», widersprach Anja. «Und Zeit ist ein wichtiger Faktor. Je schneller wir an Informationen gelangen, desto größer die Wahrscheinlichkeit, dass wir ihn schnappen – bevor er erneut zuschlagen kann.»

Bastian sah, dass das Argument bei der Direktorin wirkte.

«Na gut», sagte sie schließlich, «aber wirklich nur ein oder zwei Fragen. Nach den Reden. Und machen Sie den Schülern bitte keine Angst!»

«Vielen Dank!», sagte Anja.

Bastian nickte ihr zu. Gut gemacht.

* * *

Bei der Gedenkveranstaltung setzten sich Bastian und Anja in die hinterste Reihe. Bastian entdeckte Lisa Kintrup und nickte ihr zu. Lisa reagierte nicht, vielleicht sah sie ihn vor lauter Weinen gar nicht. Auch andere Schüler brachen immer wieder in Tränen aus, sobald die Direktorin oder einer der Seelsorger erwähnte, was Anna-Lenas Familie und ihre Freunde jetzt empfinden mussten. Am ergreifendsten fand Bastian die kurze Rede, die ein Mädchen und ein Junge aus Anna-Lenas Jahrgangsstufe hielten. Weil sie nicht nur die positiven Eigenschaften, sondern auch die kleinen Macken ihrer Mitschülerin in Anekdoten aufleben ließen.

Mittlerweile spürte selbst Bastian einen Kloß im Hals. Es würde nicht einfach werden, eine Überleitung zu ihren sachlichen Ermittlungsfragen zu finden. Fast bereute er, dass sie die Direktorin dazu überredet hatten.

Als sie nach fast vierzig Minuten auf die Bühne gebeten wurden, fragte er leise: «Willst du? Oder soll ich?»

«Ich mache das schon», flüsterte Anja zurück.

Bastian lächelte dankbar.

«Ich weiß, dass das hart für euch sein muss», begann die Kommissarin, nachdem sie sich und ihren Kollegen vorgestellt hatte, «leider führt jedoch kein Weg daran vorbei. Erinnert euch bitte an den Abend vor zwei Tagen! Das ist der Abend, an dem Anna-Lena gekidnappt wurde, sehr wahrscheinlich hier in Tecklenburg.»

Ein Raunen ging durch die Reihen der Schüler und Lehrer, etliche jüngere Schülerinnen schluchzten auf.

Anja bog das Mikrophon herunter, damit sie besser hineinsprechen konnte. «Anna-Lena ist von Brochterbeck nach Tecklenburg gefahren und hier zuletzt zwischen neunzehn und zwanzig Uhr gesehen worden. Alle, die sie in der Zeit davor oder danach getroffen oder sie irgendwo auf der Straße, in einer Gaststätte oder in einem Auto gesehen haben, mögen sich bitte bei uns melden. Darüber hinaus interessiert uns jedes kleinste Detail, das euch aufgefallen ist und das vorgestern vielleicht noch gar keine Bedeutung hatte. Ich meine damit Autos, Lieferwagen, Wohnmobile, mit und ohne Fahrer, die einige Zeit in Tecklenburg parkten. Männer, allein oder zu mehreren, die sich auffällig benommen haben, möglicherweise nach jemandem Ausschau hielten. In den meisten Fällen gibt es dafür sicher ganz harmlose Gründe. Trotzdem könnte unter euren Beobachtungen das eine Puzzleteilchen sein, das uns dabei hilft, den Mann zu finden, der Anna-Lena entführt hat. Traut euch also, auch scheinbar belanglose Begebenheiten zu erzählen. Niemand wird ausgelacht oder kritisiert.»

Anja schloss ihre kurze Ansprache mit dem Angebot, jede Aussage vertraulich zu behandeln. Ihr Kollege Bastian Matt und sie würden in der nächsten Stunde im Büro der Direktorin sein.

Nachdem zehn Minuten lang kein einziger Schüler erschienen war, glaubte Bastian schon an einen Fehlschlag. Dann klopfte es an der Tür. Herein kam ein pickliger Jüngling mit ungepflegten, halblangen Haaren.

Anja zeigte auf einen freien Stuhl. «Bitte!»

Der Junge setzte sich und schlug unsicher die Beine übereinander. «Ich habe sie gesehen.»

«Anna-Lena?», vergewisserte sich die Kommissarin.

Der Jüngling nickte, sein Gesicht schimmerte rötlich. «Kurz nach acht. Ein Mann hat sie angesprochen, und sie ist mit ihm gegangen.»

Bastian konnte seine Aufregung nur mit Mühe beherrschen. «Hast du den Mann erkannt?»

«Nein. Den habe ich noch nie gesehen.»

«Aber du kannst ihn beschreiben?»

«Nicht genau», sagte der Junge. «Ich war zu weit weg. Allerdings hatte er eine Glatze. So eine richtige, meine ich, ganz ohne Haare.»

10

Dir fällt auf, dass die Gold-Deko im Eingangsbereich an einigen Stellen angeschlagen ist. Das spricht für Nachlässigkeit. Bedeutet nicht zwangsläufig, dass auch in der Küche die Sorgfalt nachgelassen hat. Aber es ist ein Alarmzeichen. Ein Spitzenrestaurant ist ein Gesamtkunstwerk, bei dem alles immer zu hundert Prozent stimmen muss: Küche, Weinangebot, Service, Ambiente. Wird ein Klötzchen marode, bricht die Konstruktion zusammen. Deshalb kann Spitzengastronomie manchmal auch die Hölle sein. Viel Aufwand für wenig Ertrag. Als Koch bist du ständig auf der Hut vor Testern und überkandidelten Gästen, die glauben, ihre Prominenz durch arrogante Mäkelei unter Beweis stellen zu müssen. Haben ein Buch über Wein durchgeblättert und bilden sich jetzt ein, etwas schmecken zu können. Arrogantes Pack, das sich die Geschmacksnerven meist schon mit Kokain ruiniert hat. Noch schlimmer sind nur die Blogger, die sich kostenlose Essen schnorren, indem sie damit drohen, ein Restaurant herunterzuschreiben.

Nur die Hälfte der Tische ist besetzt, ebenfalls ein schlechtes Zeichen. Du wirst an einem kleinen Zweiertisch in der Ecke platziert. Weiße Leinentischdecke, weiße Leinenservietten, silbernes Besteck. Alles old-fashioned. Solide, aber der Trend geht woandershin. Die Serviceleiterin, Mitte dreißig, strenge blonde Kurzhaarfrisur, bringt dir die Karten, fragt, ob du auf deine Begleitung warten möchtest. Du hast natürlich einen Tisch für zwei Personen reserviert, um keinen Verdacht zu erwecken. Jetzt gibst du zu, allein zu bleiben, deine Begleitung habe kurzfristig abgesagt. Die Blonde stutzt kurz, sie überlegt, ob du ein Tester sein könntest. Das lässt sich nicht vermeiden. Obwohl du dich an die Regeln der Tarnung gehalten hast. So hast du dich nicht mit deinem richtigen Namen angemeldet und bist auch nicht mit deinem Privatwagen gekommen, weil die Kennzeichen der Tester-Autos in der Szene kursieren. Stattdessen benutzt du einen Mietwagen, den du weit vom Eingang entfernt geparkt hast.

Du blickst der Serviceleiterin aufmerksam in die Augen. Die Frau findet dich interessant. Das siehst du. Du weißt, dass du diese Anziehungskraft auf Frauen hast. Und du langweilst dich mit Frauen seltener als mit Männern. Es reizt dich, sie zu verführen. Manchmal, wenn du mehrere Tage unterwegs bist, lässt du es darauf ankommen. Eine schnelle Nummer im Auto oder in irgendeinem Hotelzimmer. Nie in deinem eigenen. Du willst gehen, wenn es vorbei ist. Hast keine Lust auf Gequatsche, ob man sich wiedersehen wird. Du hasst Wiederholungen. Begegnest du einer Frau, mit der du mal geschlafen hast, bleibst du kühl und abweisend. Die Intimitäten haben nichts mit Gefühlen zu tun. Du machst das, um Druck abzulassen. Normaler Sex mit einer fremden Frau beruhigt dich für eine Weile. Aber heute hast du dafür keine Zeit. Du hast noch Großes vor.

Du studierst die Speisekarte. Das siebengängige Tagesmenü nimmst du natürlich nicht, darauf ist die Küche vorbereitet.

Du willst sehen, wie sie unter Belastung funktioniert, ob alle Zutaten frisch und von hoher Qualität sind. Selbst wenn man dich beim Betreten des Restaurants erkennen würde, wäre das nicht spielentscheidend. Die Köche können sich zwar besonders anstrengen, doch frischere Lebensmittel lassen sich so schnell nicht besorgen.

Du orderst zwei Vorspeisen, zwei Fischgänge und zwei Fleischgänge. Erst einmal.

Die Blonde macht große Augen. «Für Sie allein?»

Du bejahst. «Und dann würde ich gern mit dem Sommelier sprechen. Ist das möglich?» Die Weinkarte liest sich mit rund hundertfünfzig Posten zwar ganz ordentlich, aber du möchtest wissen, welche offenen Weine der Sommelier empfiehlt.

Du siehst, wie im Kopf der Serviceleiterin die erste Vermutung zur Gewissheit reift. Sie weiß jetzt, mit wem sie es zu tun hat. Aber sie überwindet ihre Überraschung schnell und verhält sich professionell. Freundlich, ohne sich anzubiedern. «Natürlich. Sehr gerne.»

Der Sommelier braucht ein paar Minuten, wahrscheinlich öffnet er noch schnell einige Rotweine. Dafür kommt das Amuse-Bouche, Seeteufelleber mit Pilzschaum. Für den Seeteufel vergibst du Pluspunkte, du kannst die ewige Gänsestopfleber nicht mehr ertragen. Der Pilzschaum dagegen könnte etwas intensiver schmecken.

Der Sommelier ist noch ziemlich jung und wirkt weitaus weniger professionell als seine Chefin, er hat rote Flecken im Gesicht und eine schweißnasse Stirn. Du gibst ihm den Auftrag, passend zu deinem Menü zwei Weißweine und zwei Rotweine zu bringen. Inzwischen dürften alle kapiert haben, was Sache ist. Vermutlich läuft bereits die Internet-Suche, um deine Vorlieben abzuklären. Aber du bist kein Vertreter irgendeiner Schule. Wenn überhaupt, stehst du auf neu interpretierte Regionalküche. Heute allerdings fehlt dir die Muße, das Essen wirklich zu genießen. Du bist hier, weil du einen Grund brauchst, in dieser Gegend herumzufahren. Sollte sich später jemand an dich erinnern, bist du unverdächtig. Niemand hält einen Restauranttester für ein Monster.

Während du isst, formulierst du gedanklich schon die Kritik, die du morgen an die Redaktion mailen wirst: *Die Vorspeisen kommen ambitioniert daher, können aber nicht überzeugen. Unerfindlich bleibt, was das fade Kartoffelpüree an der Jakobsmuschel zu suchen hat.* So was liest sich immer gut. *Bei den Fleischgängen ist der Koch spürbar in seinem Element. Sowohl das Bentheimer Bioschwein wie der Rehrücken stammen aus der Region und sind auf den Punkt gegart. Der farbige Mangold zum Schwein und die Rote Bete zum Reh runden das Geschmackserlebnis ab. Die mit kalter Butter aufgeschlagenen Soßen hätte es dazu nicht gebraucht.* Butter in Flüssigkeiten schmeckt einfach immer gut, manche reden schon vom Natriumglutamat der Spitzenküche.

Tatsächlich hast du überhaupt keinen Hunger. Du zwingst dich, von allem ein paar Happen zu probieren und ruhig zu bleiben. Dabei steigt von Minute zu Minute deine Anspannung. Dein ganzer Körper fiebert dem Ereignis entgegen.

Die Fischgänge fallen dagegen deutlich ab. Heißt nichts anderes, als dass du deine Geschmackssensoren nicht überlisten musst. Der Fisch wäre auch fade, wenn du Lust hättest, ihn zu essen. *Beim Wein ist es umgekehrt. Die Weißweine unterstützen mit ihren intensiven Aromen die eher schwachen Fischnoten, während der Rotwein entweder zu sehr nach Barrique schmeckt oder die Frucht auf einem zu schwachen Körper balanciert, sodass der Wein nicht hält, was er beim ersten Nippen verspricht.* Dabei nippst du sowieso nur. Du willst dich ja nicht betrinken. Denn erstens musst du noch Auto fahren, und zweitens brauchst du für das, was noch kommt, all deine Sinne. *Versöhnlich der Abschluss mit einem Pumpernickelkirschquark als Gruß an die münsterländische Heimat, begleitet von Granatapfelsorbet und einer Mousse aus südamerikanischen Schokoladen.*

Du trinkst noch einen Espresso und verlangst die Rechnung.

«Und wie hat es Ihnen geschmeckt?», fragt die Serviceleiterin, das Lächeln ein wenig gefroren.

«Gut. Sehr gut», antwortest du mit neutraler Stimme. Du verrätst nichts. Wozu auch? Sollen sie ruhig ein bisschen schmoren. Du wirst Gnade vor Recht ergehen lassen. Trotz der Mängel, die dir aufgefallen sind und die dein Kollege, aus welchen Gründen auch immer, bislang übersehen hat, wirst du dafür votieren, dem Restaurant keinen Kochlöffel zu entziehen, sondern dem Koch noch eine Chance zu geben. Manchmal bewirkt allein die Drohung der Zurückstufung, dass sich das Team ins Zeug legt und den nächsten Test glänzend besteht.

Du trittst vor die Tür und atmest die kühle Nachtluft ein. In der Welt, aus der du kommst, gibt es keine größeren Triumphe und Dramen als die Verleihung oder den Verlust von Sternen, Hauben und Kochlöffeln. Sie entscheiden über Aufstieg und Niedergang. In der Welt, in die du jetzt fährst, geht es um Leben und Tod. Nicht dein Leben. Und auch nicht dein Tod.

11

Das Ehepaar Möllenbeck stand vor dem Aufzug, als Bastian und Anja Strubel die Etage des KK 11 erreichten. Möllenbeck schien um Jahre gealtert. Er sah genauso bleich aus wie neulich Nacht, doch jetzt hingen dicke Tränensäcke unter seinen blutunterlaufenen Augen. Die Wangen waren eingefallen, die Hände zitterten, seit dem Unfall hatte der Mann wahrscheinlich keine Minute geschlafen. Marion Möllenbeck stand mit zusammengekniffenen Lippen neben ihrem Mann und schob ihn, sobald sich die Tür öffnete, in den Aufzug. Beide guckten starr geradeaus, als Bastian vorbeiging. Falls sie ihn wiedererkannten, ließen sie es sich nicht anmerken. Nur Volker Sengling, der ebenfalls einstieg, um das Ehepaar bis zum Ausgang zu begleiten, grinste seinen Kollegen triumphierend an.

Treffer, dachte Bastian, *Möllenbeck hat zugegeben, dass er gefahren ist.*

* * *

Die Ermittlungsgruppe tagte in derselben Besetzung wie am Morgen. Volker Sengling machte den Anfang. Wie Bastian vermutet hatte, war Stefan Möllenbeck während der Vernehmung eingeknickt und hatte eingeräumt, selbst am Steuer des Unfallwagens gesessen zu haben.

«Hat er irgendwas gesehen? Über das hinaus, was wir schon wissen?», fragte Bastian.

«Nein», antwortete Sengling. «Das Mädchen lief plötzlich vor das Auto, sagt er. Er behauptet, erst mit Verzögerung realisiert zu haben, was da passiert sei. Dass er einen Menschen überfahren habe. Und seine Frau hat den Unfall anscheinend komplett verpasst. Sie sagt, sie habe aus dem Seitenfenster geguckt. Auf der falschen Seite, natürlich.»

«Dann nützt uns die Wahrheit gar nichts», stellte Susanne fest. «Wir können ihn nicht mal belangen, weil wir keine Blutprobe von ihm haben.»

«Wie der Kerl aussieht, ist er schon genug bestraft», meinte Anja.

«Nur kein falsches Mitleid», höhnte Sengling.

Susanne beendete die Diskussion und erteilte Millitzke das Wort.

«Ich habe eine gute und eine schlechte Nachricht», sagte der Spurensicherer. «Die gute zuerst: Wir haben die Handtasche von Anna-Lena van Beek gefunden. Sie lag in einer Mülltonne in einem Außenbezirk von Tecklenburg. Handy, Schlüssel, Geldbörse – es scheint nichts zu fehlen. Die schlechte Nachricht: Der Täter hat offenbar nichts davon angefasst. Oder er hat Handschuhe getragen. Wir werden die Sachen morgen noch einmal gründlich unter die Lupe nehmen, ich bin allerdings pessimistisch.»

«Habt ihr euch im Zimmer von Anna-Lena umgesehen?», fragte Bastian.

«Ja», bestätigte Millitzke. «Ohne greifbares Ergebnis. Weder auf Anna-Lenas Smartphone noch auf ihrem Laptop finden sich irgendwelche Hinweise auf ein Treffen an dem besagten Abend, abgesehen von der Verabredung mit Lisa Kintrup. Wir checken noch ihre Beiträge auf Facebook und anderen Plattformen. Die erste Durchsicht verlief jedoch ebenfalls negativ.»

«Und die Funkzellenabfrage am Tatort?», fragte Susanne.

«Das dauert, bis wir von den Netzbetreibern Auskünfte erhalten.»

«Was ist mit euch?» Susanne richtete ihren Blick auf Bastian und Anja. «Habt ihr etwas Neues?»

Ganz eindeutig war ihr Beitrag der Knaller der Sitzung. «Wir haben einen Zeugen, einen Schüler», sagte Bastian. «Er hat einen Mann beobachtet, der Anna-Lena vorgestern Abend in Tecklenburg angesprochen hat.»

«Kann er das Schwein beschreiben?», schnappte Sengling.

«Dafür war er zu weit entfernt», sagte Anja. «Allerdings ist ihm ein Merkmal des Verdächtigen aufgefallen, nämlich seine Vollglatze.»

«Glatze?», wiederholte Susanne. Bastian sah, dass es in ihr arbeitete.

Die Hauptkommissarin tippte auf der Tastatur ihres Laptops. «Es gab einen Fall in … Hier! In Alstätte. Das ist nahe der holländischen Grenze. Vor fast genau einem Jahr. Das Opfer war eine achtundzwanzigjährige Frau, Fabrikarbeiterin. Sie hat ausgesagt, der Täter habe sie mit einem Elektroschocker betäubt, gefesselt und ihr die Augen verbunden. Später habe er sie dann in einem Wohnwagen mit einem Messer bedroht, geschlagen und vergewaltigt.»

«Wäre es möglich, dass sie Wohnwagen mit Wohnmobil verwechselt?», warf Millitzke ein.

«Der entscheidende Punkt ist», redete Susanne weiter, «der Täter hatte eine Glatze. Da legt sie sich fest. Keine Haare, nicht mal Augenbrauen.»

«Gibt es ein Phantombild?», fragte Sengling.

«Leider nicht. Sie kann sich an nichts anderes als die Glatze erinnern. Augenfarbe, Nase, Gesichtsform, ungefähres Alter: alles Fehlanzeige.»

«Das gibt's doch gar nicht», fuhr Sengling auf. «Der Typ hat direkt vor ihr gestanden oder über ihr gehockt …»

«Bitte!», sagte Susanne scharf.

«Da wird sie sich doch wohl an das Gesicht erinnern.»

«Selektiver Gedächtnisverlust ist nicht ungewöhnlich bei einem derartigen psychischen Trauma», meldete sich Anja.

«Ich halte nichts von diesem Psycho-Käse», maulte Sengling.

«Was du davon hältst, ist im Moment nicht wichtig», wies ihn Susanne zurecht. «Ich schlage vor, dass Anja und Bastian die Frau morgen besuchen. Vielleicht ist ihr ja inzwischen wieder etwas eingefallen.»

«Sollen wir uns mit der Information an die Medien wenden?», fragte Millitzke. «Könnte doch sein, dass noch jemand den Glatzenmann gesehen hat.»

Susanne dachte nach. «Noch nicht. Ich möchte den Verdacht erst erhärten. Sonst werden wir mit Hinweisen überschüttet, ohne zu wissen, ob wir wirklich auf der richtigen Spur sind.»

12

Du bist sicherer geworden. Du weißt noch, wie aufgeregt du beim ersten Mal warst. Und dann passte nichts zusammen. Die Realität nicht zu deinen Phantasien. Das echte *Es* nicht zu der Rolle, die du ihm zugedacht hattest. *Es* war zu echt, zu menschlich. *Es* sonderte Gerüche ab, Schweiß, später Urin, die in deinem Kopfkino nicht vorkamen. Du bekamst keine Erektion. Du warst wütend. Auf das *Es*. Auf dich selbst.

Doch du hast dazugelernt. Du hast deine Phantasien der Realität angepasst. Von Mal zu Mal funktioniert es besser. Du verstehst jetzt, wie man das *Es* lenkt, wie man den Horror nicht geradlinig, sondern stufenweise steigert, mit Phasen der Hoffnung, worauf die Enttäuschung umso schlimmer ausfällt. Wie man das *Es* am Ende bricht. Vollständig. Endgültig. Das ist die *Ernte*. Und du kannst sie genießen. Du fühlst dich allmächtig. Es gibt keine grandiosere Erhöhung und keine schlimmere Erniedrigung. Ihr seid aneinander gefesselt für euer Leben. Das Wesen, das du zurücklässt, wird sich niemals mehr von dir befreien können. Das ist das Größte. Und nur du hast es erlebt. Du verachtest all die mittelmäßigen, furchtsamen, kleingeistigen Spießer, die ihr mickriges, beschissenes, harmloses Leben führen. Sie werden niemals verstehen, was sich in dir abspielt.

Das geht dir durch den Kopf, während du das neue Es in deinem Wagen an den Sitz fesselst. Es ist größer und kräftiger, als du gedacht hast, die Brüste schwer und hängend, die Oberschenkel ausladend. Auf den Fotos im Internet sah Es graziler aus.

Es beobachtet dich. Fragend. Ängstlich. Noch versteht Es nicht, was vor sich geht. Noch hofft Es, unbeschadet davonzukommen. Das ist die Phase eins. Du drängst nicht, du lässt dir Zeit. Du hast die ganze Nacht.

Bis hierhin ist alles perfekt gelaufen. Du hast gewartet, bis Es allein war. Dann hast du Es angesprochen. Du warst überzeugend, wie immer, Es ist dir gleich bis zu deinem Mietwagen gefolgt. Dann ein kleiner Stromstoß, Es ist zappelnd zusammengesackt, du hast Es aufgefangen und auf die Rückbank geschoben, die du mit einer Plastikplane ausgelegt hast, um Spuren zu vermeiden. Du hast Es gefesselt, bevor Es seine Glieder wieder kontrollieren konnte, bist zu deinem Wohnmobil gefahren, hast Es umgeladen und ausgezogen, und jetzt bist du hier, mitten im Wald, nicht so nah an einer Straße wie beim letzten Mal. Du hast deine Lektion gelernt. Das, was dir mit dem letzten Es passiert ist, wird nicht wieder vorkommen. Du kontrollierst die Fesseln ein zweites und ein drittes Mal. Sie sitzen fest.

Es gibt Laute von sich. Durch das silberne Tape, das auf seinem Mund klebt. Du magst es nicht, wenn sie reden. Reden verdirbt alles. Du willst nicht mit ihnen diskutieren. Sie sind dazu da, in deiner Inszenierung mitzuspielen. Ohne Widerspruch.

Du packst deine Messer aus, legst sie auf den Tisch, sodass Es sie gut sehen kann. Seine Augen weiten sich. Es begreift, dass du kein Anfänger bist, dass du es ernst meinst. *Es* beginnt zu strampeln, gibt wütende Töne von sich. *Es* hat sich noch nicht mit seinem Schicksal abgefunden, *Es* begehrt auf. Das ist die Phase zwei.

Du bleibst ruhig, wartest ab, bis das Toben aufhört. Dann nimmst du ein Messer und lässt die Spitze über die nackte Haut gleiten. Du malst ein Muster weißer Linien auf die Brust. *Es* hält die Luft an. *Es* weiß, dass du den Druck nur ein bisschen verstärken musst, und schon würde die Messerspitze in die Haut eindringen. Wie in einen reifen Pfirsich. Aber das willst du nicht. Noch nicht. Dir ist noch nicht nach Blut.

Du gehst nach hinten und entkleidest dich. Dich nicht zu sehen beunruhigt das *Es* am meisten. Deshalb baust du solche Rückzüge in deine Inszenierung ein. In einem dieser Momente ist das letzte *Es* entkommen. Diesmal bleibt es vorne ruhig. Du gehst langsam zurück. Du hast dich am ganzen Körper rasiert. Wie ein Model. Aber nicht aus ästhetischen, sondern aus pragmatischen Gründen. Du darfst nichts von dir auf dem *Es* hinterlassen. Nicht mal ein Haar.

Du gibst dem *Es* Zeit, dich zu betrachten. Damit *Es* sich vorstellen kann, was geschehen wird. *Es* sagt etwas. Du glaubst zu verstehen, was die Worte bedeuten sollen. Aber du kannst die Botschaft nicht glauben. Sie darf nicht wahr sein. Sie kann nicht wahr sein. Niemals.

Ich kenne deine Stimme. Ich weiß, wer du bist.

Du reißt das Tape vom Mund. «Woher?»

Es nennt den Namen eines Restaurants. Du kennst das Restaurant. Du hast dort mehrmals gegessen. Du spürst, wie eine unbändige Wut in dir aufsteigt. Deine Lust ist dahin. Alles, worauf du hingefiebert hast, ist zunichtegemacht. Deine ganze Anstrengung umsonst. Das *Es* ist kein *Es* mehr, sondern eine Kellnerin, die dich mal bedient hat. Und die dich identifizieren wird.

Du trittst einen Schritt zurück. Deine Entscheidung ist gefallen. Du kannst sie nicht laufen lassen. Du schaust sie an. Sie versteht. Jetzt siehst du die Angst, von der du geträumt hast.

13

«Ich habe vorhin mit der Mutter telefoniert», sagte Anja. «Ihre Tochter Christin ist seit der Vergewaltigung vor einem Jahr krankgeschrieben. Sie geht selten aus dem Haus. Schon im Supermarkt kriegt sie Panikattacken, sobald sich ihr ein Fremder nähert. An guten Tagen kann sie darüber reden, sagt die Mutter. An schlechten sitzt sie in ihrem Zimmer und lässt niemanden an sich heran.»

«Und was für einen Tag hat sie heute?», fragte Bastian.

«Beim Frühstück sah es wohl eher bescheiden aus.»

Das hieß, sie fuhren quer durchs Münsterland, um womöglich einer schwer traumatisierten Frau dabei zuzusehen, wie sie schwieg. Aber auch das gehörte zur Polizeiarbeit. In dieser Phase der Ermittlungen konnte sie jede noch so nebensächliche Information weiterbringen. Und wenn es nicht das Vergewaltigungsopfer selbst war, das mit ihnen redete, dann hatte vielleicht die Mutter im Laufe des letzten Jahres etwas aufgeschnappt, das noch nicht in den Akten stand.

Es regnete. Nicht heftig, dafür so regelmäßig, dass Bastian die Scheibenwischer des Opel nur selten ausschalten konnte. Das quietschende Geräusch der Gummiblätter nervte. Einer der Nachteile, wenn man jeden Tag einen anderen Wagen zugeteilt bekam: Niemand fühlte sich für die Autos verantwortlich.

Bastian schaute zur Seite. Noch war der Regen warm und die Landschaft grün. Maisfelder, Kühe, ab und zu ein Baum und eine Wallhecke – das typische Bild des Münsterlandes.

Am Morgen war die Meldung eines neuen Mordes hereingekommen. Eine junge Frau mit aufgeschnittener Halsschlagader, abgelegt in der Nähe des Flughafens Münster-Osnabrück. Die Umstände sprachen dagegen, dass der Mord auf das Konto ihres Vergewaltigers ging. Dem Tötungsakt waren – nach dem jetzigen Stand der Erkenntnisse – keine Vergewaltigung und auch keine sadistischen Handlungen vorausgegangen wie in den Fällen Anna-Lena van Beek und Christin Tomphütte. Ein glatter Mord passte nicht zu dem Wohnmobil-Mann, der sich für seine Opfer anscheinend viel Zeit nahm.

Nach kurzer Beratung in großer Runde hatte Olaf Brunkbäumer, der Chef des KK 11, entschieden, die Fälle getrennt zu behandeln und eine neue Mordkommission einzurichten. Da Dirk Fahlen Überstunden abfeierte, hatte Klaus Kenkmann, einer der anderen altgedienten Ersten Hauptkommissare, die Leitung übernommen.

«Hast du dir das Foto angesehen?», fragte Anja. «Das von Christin Tomphütte?»

Bastian warf ihr einen kurzen Blick zu. «Was ist damit?»

«Christin hat so gar keine Ähnlichkeit mit Anna-Lena. Anna-Lena war sehr weiblich, eine klassische Schönheit, Christin dagegen wirkt eher männlich, fast grobschlächtig: kantiges Gesicht, kurze Haare.»

«Na und? Wer sagt denn, dass Vergewaltiger auf einen bestimmten Frauentyp stehen müssen? Ich habe mal von einem Serienmörder gehört, der war fasziniert von Kniekehlen. Das musst du dir mal vorstellen: Sobald der eine nackte Frauenkniekehle sah, brannte bei dem eine Sicherung durch.»

«Ich glaube nicht, dass unser Mann so primitiv ist», sagte Anja mit Bestimmtheit.

«Woher willst du das wissen?» Bastian konnte sich ein spöttisches Grinsen nicht verkneifen. «Weil er ein Wohnmobil fährt? Wann warst du das letzte Mal auf einem Campingplatz? Da laufen manchmal ganz üble Gestalten herum.»

«Ein Wohnmobil kostet eine Stange Geld», widersprach Anja. «Und es wird sein eigenes sein, er ist zu vorsichtig für irgendwelche Mitwisser. Also hat er einen gutbezahlten Job.»

«Oder er hat geerbt», warf Bastian ein.

«Möglich, ja. Auf jeden Fall geht er sehr umsichtig vor. Er hinterlässt keine Spuren an den Opfern. Außerdem ist er nicht impulsiv, sondern plant akribisch. Er legt lange Strecken zurück, bevor er sich an den Frauen vergeht. An Orten, die er zuvor ausgesucht hat. Anna-Lena hat er von Tecklenburg nach Münster gebracht, Christin hat er in Alstätte aufgegriffen und fünf Stunden später, nachdem er sie mehrmals vergewaltigt hatte, in der Nähe von Haltern ausgesetzt. Ich denke, unser Mann hat einen bürgerlichen Beruf, vielleicht ist er sogar Akademiker. Und ich würde mich nicht wundern, wenn er Familie hätte.»

«Findest du es intelligent, dass er sich den Frauen unmaskiert zeigt?», sagte Bastian. «Wir haben zwei Zeugen, die ihn beschreiben können. Damit geht er ein hohes Risiko ein.»

«Da hast du recht.» Anja klang ein wenig enttäuscht. «Daran habe ich nicht gedacht.»

«Der Typ hat bis jetzt nur Glück gehabt», fuhr Bastian fort.

«Wäre Christin Tomphütte nicht derart von der Rolle, dass sie sich an keine Details erinnert, und der Junge aus Tecklenburg nicht so weit von ihm entfernt gewesen, hätten wir inzwischen ein astreines Phantombild. Oft reicht das, um jemanden zur Strecke zu bringen.»

Anja blieb ein paar Sekunden still. Dann sagte sie: «He! Das könnte auch ein Trick sein.»

«Was?»

«Die Sache mit der Glatze. Er schneidet sich vor der Tat die Haare ab, und alle denken nur: Glatze, Glatze, Glatze. Anschließend trägt er ein paar Wochen eine Mütze, und dann hat er wieder Haare. Und niemand würde ihn wiedererkennen.»

Bastian brummte. «Ein bisschen weit hergeholt, oder?»

«Schade.» Anja lachte. «Weißt du, was ich später gern machen würde? Eine Ausbildung zur Fallanalytikerin. Mich in so einen Serientäter hineinzuversetzen, finde ich echt geil.»

«Oder morbide. Wie so ein krankes Gehirn zu denken muss einen seelisch fertigmachen.»

«Ist sowieso Zukunftsmusik. Erst mal will ich einige Jahre Praxis sammeln.» Sie schaute aus dem Fenster. «Wie weit ist es noch?»

«Wir sind gleich da.»

Wenigstens hatte der Regen aufgehört.

Alstätte lag in der Nähe der Grenze, Enschede, die nächste niederländische Großstadt, war nur wenige Autominuten entfernt. Als sie durch die Straßen des Dorfes fuhren, fielen Bastian die vielen Autos mit niederländischen Kennzeichen auf. Von Verwandten seiner Mutter, die in Ahaus lebten, hatte er gehört, dass die Holländer im deutschen Grenzgebiet gezielt auf Häuserkauf gingen – der niedrigeren Preise wegen. In umgekehrter Richtung hatte der Grenzverkehr erheblich nachgelassen, seitdem die holländischen Coffee-Shops keine Joints mehr an deutsche Touristen verkaufen durften – offiziell zumindest. Vor seinem Eintritt in den Polizeidienst war auch Bastian am Wochenende ab und zu mit seinen Freunden nach Enschede gefahren. Allerdings hatte er nur an den Joints gezogen, um nicht als Außenseiter dazustehen, Kiffen war nie sein Ding gewesen. Viel mehr liebte er es, seltsame holländische Biermarken auszuprobieren und in den chinesisch-indonesischen Restaurants scharfgewürzte Gerichte zu essen, die es hier nicht gab. Seit ein paar Jahren hatte er sich selbst dazu nicht mehr aufraffen können. Eigentlich schade. Er hatte Enschede immer gemocht. Und Yasi würde die niederländische Multikultur sicher ebenfalls gefallen. Falls sie mal wieder miteinander redeten, könnte er ihr einen Ausflug über die Grenze vorschlagen. Falls.

Das Navi verkündete, dass sie ihr Ziel erreicht hatten. Die Tomphüttes wohnten in einem rot verklinkerten schmalen Reihenhaus hinter zugezogenen Gardinen.

Christins Mutter wirkte peinlich berührt, als sie die Tür öffnete. «Tut mir leid, dass Sie den weiten Weg umsonst gemacht haben. Chris weigert sich, mit Ihnen zu reden.» Die übergewichtige Frau machte keine Anstalten, sie ins Haus zu lassen.

So schnell wollte sich Bastian nicht abwimmeln lassen. «Dabei kennt sie uns nicht einmal», sagte er freundlich. «Dürfen wir sie selbst fragen?»

Die Mutter starrte ihn ängstlich an.

«Selbstverständlich respektieren wir den Wunsch Ihrer Tochter», fügte er hinzu.

«Von Christins Aussage könnte das Leben anderer Frauen abhängen», sagte Anja. «Vielleicht ist ihr das nicht bewusst.»

Endlich gab die Türwächterin den Weg frei. Im Hausflur roch es intensiv nach Kohl.

«Chris ist oben, in ihrem Zimmer. Sie dürfen ihr keine Angst machen. Sonst kriegt sie einen Anfall. Und ich weiß nicht, ob es gut ist, wenn Sie zu zweit …»

Anja tauschte einen Blick mit Bastian. «Ich rede allein mit ihr. Ich bin eine Frau und in Christins Alter. Zu mir fasst sie eher Vertrauen.»

Frau Tomphütte nickte erleichtert. «Das wird das Beste sein.»

Die Stufen knarzten aufdringlich laut, als Anja die Treppe hinaufstieg. «Die erste Tür rechts», rief die Mutter mit gepresster Stimme. Bastian hörte, wie Anja klopfte. Unter den Kohlgestank mischte sich jetzt noch ein anderer Geruch. Er ging von der Frau neben ihm aus, sie produzierte Angstschweiß.

Anja klopfte erneut. Diesmal antwortete eine zaghafte Frauenstimme. Oben öffnete und schloss sich eine Tür. Frau Tomphütte schien die Luft anzuhalten. Die Sekunden dehnten sich.

«Das ist bestimmt nicht leicht für Sie», sagte Bastian, weil ihm nichts Besseres einfiel.

Christins Mutter schüttelte den Kopf. Sie hatte dunkle Ringe um die Augen, das Gesicht war aufgequollen, und die Haare hingen fransig und glanzlos herunter.

«Ich kann sie nicht allein lassen», stieß sie mit flacher Stimme hervor. «Vor einem halben Jahr hat sie versucht, sich umzubringen. Wenn ich mal einkaufe, muss jemand auf sie aufpassen.»

«Was ist mit Ihrem Mann?»

«Der hat uns verlassen.»

Uns. Sie sagte nicht: *mich.* Sie sah ihre Tochter und sich als Einheit. Und wahrscheinlich steckte darin die Tragik der Familie. Es gab nur noch ein Thema, und der Mann war damit nicht klargekommen oder hatte es nicht länger ertragen.

Bastian lauschte. Offenbar war es Anja gelungen, mit Christin ins Gespräch zu kommen.

Frau Tomphütte hatte den gleichen Gedanken: «Gott sei Dank, sie reden.»

Der Hausflur führte geradewegs ins Wohnzimmer. Bastian hätte nichts dagegen gehabt, das Ende der möglicherweise längeren Unterredung im Sitzen abzuwarten, doch die besorgte Mutter schien nicht die Absicht zu haben, sich auch nur einen Zentimeter vom Treppenaufgang fortzubewegen. Also stellte Bastian die Fragen, die er lieber in entspannterer Atmosphäre gestellt hätte. Und entsprechend unkonzentriert und fahrig fielen die Antworten aus. Nein, Christin rede nie über das «Ereignis» vor einem Jahr. Ja, Christin mache eine Therapie, aber was da passiere, gehe nur Christin und die Therapeutin etwas an. Und ja, es gebe Fortschritte, aber so wie früher würde es nie wieder werden.

Und dann ertönte von oben ein Schrei, der schrecklicher war als alles, was Bastian jemals gehört hatte.

«O mein Gott!» Frau Tomphütte rannte die Treppe hinauf. Bastian blieb dicht hinter ihr, wagte dann aber nicht, Christins Zimmer zu betreten. Von der Tür aus sah er eine unförmige Gestalt in einem grauen Jogginganzug, die beide Hände gegen das Gesicht presste und nicht aufhörte zu schreien. Der Schrei hatte keine Worte, nicht mal Laute, er klang wie das Brüllen eines in die Ecke gedrängten Tieres. Anja, in der Mitte des Raumes stehend, hatte in einer verzweifelten Geste die Hände erhoben, als wolle sie die junge Frau beschwören, sich zu beruhigen.

«Gehen Sie raus!» Frau Tomphütte stürzte zu ihrer Tochter und drückte den großen Kopf gegen ihre Brust. Augenblicklich wurde der Schrei schwächer, aus reinem Luftmangel vermutlich.

«Gehen Sie endlich!»

Anja bewegte sich rückwärts zur Tür. «Sollen wir den Notarzt rufen?»

«Nein, nein. Das kriege ich schon hin. Ich gebe ihr ein Beruhigungsmittel. Gehen Sie!»

Als sie auf der Straße standen, fing Anja an zu zittern. «Scheiße.»

Bastian hielt sie am Arm fest. «Alles in Ordnung?»

«Ja, ich muss mich nur …» Anja schwankte. «Wow.»

Bastian öffnete schnell das Auto und bugsierte seine erschreckend blasse Kollegin auf den Beifahrersitz.

Nach einer Minute bekam das Gesicht der jungen Polizistin wieder ein bisschen Farbe. «Alter, das war heftig.»

«Was hast du sie denn gefragt?», erkundigte sich Bastian.

«Nichts. Nichts Besonderes. Sie hat sich plötzlich erinnert, das war alles. Das hat sie umgehauen. Von einer Sekunde auf die andere ist sie ausgetickt.»

«Hat sie irgendwas gesagt, das uns weiterhilft?»

«Ja.» Anja nickte. «Der Glatzkopf hat gesummt, gesummt und leise gesungen. Auf Plattdeutsch. Davon stand nichts in der Akte.»

14

Die Ähnlichkeit war verblüffend. Oder bildete sie sich das nur ein? Lag es an ihrem asiatischen Blickwinkel, dass für sie alle jungen deutschen Frauen gleich aussahen? Alle toten jungen deutschen Frauen, um genau zu sein. Die Leiche auf dem Metalltisch war groß, fast einen Meter achtzig, sie hatte lange, schlanke Beine, blonde Haare, blaue Augen und Sommersprossen auf der bleichen Haut. Fast eine Kopie des Mädchens, das sie vor zwei Tagen obduziert hatten.

Yasi drehte sich zu den Kriminalbeamten um. Heute waren zwei Männer gekommen. Der ältere hatte ein vergilbtes Gesicht und roch nach Nikotin, der jüngere trug einen exakten Seitenscheitel und gebügelte Jeans. Muttis Liebling.

«Gehen Sie davon aus, dass es sich um denselben Täter handelt wie bei Anna ... Wie hieß sie noch gleich?»

«Anna-Lena van Beek», sagte der Kettenraucher. «Nein, wir denken, dass wir es mit zwei verschiedenen Tätern zu tun haben. Der MO ist ein anderer.»

«Der Modus Operandi», erläuterte der Seitenscheitelträger. «Die Vorgehensweise des Täters.»

«Ich weiß, was das ist», erwiderte Yasi. «Ich bin schon seit einer Weile Rechtsmedizinerin.» Lag es an ihren Mandelaugen und der braunen Haut, dass sich die deutschen Männer ständig bemüßigt fühlten, ihr die Welt zu erklären?

Über das Gesicht des älteren Polizisten zuckte ein Anflug von Genervtheit, dann sagte er mit ruhiger Stimme: «Sehen Sie, Frau Doktor, es gibt keine Anzeichen einer Vergewaltigung. Diesmal haben wir genauer hingeschaut.» Er bleckte kurz die Zähne. «So eine Panne wie bei der van Beek soll ja nicht wieder vorkommen. In unserem Fall hat der Täter mit der jungen Unbekannten nicht viel Federlesen gemacht.»

Federlesen? Was redete der Mann da?

Der jüngere Polizist witterte seine zweite Chance: «Mein Kollege meint, dem Täter kam es in erster Linie auf die Tötung des Opfers an.»

«Danke», höhnte der ältere, «aber die Frau Doktor braucht keine Hilfe. Oder habe ich da was falsch verstanden?»

«Mein Name ist Ana. Sie müssen nicht dauernd meinen Doktortitel erwähnen.»

Der rauchende Polizist kniff die Augen zusammen. «Sexualtäter, Frau Ana, kosten ihre Macht aus, quälen ihre Opfer möglichst lange, wenn sie sich ungestört fühlen. Sie töten nicht um des Tötens willen, sondern höchstens als Verdeckungstat, weil sie nicht identifiziert werden wollen.»

«Okay», sagte Yasi. «Sie glauben also, die junge Frau hier ist nicht gequält worden?»

«Wir haben keine Veranlassung, etwas anderes anzunehmen.»

Yasi wandte sich wieder der Leiche zu. Henning Schäfer, der zweite Rechtsmediziner, und Sektionsassistent Georg hatten dem kleinen Disput schweigend zugehört. Nicht dass Yasi Unterstützung erwartet hätte, Henning hielt sich, im Gegensatz zu ihr, mit Meinungsäußerungen stets zurück. Er war eben ein unterkühlter Nordländer, nicht so temperamentvoll wie sie.

Tatsächlich gab es, wie sich Yasi auf den zweiten Blick eingestehen musste, einen großen Unterschied zwischen der neuen Unbekannten und Anna-Lena van Beek: Am Hals der Toten klaffte eine riesige Schnittwunde, beinahe sah es aus wie eine versuchte Enthauptung, der Kopf hing nur noch zu etwa zwei Dritteln am Rumpf.

Yasi hob das rechte Handgelenk an. Nein, das konnte kein Zufall sein: der gleiche bläuliche Streifen wie bei Anna-Lena. Ebenso am anderen Handgelenk. Sie guckte Henning an. Der zog die Augenbrauen hoch, die nonverbale Variante von *Ich weiß ja auch nicht*.

«Sie ist gefesselt worden», rief Yasi den beiden Kriminalbeamten über die Schulter zu.

«Wissen wir», antwortete der ältere mit seiner knarrenden Raucherstimme.

Die Rechtsmedizinerin beugte sich über den Brustkorb der Toten. Unterhalb des Herzens entdeckte sie eine winzige Verletzung, mit bloßem Auge kaum zu erkennen. Wie von einer Messerspitze.

Yasi lehnte sich an den Metalltisch und schaute den älteren Kriminalbeamten herausfordernd an. «Was würden Sie sagen, wenn der Täter mit einem Messer an dem Opfer herumgespielt hätte?»

«Dann würde ich sagen: Zeigen Sie es mir!»

* * *

Es war nur ein Versuch. Schlimmstenfalls würde sie sich lächerlich machen, aber das Risiko ging sie ein. Der Raum war abgedunkelt und die alte UV-Lampe, die Yasi im Internet ersteigert hatte, eingestöpselt. Alte UV-Lampen funktionierten wegen der stärkeren Strahlung besser als neue. Entdeckt hatte Yasi die Wirkungsweise bereits in Peking. Damals war sie in das Zimmer eines Kollegen geplatzt, der gerade seine Schuppenflechte mit UV-Licht behandelte. Auf seinem Arm hatte Yasi deutlich eine alte, längst verheilte Prellung erkannt, die bei Tageslicht nicht mehr zu sehen war. Seitdem wusste sie, dass UV-Licht wochen-, wenn nicht monatealte Hämatome ebenso sichtbar machen konnte wie ganz frische, die sich noch nicht zu blauen Flecken entwickelt hatten.

Yasi richtete den Lichtstrahl auf die Leiche. Und tatsächlich: Der Oberkörper war überzogen mit einem Spinnennetz feiner weißer Linien. Wie bei Anna-Lena van Beek. Nur dass der Täter noch nicht zur zweiten Phase übergegangen war, nämlich den Messerdruck zu verstärken und die Haut aufzuritzen. Er hatte sich damit begnügt, die Schnitte spielerisch zu demonstrieren, und war dann von seinem weiteren Plan abgekommen, aus welchem Grund auch immer.

Die Ausdünstung des kettenrauchenden Kommissars, der sich neben sie drängte, raubte ihr fast den Atem. Trotzdem konnte sich Yasi den kleinen Triumph nicht verkneifen: «Sehen Sie das? Jetzt ist der Dampf am Kacken, was?»

Der Kommissar guckte verständnislos. «He?»

«Sie meint: die Kacke am Dampfen», sagte Henning.

Yasi schüttelte den Kopf. «Das ist doch die Frage, was zuerst da war, die Gans oder das Ei.»

15

«**Hier** ist die Hölle los», sagte Susanne Hagemeister am Telefon. «Deine chinesische Freundin hat mal wieder für einen Kracher gesorgt. Sie hat entdeckt, dass die Tote von heute Morgen doch auf das Konto unseres Glatzenmanns geht. Hinrichs, der bei der Obduktion dabei war, sagt, sie hat so einen Zauber mit einer uralten UV-Lampe veranstaltet. Durch ihre Voodoo-Künste sind Messerspuren auf dem Oberkörper der Leiche sichtbar geworden – dasselbe Muster wie bei Anna-Lena van Beek.»

«Ich dachte, die Frau ist nicht vergewaltigt worden?», sagte Bastian.

«Vielleicht wurde der Täter gestört. Oder er ist durchgedreht, weil ihn irgendetwas aus der Fassung gebracht hat.»

«Wisst ihr inzwischen, wer die Tote ist?»

«Nein, noch keine Vermisstenmeldung.»

Susannes Stimme hallte blechern durch den Dienstwagen, Bastian hatte sein Handy an das Autoradio angeschlossen. Anja und er fuhren gerade auf der B 54 zwischen Burgsteinfurt und Altenberge.

«Was heißt das für uns?», fragte Anja.

«Die Mordkommission und unsere Ermittlungskommission

werden zusammengelegt und weiter aufgestockt. Der Glatzenmann hat innerhalb von drei Tagen zweimal zugeschlagen. Der Typ ist anscheinend vollkommen außer Kontrolle.»

«Und wer übernimmt die Leitung der MK?», fragte Bastian.

Trotz des Hintergrundrauschens konnte Bastian die Enttäuschung in Susannes Stimme hören. «Klaus Kenkmann. Ich mache die Stellvertretung.»

«Wir waren zuerst an der Sache dran. Das wäre dein Job gewesen.»

«Weiß ich auch.» Susanne unterdrückte ihren Ärger nicht länger. «Ich habe Brunkbäumer klar meine Meinung gesagt. Aber du kennst ihn ja. Er hat es als weisen Kompromiss verkauft. Mich bei so einem wichtigen Fall ins kalte Wasser zu werfen, damit würde er mir keinen Gefallen tun, beim nächsten Mal wäre ich an der Reihe, ganz sicher, das hätte er schon mit oben abgesprochen, blabla. Apropos oben, Basti: Biesinger und Willenhagen haben sich was besonders Schlaues einfallen lassen, sie haben einen Profiler, besser gesagt Fallanalytiker, vom LKA in Düsseldorf angefordert.»

«Und was habe ich damit zu tun?»

«Er möchte mit dem Tatort an der Umgehungsstraße anfangen. Und da kennst du dich doch am besten aus.»

«Will er sich nicht zuerst mit den Opfern beschäftigen?»

«Macht er schon. Er kommt mit dem Zug. Wir haben ihm alles per Mail geschickt.»

***

Bastian hielt Männer, die ihren Schnurrbart zwirbelten, für Angeber. Meist waren sie auch noch Klugscheißer und Besserwisser. Oder Partyhengste, die alle Aufmerksamkeit an sich reißen mussten. Seltsamerweise kamen beim Landeskriminalamt diese Typen gehäuft vor. Aber die vom LKA hielten sich ja sowieso für was Besseres. Dass Alexander Leipold, der Fallanalytiker, für den Bastian den Stadtführer spielen sollte, einen kleinkarierten dreiteiligen Anzug und eine dunkelblaue Fliege trug, machte die Sache nicht besser. Wahrscheinlich wartete er nur darauf, dass ihn ein Fernsehsender für eine zwanzigteilige Serie über die skurrilsten Kriminalfälle der letzten fünfzig Jahre entdeckte.

Wenigstens redete Leipold relativ normal, verhielt sich weder distanziert noch übertrieben kumpelhaft, sondern erkundigte sich sachlich nach dem Stand der Ermittlungen. Trotzdem war Bastian noch nicht bereit, seine Vorurteile aufzugeben. In einem Anflug von Großzügigkeit ließ er immerhin die Möglichkeit zu, dass Leipold unter den Zwirbelschnurrbartträgern einer der angenehmeren sein könnte.

Bastian fuhr über den Schotterweg, der zum Maisfeld führte, und stellte den Wagen neben der Baumreihe ab. Ihre Absperrbänder hatte die KTU längst wieder eingesammelt, nichts erinnerte mehr daran, dass hier vor wenigen Tagen ein Verbrechen geschehen war.

«Wo stand das Wohnmobil?», fragte Leipold.

«Da drüben.» Bastian zeigte auf die Wiese neben dem Maisfeld.

«Ist das Modell bekannt?»

«Das Fahrgestell stammt von einem Fiat Ducato. Allerdings gibt es mehrere Hersteller, die darauf ihre Wohnmobile bauen.

Von schlicht bis luxuriös.» Millitzke hatte die Information ins Intranet der Mordkommission gestellt.

«Bis über hunderttausend Euro?»

«Wenn Sie genug Geld haben …»

Leipold nickte. «Gut. Ich laufe mal ein bisschen herum. Sie bleiben am besten im Wagen.»

«Sie wollen sich in die Psyche des Täters versetzen, richtig?»

Der Analytiker grinste. «Ich weiß, viele von euch Praktikern halten uns für Geisterbeschwörer. Sind wir aber nicht. Wir arbeiten wissenschaftlich. Wir versuchen, eine Tat in ihre verschiedenen Ebenen zu zerlegen, um daraus Rückschlüsse auf die Persönlichkeit des Täters zu ziehen. Die Auswahl des Tatorts ist dabei nicht unwichtig.»

«Müssen Sie mir bei Gelegenheit mal erklären.»

Leipold zögerte. «Wollen Sie eine Kurzfassung?»

«Warum nicht? Weiterbildung kann einem Praktiker nicht schaden.»

Der LKA-Mann reckte seinen Daumen in die Luft. «Erstens: die Beziehungsebene. Haben wir es mit einem Einzelgänger zu tun, oder ist der Täter in familiäre Strukturen und einen Freundeskreis integriert?» Der Zeigefinger folgte. «Zweitens: die kognitive Ebene. Könnte man auch als Gedankenwelt des Täters bezeichnen. Wie interpretiert er seine Umwelt? Wie kommuniziert er mit anderen?» Der Mittelfinger. «Drittens: die affektive Ebene. Auch bekannt als Emotionen. All das, was nicht durch den Verstand gesteuert wird.» Ringfinger. «Viertens: die impulsive Ebene. Vereinfacht gesagt: Wie weit hat sich der Typ unter Kontrolle? Kann er sich noch bremsen, wenn er einmal angefangen hat?» Leipold ballte die Hand zur Faust. «Alles klar?»

Bastian verzog den Mund. «Ich glaube, ich muss doch mal ein Seminar besuchen.»

«Nehmen wir ein Beispiel», fuhr der Analytiker fort. «Ein Mann, nennen wir ihn A, hat eine Persönlichkeitsstörung. Er kann durchaus charmant sein und gewinnt immer wieder Frauen für sich. Ist er aber in einer Beziehung, wird er extrem beherrschend und kontrollsüchtig. Er hat ständig Angst, verlassen zu werden, also setzt er seine Freundin unter Druck und schlägt sie, um sie einzuschüchtern. Sie, nennen wir sie B, hat die Nase voll von ihm und will sich trennen. Sie weiß aber, dass A sie nicht freiwillig gehen lassen wird. Sie kommuniziert mit einer Freundin darüber per SMS. A, der natürlich auch das Handy von B kontrolliert, stößt auf die Nachrichten. So weit zur Beziehungsebene. Auf der kognitiven Ebene passiert Folgendes: A kann sich nicht erklären, warum B ihn verlassen will. Er ist doch so ein toller Hecht, außerdem kauft er ihr alles, was sie haben will. Es kann nur daran liegen, dass Bs Freundin ihr das eingeredet hat. Wenn er B klarmacht, dass sie es bei ihm am besten hat, wird sie die Idee, ihn zu verlassen, aufgeben. Notfalls muss er seinen Argumenten eben ein bisschen Nachdruck verleihen. A stellt B also zur Rede, doch entgegen seinen Erwartungen bekräftigt B, dass sie ihn verlassen will. Ja, sie wirft ihm all das an den Kopf, was sich über Wochen und Monate aufgestaut hat, sie sagt ihm ins Gesicht, was für ein Scheißkerl er ist. A wird – affektive Ebene – sehr wütend. Er schlägt zu. Doch selbst als B blutend und verängstigt auf dem Boden liegt, gibt sie nicht nach. Sie winselt nicht um Gnade, sondern verflucht A. As Wut verwandelt sich in Hass. Diese Frau stellt nicht nur die Beziehung, sie stellt auch ihn in Frage. Sie zerstört das Bild, das er von sich hat, besser gesagt, die

Fassade, die er jeden Tag mit viel Mühe aufrechterhält. Denn in Wirklichkeit ist er ja ein armes Würstchen, und B hat das erkannt. Deshalb muss er sie vernichten. Das ist der einzige Ausweg, seine eigene Vernichtung zu verhindern. Auf der impulsiven Ebene kann sich A jetzt nicht mehr stoppen. Er schlägt so lange zu, bis B bewusstlos ist. Dann erwürgt er sie.»

«Ein wahrer Fall?», fragte Bastian.

«So ähnlich ist es passiert, ja. Ich habe die Geschichte ein wenig vereinfacht.»

«Hat er gestanden?»

«Zuerst nicht. Aber die Spuren waren eindeutig. Am Ende ist er eingeknickt.» Leipold stieß die Wagentür auf. «Und jetzt versuche ich mal herauszufinden, wie unser Wohnmobil-Mörder tickt.»

Etwa eine Viertelstunde lang wanderte der Mann im Dreiteiler scheinbar ziellos herum, dann blieb er fünf Minuten reglos an einer Stelle stehen. Ein bisschen wie Hokuspokus kam Bastian das schon vor. Anja Strubel hätte wahrscheinlich ihre helle Freude daran gehabt, einen Fallanalytiker bei der Arbeit zu sehen.

Kurz darauf saß der LKA-Mann wieder im Auto. «Wir können fahren.»

Bastian startete den Motor. «Und? Haben Sie eine Inspiration gehabt?»

«Ich gebe ungern Wasserstandsmeldungen ab. Sich zu früh festzulegen kann die Ermittlungen in die falsche Richtung lenken. Dann sieht man nicht mehr, was links und rechts davon liegt. Denken Sie an das Terror-Trio vom NSU! Aus heutiger Sicht ist es unbegreiflich, dass bei der Mordserie nie die Möglichkeit eines rechtsradikalen Hintergrunds in Betracht gezogen wurde. Wobei ich meine Kollegen aus München ausdrücklich in Schutz nehmen muss. Die dortigen Fallanalytiker haben auf die rechtsradikale Spur hingewiesen, allerdings wollten die Ermittlungsbehörden nichts davon hören.»

Bastian lenkte den Wagen auf die Warendorfer Straße und fuhr zum Polizeipräsidium zurück. «Was meinen Sie, wie lange Sie brauchen?»

«Noch ein, zwei Tage mindestens. Morgen will ich mir die Leichen ansehen und mit der Rechtsmedizinerin sprechen. Sie hat die Ermittlungen erst richtig ans Laufen gebracht, wie ich mitbekommen habe. Scheint eine clevere Person zu sein.»

«Ja», sagte Bastian.

«Und sie sieht heiß aus. Ich habe im Internet recherchiert, steht ja einiges über sie drin. Bin gespannt, wie das ist, eine echte Mosuo zu treffen. Sie kennen sie doch: Sind Mosuo-Frauen wirklich so offen Männern gegenüber, wie es immer behauptet wird?»

Scheiß Zwirbelschnurrbartarsch, dachte Bastian. «Machen Sie sich keine großen Hoffnungen.»

«Ach nein?» Leipold drehte prompt an seiner mit Pomade eingeschmierten Bartspitze. «Sie klingen ein wenig aufgebracht. Hatten Sie mal was mit ihr?»

«Ich weiß zufällig, dass sie Männer mit Schnurrbärten nicht ausstehen kann.»

16

Du bist den ganzen Tag herumgefahren. Ziellos. Du musstest dich beruhigen, runterkommen, das Adrenalin ausschwitzen, das dir bis unter die Schädeldecke gekrochen ist. Du warst kurz davor zu explodieren. Du hättest vor Wut heulen können. Oder alles in Stücke schlagen. Zum zweiten Mal innerhalb weniger Tage ist dein Plan torpediert worden. Dein heiliger Plan. Du musstest *Es* töten. Es blieb dir nichts anderes übrig. *Es* hat dir alles verdorben. Und *Es* hat dafür gebüßt. Trotzdem war das nur ein schaler Ersatz. Ein halbherziges Vergnügen. Du hattest dir etwas ganz anderes, etwas viel Eindrucksvolleres vorgestellt.

In dem Zustand, in dem du danach warst, hättest du nicht einfach nach Hause fahren können. Man hätte dir das Monster angesehen. Du musstest dich erst wieder in einen Menschen verwandeln. Das Handy hat etliche Male geklingelt. Katharina. Der Chefredakteur. Du bist nicht drangegangen. Du wolltest mit niemandem reden.

Jetzt kannst du es nicht länger aufschieben. Du steuerst das Dorf an, in dem du wohnst. In dem deine Familie und du wohnen. Du biegst in deine Straße ein, sie ist so neu wie die Häuser auf beiden Seiten. Die Straße ist kurvig mit vielen Hindernissen, damit man schön langsam fährt. Eine Spielstraße. Und tatsächlich spielen Kinder auf der Straße. Leute stehen in ihren Vorgärten und reden über Zäune und Hecken hinweg miteinander. Du winkst, du lächelst, du gibst den Gute-Laune-Bär. Und dann bist du da. Das Garagentor öffnet sich per Fernbedienung. Du fährst das Wohnmobil hinein und gehst durch die Seitentür direkt in die Küche.

Katharina, die das Abendessen vorbereitet, schaut dich an. Misstrauisch. «Wo warst du?»

«Ich habe noch kurzfristig einen Anschlusstermin aufgedrückt bekommen. Ein Restaurant in der Nähe», sagst du.

Katharinas Gesicht ist ein einziger Vorwurf. «So, wie du aussiehst?»

Du schaust an dir herunter, suchst deine Kleidung nach einem Blutfleck ab. Aber es ist alles in Ordnung. «Was ist denn mit mir?»

«Du siehst schrecklich aus. Als hättest du drei Tage durchgemacht. Du trägst auch immer noch dieselben Sachen wie gestern Morgen. Und du hast dich nicht rasiert.» Katharina kommt auf dich zu und rümpft die Nase. «Du stinkst wie ein Puma. In diesem Zustand kannst du dich doch nicht in der Öffentlichkeit blicken lassen.»

«Herrgott, ich bin eben viel gefahren. Es war anstrengend.»

«Ich habe den ganzen Tag versucht, dich zu erreichen. Warum bist du nicht an dein Handy gegangen?»

«Mein Akku war leer.»

«Ich weiß, dass du ein Aufladekabel im Wagen hast.» Sie stemmt ihre Hände in die Hüften. «Was ist nur los mit dir?»

«Nichts. Gar nichts.»

Katharina weicht zurück. «Warum schreist du mich so an?»

«Ich … schreie … nicht.»

«Doch. Du schreist.»

«Dann hör endlich auf, mir saublöde Fragen zu stellen!»

Katharina kriegt den Mund nicht mehr zu. Du fährst selten aus der Haut. Aber was zu viel ist, ist zu viel. Du musstest ihr klarmachen, dass es Grenzen gibt.

In ruhigerem Ton fragst du: «Wo ist Emma?»

«Oben. Sie spielt in ihrem Zimmer.» Katharina ist beleidigt. Logisch. Darum willst du dich jetzt nicht kümmern.

«Ich gehe dann mal duschen.»

«Wir essen in einer Viertelstunde», sagt Katharina.

Du verlässt die Küche und steigst die Treppe hinauf.

«Dein Chefredakteur hat angerufen», ruft Katharina dir hinterher. «Er schien ziemlich sauer zu sein.»

Ja, du hattest versprochen, die Kritik gleich am Morgen zu schicken. Dann muss der blöde Sack eben einen Tag länger warten. Was soll's?

* * *

Später sitzt du im Wohnzimmer vor dem Fernseher. Im Regionalprogramm läuft ein Bericht über das Ende des letzten *Es*. Ein Polizeisprecher sagt, man wisse noch nicht, um wen es sich handelt. Tja, sollen sie rätseln. Die Reporterin, blond, auf einer Wiese am Flughafen, erwähnt noch, dass auch Hinweise auf den oder die Täter fehlen würden. Wäre ja auch noch schöner, wenn sie etwas über dich wüssten. Am Ende der Aufruf an Zeugen, sich zu melden. Da werden sie lange warten müssen. Für wen halten die dich? Für so einen asozialen, hirnamputierten Gettojugendlichen, der mit seinem Butterflymesser in aller

Öffentlichkeit herumfuchtelt? Die Polizei wird dich nie fassen. Die sind einfach zu dumm, um es mit dir aufzunehmen. Du bist ihnen haushoch überlegen.

Katharina kommt herein. Sie hat diesen verkniffenen Zug um den Mund, den sie schon während des Abendessens zur Schau getragen hat. «Wir müssen reden.»

«Ach ja?» Du stellst den Fernseher aus. «Worüber?»

«Über uns.»

«Was gibt es da zu reden?»

«So geht es nicht weiter.»

«Ich verstehe nicht, was du meinst.» Sagst du, um Zeit zu gewinnen. Natürlich ist dir sonnenklar, was für ein Problem sie hat. Aber sie soll sich nicht einbilden, dass du so schnell zu beeindrucken bist.

«Du verhältst dich merkwürdig. Selbst wenn du da bist, habe ich das Gefühl, dass du geistig abwesend bist. Und dann rastest du bei jeder kleinsten Kleinigkeit aus. Ich habe Angst vor dir.»

«Angst?» Du lachst. «Das ist albern, Schatz.»

«Nein, ist es nicht. Emma hat mich auch schon gefragt, ob du krank bist. Sie möchte nicht gern mit dir allein sein, neulich abends hättest du sie ausgeschimpft.»

«Eine Lappalie, nichts weiter. Ich liebe euch doch beide.»

«Davon merke ich nichts», sagt Katharina.

Du fängst an, dich zu ärgern. Warum nervt sie dich mit diesem Quatsch? Du hast wirklich größere Probleme. «Wie ich schon sagte, ich habe Stress …»

«Ja», unterbricht sie dich, «und dann versetzt du deinen Chefredakteur. Wie passt das zusammen? Das betrifft nicht nur dich, das betrifft auch uns, unser Leben. Was wird aus dem Haus, wenn wir es nicht mehr abbezahlen können?»

Du zwingst dich, ruhig zu atmen, nicht auszuflippen. «Ein Missverständnis. Ich kriege das schon wieder hin.»

«Hast du eine Affäre? Geht es um eine andere Frau?»

«Was?» Du lachst lauter und greifst nach Katharinas Hand. «Ich habe doch dich. Hör zu, Schatz: Ich liebe dich. Alles andere ist unwichtig.»

Ihr Gesicht verzerrt sich. Sie entreißt dir ihre Hand und reibt sie. «Du hast mir weh getan.»

«Tut mir leid. Das wollte ich nicht.»

«Wenn sich nicht etwas ändert, wenn *du* dich nicht änderst …»

Die Wortwahl gefällt dir nicht. «Was ist dann?»

«Ich habe darüber nachgedacht, vorübergehend mit Emma zu meinen Eltern zu ziehen.»

Du kochst. «Das wirst du nicht.»

Katharina macht große Augen. «Willst du mich daran hindern?»

«Ja, das werde ich. Du gehörst zu mir. Du und Emma. Ihr bleibt hier. Verstanden? Wir kriegen das wieder hin.»

Katharina starrt dich mit offenem Mund an. Sie sagt nichts mehr.

Du stehst auf. «Zwing mich nicht, Dinge zu tun, die ich nicht tun will.»

Du gehst hinaus auf den Flur. An der Garderobe hängt die Laterne, die Emma für das Lambertus-Fest gebastelt hat. Du reißt sie herunter und trampelst mit den Füßen darauf herum, bis sie sich in Papierfetzen auflöst. Als du dich umdrehst, steht Katharina in der Tür. Du siehst in ihren Augen, dass sie verstanden hat.

17

Die Unbekannte hatte vor ihrem Tod gekifft. Bei der Laboruntersuchung ihres Blutes war Tetrahydrocannabinol, kurz THC, gefunden worden. Nichts Ungewöhnliches. Da sich das Rechtsmedizinische Institut nicht nur mit der Obduktion von Leichen beschäftigte, sondern noch mit vielen anderen Dingen, darunter die Auswertung von Blutproben bei Autofahrern, wusste Yasi, dass der Konsum von Haschisch und Marihuana in Deutschland unter jungen Menschen weit verbreitet war. Rund fünfzig Jahre, nachdem die ersten Hippies ihren Lebensstil mit dem Rauchen von Joints manifestiert hatten, zogen Jugendliche und junge Erwachsene immer noch oder schon wieder an Wasserpfeifen oder speziell präparierten Zigaretten, in denen der Tabak mit Cannabisprodukten angereichert wurde. Yasi konnte da nicht mitreden, ihre Kenntnisse dieser westlichen Rituale stammten hauptsächlich aus amerikanischen Filmen, sie selbst hatte noch nie THC inhaliert oder als Keks gegessen. Alkohol war die einzige Droge, die sie sich gelegentlich zugestand. Die blonde junge Frau, die Yasi am Vormittag obduziert hatte, war weniger zurückhaltend gewesen, sie hatte Haschisch und Alkohol kombiniert. Die Alkoholmenge im Blut entsprach etwa zwei Flaschen Bier. Insgesamt reichte die Konzentration beider Toxine jedoch nicht für einen Vollrausch, eher sah es so aus, als hätte sie sich in Partylaune gebracht. Mit ihrem Mörder?

Yasi klickte den Bericht über die Blutwerte weg und öffnete auf ihrem Computer den Ordner mit den Fotos der Leiche. Schon seltsam, dass bislang niemand die junge Frau als vermisst gemeldet hatte. Sie sah gepflegt aus, schien in geordneten Verhältnissen gelebt zu haben. Es musste eine Familie, Freunde, Arbeitskollegen geben, denen ihr Verschwinden aufgefallen war. Warum informierte keiner von denen die Polizei? Natürlich hatte Yasi das schon öfter erlebt. Vor allem, wenn es um Menschen aus anderen Kulturkreisen ging, die sich ohne Papiere in Deutschland aufhielten. Oder bei Brandleichen. Aufgrund der DNA-Analyse konnten die Rechtsmediziner dann allenfalls sagen, welcher Weltgegend die körperlichen Merkmale des Verbrannten entsprachen. Aber das kostete viel Zeit und blieb letztlich vage. Ebenso wie die Isotopenmethode, mit deren Hilfe sich die geographische Herkunft und die Aufenthaltsorte unbekannter Personen bestimmen ließen.

Yasi glaubte nicht, dass das bei der blonden Frau, die im Gebäude nebenan in einem Kühlfach lag, nötig werden würde. Der Täter hatte zweimal im Münsterland zugeschlagen, und die Tote entsprach dem Typus der Frauen hier in der Region. Sie musste irgendwo in der Nähe gelebt haben. Yasi vergrößerte die Fotos. Hatte sie etwas übersehen? Eine kleine Tätowierung? Eine verheilte Narbe? Irgendein markantes Merkmal, das zu einem Namen führen könnte? Sonst blieb als letzte Möglichkeit nur das Foto der Toten in den Medien. Für die Angehörigen würde es schrecklich sein, auf diese Weise vom Verlust des geliebten Menschen erfahren zu müssen.

Nein, Yasi entdeckte nichts. *Welches Geheimnis hütest du? Bin ich zu dumm? Sehe ich vor lauter Wasser den See nicht?* Sie schloss den Ordner mit den Fotos der Leiche und öffnete die Abbildungen der blutgetränkten Kleidung. Die Textilien befanden sich mittlerweile bei der Spurensicherung im Polizeipräsidium. Yasi bewunderte das schwarz-weiß gestreifte Kleid, das die Blonde getragen hatte. Ja, sie hatte Geschmack besessen, das Kleid gefiel auch Yasi. Aber bestimmt gab es nichts Entsprechendes in ihrer Größe, als Asiatin hatte sie für mitteleuropäische Kleidermaße einfach zu kurze Beine. Sie vergrößerte das angenähte Schild. Jurk, stand da, darunter ein Name: Joline Jolink. *Jurk?* Wer oder was war ein Jurk? Das Internet verriet nach wenigen Sekunden die Lösung: Jurk bedeutete auf niederländisch Kleid, und bei Joline Jolink handelte es sich um ein kleines Modelabel aus Rotterdam.

Yasi stand vom Schreibtisch auf und ging zum Fenster. Fünfzig Meter entfernt glitzerte das grüne Gebäude des Max-Planck-Instituts in den letzten Strahlen der Abendsonne. Die Niederlande – ein nach chinesischen Maßstäben geradezu winziger Staat westlich von Deutschland, nur eine halbe Autostunde von Münster entfernt. Trotz der Nähe war sie nie dort gewesen. Genauso wenig wie in Paris, Venedig und New York. Und die standen auf ihrer persönlichen Prioritätenliste eindeutig vor Amsterdam. Obwohl es dort mehr Kanäle und Brücken gab als in Venedig, wie sie mal gelesen hatte. Die liberalen niederländischen Drogengesetze reizten sie auch nicht. Dafür fuhren viele junge Deutsche über die Grenze, um sich mit Stoff zu versorgen. *Wie die Frau im Kühlfach? Hatte sie sich bei dieser Gelegenheit gleich ein neues Kleid gekauft?*

Yasi ging zum Schreibtisch zurück. Henning und die anderen Kollegen hatten das Institut längst verlassen. Aber sie verspürte noch keine Lust, nach Hause zu fahren. In Wahrheit fürchtete sie sich ein bisschen vor den einsamen Abendstunden in ihrer Wohnung. Vor den Zweifeln und dem Heimweh. Und dem Wunsch, Bastian anzurufen und sich mit ihm zu verabreden, nur um nicht allein zu sein. Doch sie wollte ihn nicht anrufen. Noch nicht. Sollte er ruhig noch ein bisschen schmoren. *Was lange gart, wird endlich gut* – wie die Deutschen sagten.

Sie holte sich den Bericht über den Mageninhalt der Unbekannten auf den Bildschirm. Die Blonde hatte nicht nur getrunken und gekifft, sondern auch reichlich gegessen. Pommes frites. Und Fleisch. Überraschenderweise stammte es von drei verschiedenen Tieren: Huhn, Rind und Pferd. Was zum Henker war das? Wo stand eine solche Mixtur auf der Speisekarte?

Yasi griff zum Telefon. Wem, abgesehen von Bastian, konnte sie diese Frage stellen? Sie wählte die Nummer von Susanne Hagemeister. Die war zwar nicht nett, aber wenigstens zuständig und kompetent. Freizeichen, dann die Telefonzentrale: Nein, Frau Hagemeister sei nicht mehr im Hause. Yasi fragte nach anderen Mitgliedern der Mordkommission. Alle gegangen oder in Terminen. Ob sie mit jemandem aus der KTU sprechen wolle, der stellvertretende Leiter Millitzke sei noch im Büro. Yasi wollte. Sie hatte ein paarmal mit Millitzke Kontakt gehabt, einem kugeligen Mann, der sich mit Eifer in seine Arbeit verbiss, ohne den faustdicken Schelm hinter seinen Ohren zu verlieren.

«Millitzke.»

Yasi sagte ihren Namen und woran sie gerade arbeitete.

«Dann sind wir ja schon zu zweit», lachte der Spurensicherer. «Keine Lust, Feierabend zu machen, was?»

«Nein. Und wie ist das bei Ihnen?»

«Ach, die Frau ist ganz froh, wenn ich weg bin. Und die Kinder wohnen längst woanders.» Der Spurensicherer wechselte die Tonlage: «Was kann ich für Sie tun?»

«Kennen Sie ein Gericht, das aus Huhn, Schweine- und Pferdefleisch besteht?»

«Klingt nach einem Fertiggericht aus der Tiefkühltruhe im Supermarkt. Nein, Scherz. Ich meine, es gibt seltsame münsterländische Spezialitäten, bei denen man lieber nicht so genau wissen will, was drin ist. Aber mit Pferdefleisch? Haben Sie die ungefähre Zusammensetzung?»

«Bei halbverdauten Speiseresten ist das schwierig zu bestimmen. Anscheinend überwiegen die Huhn- und Schweinefleischanteile.»

«Hmm», machte Millitzke. «Warten Sie mal!» Yasi hörte das Klappern seiner Computertastatur.

«Ja, habe ich es mir doch gedacht», meldete sich der Spurensicherer nach einer Minute. «Bei den Käsköpfen kann man so etwas kaufen.»

«Bei wem?»

«Bei unseren netten Nachbarn, den Holländern. Deren Küche ist im Großen und Ganzen recht bescheiden, sieht man mal von frischem Matjes und Pfannkuchen ab. Aber eines muss man ihnen lassen: Ihre Imbissbuden sind top. Die Pommes extrem lecker. Und dann gibt es da etwas, das nennt sich Frikandel, schmeckt am besten mit viel Zwiebeln, Gurken und Mayo. Die Frikandel ist eine Art Frikadelle oder Bulette, nur in Wurstform. Raten Sie mal, was da drin ist!»

Yasi ahnte es, doch Millitzke erwartete gar keine Antwort. «Vierzig Prozent Hähnchenfleisch – hauptsächlich das, was beim Filetieren übrig bleibt –, fünfundzwanzig Prozent Schweinefleisch und fünf Prozent Pferdefleisch. Der Rest sind Wasser, Bindemittel, Paniermehl, Kräuter, Zwiebeln und Geschmacksverstärker. Mit anderen Worten: Unsere Unbekannte hat vor ihrem Tod in Holland gegessen. Die nach Deutschland exportierten Frikandeln werden nämlich ohne Pferdefleisch hergestellt.»

«Mir ist noch etwas aufgefallen», sagte Yasi. «Das Kleid ...»

«... stammt ebenfalls aus den Niederlanden», fiel ihr Millitzke ins Wort. «Sie haben das Etikett gegoogelt, stimmt's?»

«Könnte es nicht sein ...»

«... dass die Frau Niederländerin war? Ja, der Gedanke ist mir gekommen», sagte Millitzke. «Das würde auch erklären, warum wir bezüglich ihrer Identität im Dunkeln tappen.»

* * *

Die Dämmerung, die hier im Norden so unendlich lange brauchte, bis sie sich in völlige Dunkelheit verwandelte, ließ Yasi den braunen Pfad unter den Bäumen noch einigermaßen erkennen. Sie fuhr wieder auf dem Fahrrad durch den Schlosspark. Im Institut hatte es nichts mehr zu tun gegeben. Alles war ausgewertet, geschrieben, aufgeräumt.

Ein Mann geriet in den Lichtkegel ihrer Fahrradlampe, an der Leine in seiner Hand zerrte ein riesiger Hund. Bastian hatte ihr geraten, abends nicht durch den Park zu fahren, zumindest nicht in der dunklen Jahreszeit. Vielleicht sollte sie tatsächlich lieber die Straße nehmen.

Der Mann grüßte freundlich. Yasi grüßte zurück. Der Hund interessierte sich nicht für sie.

Und dann war sie auch schon am Schloss. Sie fuhr über den Schlossplatz in die Überwasserstraße hinein. Im Kneipenviertel am Rosenplatz herrschte der übliche abendliche Trubel. Eine Männergruppe grölte ein Lied, ohne Gefühl für Takt und Melodie. Alkoholkonsum in größeren Mengen löste bei den Deutschen den Drang aus, aus vollem Hals zu brüllen: Schimpfwörter, Parolen, Lieder. Yasi bedauerte die Menschen, die hier wohnten und die sich das jeden Abend anhören mussten. Für einen kurzen Moment glaubte sie, Bastian zu erkennen. Er schwankte und stützte einen kleineren, korpulenten Mann, der noch größere Probleme mit dem Gleichgewicht hatte. Dann war ihr die Sicht wieder verdeckt. Sie überlegte, ob sie absteigen und hallo sagen sollte. Nein, sie hatte keine Lust auf ihn. Schon gar nicht in diesem Zustand.

Ein paar Minuten später kam sie an einer Schule vorbei. Mitten auf dem Hof stand ein seltsames Gerüst aus Holzbalken, eine Art Pyramide, die mit grünen Zweigen geschmückt war. An den Zweigen hingen bunte Lampions, in denen Kerzen brannten, und um die Pyramide herum bildeten Kinder im Grundschulalter mit Erwachsenen, die sie an den Händen hielten, einen Kreis. Dabei sangen sie ein Lied in einer Sprache, die Yasi noch nie gehört hatte. Manchmal verstand sie ein deutsches Wort, es musste sich um einen Dialekt handeln. Merkwürdig nur, dass sie noch niemanden getroffen hatte, der ihn sprach.

Yasi hielt an und beobachtete fasziniert das Schauspiel. War das ein Kult? Huldigte man irgendeiner Gottheit? Aber wieso auf dem Gelände einer öffentlichen Schule? Oder war sie Zeugin eines alten Brauches? Ein Erntedankfest? Sobald sich die Gelegenheit ergab, musste sie Bastian danach fragen.

Jetzt tauchte ein Mann auf, der sich albern verkleidet hatte. Er trug klobige Holzschuhe, eine Dreiviertelhose, einen blauen, sackartigen Pullover, auf dem Kopf einen zerknüllten Hut und am Arm einen Holzkorb. Die Kinder kreischten, sobald sie den Mann sahen. Ganz offensichtlich gehörte er zum Spiel, denn er durchbrach den Kreis, und es entwickelte sich ein Wechselgesang zwischen ihm und den Umstehenden. Bei der nächsten Strophe zog er eine Frau zu sich in die Mitte. Yasis Handy klingelte. Sie schaute auf das Display. Bastian. Wenn sie den Anruf nicht annahm, würde er es immer wieder versuchen.

«Ja?»

«Ich bin hier am ... inner Stadt. Wir müssn reden.»

«Warum reden wir nicht, wenn du wieder nüchtern bist?», schlug Yasi vor.

«Ich hab nur zwei, drei, vielleicht vier ...»

«Ruf mich morgen an, ja? Dann verabreden wir uns.»

«Morgen iss vielleicht su spät.»

«Das wäre schade», sagte sie ruhig. Sie hasste es, unter Druck gesetzt zu werden, bezweifelte allerdings, dass er sich morgen überhaupt daran erinnern würde.

Bastian sagte nichts. Yasi hörte nur Musikfetzen und laute Stimmen. Dann war die Verbindung weg.

Sie schaute zum Schulhof. Die Menschen sangen immer noch. Und der verkleidete Mann zog jetzt zwei Frauen und ein Kind hinter sich her.

Yasi trat in die Pedale und fuhr weiter. Der Anruf hatte ihr die Stimmung verdorben.

18

Bastian hatte Anja Strubel das Steuer überlassen. Sie fuhren auf der B 54 Richtung Gronau. Er döste auf dem Beifahrersitz. Am liebsten hätte er die Rückenlehne heruntergedreht und noch ein Nickerchen gemacht. Die Zechtour mit Udo Deilbach steckte ihm in den Knochen. Er fühlte sich schlapp, und direkt hinter der Stirn surrte ein leiser Schmerz. Trotz der zwei Tabletten, die er eingeworfen hatte.

«Bist ein bisschen angeschlagen, was?», machte Anja auf kumpelhaft.

Ihm war nicht nach Konversation. «Halb so wild.»

«Kannst ruhig schlafen, wenn du willst.»

«Nein, nein, alles gut.» Er setzte sich aufrechter hin und ließ das Fenster ein Stück herunter. Die frische Luft vertrieb die Übelkeit.

Es war Udos Idee gewesen. Er hatte Bastian im KK 11 angerufen, eine Stunde später war Bastian am Rosenplatz von seinem Fahrrad gestiegen. Das Brauhaus lag gleich um die Ecke, und Udo saß bereits an der Theke, als Bastian den holzvertäfelten Schankraum betrat. An den Strichen auf Udos Deckel konnte Bastian erkennen, dass sich sein Kollege schon einen kleinen Vorsprung angetrunken hatte. Bastian war klar, dass Udo etwas auf der Seele lag. Und er konnte sich auch denken, um was es ging.

«Neulich auf der Umgehungsstraße habe ich Scheiße gebaut», sagte Udo prompt, als sie den Austausch von Freundlichkeiten und das erste gemeinsame Bier hinter sich hatten. «Tut mir echt leid, dass ich dich da mit reingerissen habe. Ich weiß doch, wie viel dir daran liegt, ins KK 11 zu kommen. Du hättest das ruhig auf mich abwälzen dürfen. Mein Rücken ist breit genug und meine Karriere eh im Eimer.»

«Was redest du da für eine gequirlte Scheiße? Denkst du, ich haue dich in die Pfanne? Das war auch meine eigene Dummheit.»

«Unsinn», widersprach Udo. «Du hast mir gesagt, ich soll mir die Leiche angucken, und ich habe nur an diesen Idioten gedacht, der nicht zugeben wollte, selbst am Steuer gesessen zu haben.»

«Hat er übrigens inzwischen.»

Udo hieb mit der Faust auf die Holztheke. «Und ihm passiert nichts. Verdammt, wir hätten ihn mitnehmen und eine Blutprobe veranlassen sollen.»

«Auf welcher Grundlage? Udo, das Mädchen ist in Panik auf die Straße gerannt. Der eigentliche Schuldige ist der, der die Schülerin entführt und vergewaltigt hat. Und zum Glück hat Yasi das erkannt.»

«Yasi», sagte Udo mit schon etwas schwerer Stimme. «Wie läuft's denn so mit euch?»

Bastian überlegte, ob er eine geschönte Version erzählen sollte, doch dann entschied er sich für die Wahrheit. «Schlecht. Vorgestern hat sie mich rausgeschmissen.»

«Ach?» Udo drehte seinen breiten Schädel. «Und warum?»

«Weil ich nicht so viel über den Fall quatschen, sondern mit ihr ins Bett wollte.»

«Komisch. Meine Frau droht immer damit, mich zu verlassen, weil ich ständig über meine Arbeit reden würde.»

«Ich weiß auch nicht.» Bastian massierte seine Stirn. «Bei Yasi kann man nie ahnen, was im nächsten Moment passiert. Sie ist die großartigste Frau, die ich kenne. Lieb, sexy, amüsant. Und plötzlich so spröde wie eine Laubsägearbeit. Ich habe doch gar keine hohen Ansprüche. Ich möchte eine stinknormale Beziehung, zusammen leben, abends auf dem Sofa sitzen und die Füße hochlegen, in Urlaub fahren, Kinder haben. Was ist daran so falsch?»

Udo machte dem Tresenmann ein Zeichen, die leeren Biergläser gegen volle auszutauschen. «So eine normale Beziehung kann auch die Hölle sein. Frag meine erste Frau!»

«Im Winter will Yasi nach China fliegen. Zu ihrer Familie. Allein.»

Udo sog Luft durch die Nase ein. «Hast du mal über eine Umorientierung nachgedacht?»

Bastian trank einen großen Schluck aus dem Glas, das ihm der Tresenmann vor die Nase geschoben hatte. «Blödsinn. Ich werde Yasi nicht einfach aufgeben. Aber ich kann nichts gegen meine Eifersucht machen. Und Yasi ist stinksauer, wenn ich eifersüchtig bin. Männliches Besitzdenken kommt bei den Mosuo gleich nach Mord und Totschlag.»

«Klingt nach einer kompliziten B'ziehung», nuschelte Udo. «Hab ich dir schomma gesagt, dass Susanne Hagemeister auf dich steht? Die hat bestimmt nix gegen Kuscheln auf dem Sofa.»

«Ja, hast du», sagte Bastian. «Aber meine Antwort ist immer

noch nein. Ich werde nichts auf der Arbeit anfangen. Und schon gar nicht mit Susanne.»

«Schade. Ihr wärt so ein nettes Paar.»

Eine Stunde später zogen sie drei Häuser weiter. Das münstersche Kuhviertel, ein im Vergleich zu anderen deutschen Großstädten sehr harmloser Vergnügungsbezirk, wurde vor allem von Studenten und Touristen frequentiert, doch auch manche alteingesessene Münsteraner trafen sich abends in den rummeligen Fachwerkkneipen, die so seltsame Spezialitäten wie Töttchen und Altbierbowle offerierten. Bastian machte normalerweise einen Bogen um das Kuhviertel, doch da der Vorschlag, gemeinsam ein Bier zu trinken, von Udo gekommen war, hatte Bastian seinem Kollegen die Wahl des Ortes überlassen. Gegen westfälisches Altbier war im Prinzip auch nichts einzuwenden, allerdings verzichtete Bastian darauf, eingelegte Früchte darin herumschwimmen zu lassen.

«Das habe ich dir ja noch gar nicht erzählt», kicherte Udo. «Wir haben einen Verdacht, wer hinter den Autobränden steckt. Der mutmaßliche Haupttäter ist einer unserer bekanntesten Kunden, zigmal vorbestraft. Sitzt zu Hause und langweilt sich. Wenn er beim nächsten Mal zuschlägt, kassieren wir ihn ein.»

«Wird auch langsam Zeit», sagte Bastian. Zweiundfünfzig brennende Autos seit Jahresanfang ruinierten nicht nur die Autoversicherungen, sondern auch den Ruf der Polizei. Sogar eine Person aus dem Umfeld des Polizeipräsidenten hatte ihren Wagen in Rauch aufgehen sehen.

Sie tranken noch drei, vier oder fünf Bier. Auf den Apfelkorn, den Udo sich zusätzlich genehmigte, verzichtete Bastian. Und irgendwann drängte er zum Aufbruch. Im Gegensatz zu Udo musste er am nächsten Morgen im Präsidium erscheinen.

Die kühle Nachtluft, die ihnen auf der Kreuzstraße entgegenschlug, wirkte wie eine Keule, Bastian fühlte sich plötzlich erheblich nüchterner. Im Gewimmel der Kneipengänger, die die schmale Straße bevölkerten, glaubte er ein bekanntes Karomuster zu erkennen. Er zog Udo in die andere Richtung, zum Rosenplatz, mit Alexander Leipold wollte er heute Abend nicht mehr plaudern, dessen Gerede über Yasi hatte ihm bereits den Nachmittag verdorben.

«Willsu echt schon gehen?», fragte Udo vorwurfsvoll.

«Ja, und du solltest auch nach Hause fahren.»

Udo lehnte sich schwer gegen seine Schulter. «Meine Leeze steht da rüben.»

«Bist du bescheuert? Du fährst jetzt nicht mehr mit dem Fahrrad.»

«Und warum nicht?»

«Weil du betrunken bist. Du nimmst ein Taxi.»

«Taxi issoch viel zu teuer.»

Bastian setzte sich durch. Kaum hatte er Udo in ein Taxi verfrachtet, verspürte Bastian das Bedürfnis, mit Yasi zu telefonieren. Eine schlechte Idee, wie er im Nachhinein wusste.

* * *

«Die Grenze», sagte Anja. «Kann man kaum erkennen.»

Bastian schreckte hoch. Anscheinend war er doch eingeschlafen. Das letzte Schild, an das er sich erinnerte, war die Ausfahrt nach Ochtrup gewesen. Sein Mund fühlte sich pelzig an. Er suchte in seiner Jackentasche nach einem Kaugummi und steckte es sich in den Mund. «Habe ich geschnarcht?»

«Nein.» Anja gluckste. «Aber du hast im Schlaf geredet. Ich glaube, mit einer Frau.»

«Yasi?»

«Ja, es klang so ähnlich. Deine Freundin?»

Bastian brauchte ein bisschen zu lange, um die Frage mit Ja zu beantworten.

«Ist das nicht die Rechtsmedizinerin?»

«Wenn du schon alles weißt – warum fragst du dann?»

«Hey, du musst nicht gleich pampig werden. Wenn man den ganzen Tag mit jemandem zusammen ist, kann man doch vielleicht mal eine persönliche Frage stellen.»

«Entschuldige», lenkte Bastian ein. «Ich bin heute nicht so gut drauf.»

«Habe ich gemerkt.»

«Wie ist das bei dir?», versuchte er dem Gespräch eine andere Richtung zu geben. «Hast du eine Beziehung?»

«Er heißt Jörg und lebt in Duisburg. Und er ist Polizist. Bis ich nach Münster versetzt wurde, haben wir zusammengewohnt. Jetzt sehen wir uns an den Wochenenden. Falls nicht gerade die Mordkommission nach mir ruft.»

«Eine Wochenendbeziehung. Man freut sich, den anderen zu sehen, und spart sich die Nervereien im Alltag.»

«Manchmal.» Anjas Lippen wurden schmal. «Manchmal kotzt es mich auch an. Ich weiß nicht, wie lange ich das noch so machen möchte.»

Irgendwie fand Bastian es beruhigend, dass er nicht der Einzige war, der Probleme hatte. Aber das sagte er natürlich nicht. Stattdessen schaute er zur Seite. Die Häuser sahen hier ganz anders aus als in Deutschland. Viel leichter und luftiger. Das lag an den großen Fenstern, durch die man in die Wohnzimmer gucken konnte. Und daran, dass viele Niederländer auf Gardinen verzichteten, allenfalls ein Stückchen Deko-Gardine ins Fenster hängten. Die Tradition stammte aus puritanischen Reformationszeiten, als Familienleben noch eine öffentlich kontrollierte Veranstaltung war. Die Tugendwächter, die abends im Dorf patrouillierten und aufpassten, dass niemand Karten spielte, waren seit Jahrhunderten verschwunden, der freie Blick quer durchs Haus bis in den Garten hatte bis heute überlebt.

Dass Anja und er auf dem Weg zur Polizeistation in Enschede waren, hatten sie mal wieder Yasi zu verdanken. Yasi und Millitzke, die unabhängig voneinander auf dieselbe Idee gekommen waren. Nicht jede Information, die bei der Besprechung am Morgen ausgetauscht wurde, war durch Bastians tranige Gehirnwindungen gedrungen, offenbar spielte Kleidung eine Rolle, die Tatsache, dass die Tote, die in der Nähe des Flughafens Münster-Osnabrück gefunden worden war, gekifft hatte, und eine Frikandel spezial, die Yasi und Millitzke gemeinsam analysiert hatten. Wie auch immer das Ergebnis zustande gekommen war, ein Anruf in den Niederlanden und einige per Mail ausgetauschte Fotos hatten es heute Morgen bestätigt: Bei der Toten handelte es sich um eine Frau aus Glanerbrug bei Enschede, die seit zwei Tagen vermisst wurde. Und Bastian und Anja bekamen den Auftrag, den persönlichen Kontakt zu den Ermittlungsbehörden jenseits der Grenze herzustellen. Ihre fehlenden Niederländisch-Kenntnisse würden wahrscheinlich nicht weiter auffallen. Wie Bastian aus Erfahrung wusste, sprachen fast alle Holländer in der Grenzregion ein passables Deutsch.

* * *

Commissaris Ruud Bouman war ein freundlicher Lockenkopf mit einem alt gewordenen Kindergesicht, der sie mit einem fröhlichen «Dag, hoe gat het?» begrüßte. Anschließend brach er in Lachen aus, als sich Bastian und Anja verdutzt ansahen. «Na, dann kommt mal rein in die Kammer. Koffie? Mit Milch und Zucker?»

Sie wollten Kaffee, Bastian mit Milch und Zucker, Anja schwarz. Und sie hatten auch nichts dagegen, dass sie mit Ruud Bouman gleich per Du waren. Der Commissaris führte sie in ein schmales Büro mit Blick auf die Nijverheidsstraat, rückte zwei Stühle vor seinem Schreibtisch zurecht und stellte nach einem kurzen Ausflug zum Kaffeeautomaten zwei dampfende Becher vor seinen Gästen ab.

Von einem Augenblick auf den anderen, als Bouman sich auf seinen Schreibtischstuhl setzte, verwandelte sich das freundliche Kindergesicht in ein mindestens zehn Jahre älteres, sehr ernstes Polizistengesicht. «Traurige Sache, das. Wir waren schon bei der Familie von Marijke de Jong. Sehr schlimm.»

«Kann ich mir denken», sagte Bastian. «Ich musste auch vor kurzem Eltern eine solche Nachricht überbringen.»

Bouman schaute auf. «Ein ähnlicher Fall?»

«Wahrscheinlich sogar derselbe Täter.»

«Nee? Ehrlich? Sag bloß?»

Abwechselnd berichteten Bastian und Anja dem Niederländer, was die deutsche Polizei in den Fällen Anna-Lena van

Beek und Christin Tomphütte ermittelt hatte, einschließlich der Erinnerungslücken des Zeugen und des Opfers.

Ruud Bouman lehnte sich auf seinem Stuhl zurück und starrte an die Wand. «De kaal-hoofd-man.»

«Was?», fragte Bastian.

«Pardon! Der … wie sagt man … Glatzemann.»

«Der Glatzenmann? Du kennst ihn?»

Bouman nickte. «Hat hier vor zwei Jahren ein Meisje überfallen und verkracht.»

Anja beugte sich vor. «Verkracht?»

«Verge…»

«…waltigt?», vollendete Anja.

Der Commissaris nickte erneut. «Sehr böse. Sehr brutal. Sie sitzt heute noch in der Psychiatrie.»

«Konnte sie den Täter beschreiben?»

«Ja.» Bouman zog eine Schublade seines Schreibtisches auf und kramte darin herum. «Es gab sogar ein Poster von ihm. Hier.» Er entfernte ein Gummi und rollte das Blatt so aus, dass Bastian und Anja das überlebensgroße Gesicht des Glatzenmanns betrachten konnten. «Niemand hat ihn erkannt. Leider. Aber vielleicht ist er ein Deutscher.»

19

Der Mann sah lustig aus. Er hatte die Haare, die ihm unter der Nase wuchsen, so lang werden lassen, dass er aus ihnen etwas formen konnte, das Ähnlichkeit mit Antennen hatte. Oder mit Insektenfühlern. Bei den Mosuo-Männern sprossen – wie bei den meisten Asiaten – nicht so viele Haare im Gesicht. Und die wenigen, die sich bei Yasis Onkeln und Brüdern über der Oberlippe oder am Kinn zeigten, wurden regelmäßig abrasiert. Der Mann aber, der an Yasis Bürotür im Institut geklopft hatte, trug nicht nur einen seltsamen Bartschmuck, er war auch wie ein Clown angezogen, mit einem schwarz-weiß gemusterten Anzug und einer roten Fliege über dem weißen Hemd. Es fehlten nur die rote Knollennase und die für Clowns typischen, wie bei einem elektrischen Schlag nach allen Seiten abstehenden Haare. Yasi hielt ihren Besucher zunächst für einen Kollegen aus einem anderen Rechtsmedizinischen Institut, vielleicht aus dem Ausland, da sie ihm noch nie auf einem deutschen Rechtsmediziner-Kongress begegnet war. Seine Erscheinung entsprach so sehr dem Klischee des verschrobenen Professors, dass sie in ihm nie einen Polizisten vermutet hätte. Doch als solcher stellte er sich vor: Alexander Leipold, Fallanalytiker beim Landeskriminalamt in Düsseldorf. Während er das sagte, griff er nach Yasis Hand und deutete einen Handkuss an. Yasi hatte das mal in einem alten Film gesehen und für ein längst in Vergessenheit geratenes Ritual gehalten.

«Freut mich außerordentlich, mit Ihnen zusammenzuarbeiten.» Leipold entblößte zwei Reihen sehr glatter weißer Zähne. «Ich habe schon viel von Ihnen gehört. Nur Gutes, natürlich.»

«Wirklich?» Obwohl sie beeindruckt war, entschloss sie sich, vorläufig die Zurückhaltende zu mimen. Anders als Bastian schien Leipold keiner Ermunterung zu bedürfen, seinen Gefühlen Ausdruck zu verleihen.

«Sie stapeln tief, Frau Doktor. Ihr letzter großer Fall war tagelang Thema in allen Medien. Nicht nur wegen seiner Brisanz, sondern vor allem wegen Ihrer Person. Eine Mosuo in der Rechtsmedizin ist selbst für unsere weltoffenen deutschen Verhältnisse eine Besonderheit. Eine sehr angenehme Besonderheit, wie ich sagen darf.»

«Ich glaube, Sie schmieren mir Honig ans Kinn.»

Der Fallanalytiker lachte. «Eine prickelnde Vorstellung, in der Tat. Aber ich bin hier, um Ihre Expertise einzuholen. Meine Aufgabe ist es nämlich, ein Profil des Täters zu erstellen, der für den Tod der beiden jungen Frauen verantwortlich ist, die in Ihren Kühlfächern liegen.»

«Und wie kann ich Ihnen da helfen?», fragte Yasi.

«Indem Sie mich an diesen unwirtlichen Ort begleiten und mir die Leichen zeigen. Und mir alles erzählen, was Ihnen dazu einfällt und nicht in den Akten steht.»

Yasi lächelte. «Ich bin Medizinerin. Was ich beweisen kann, steht in den Akten. Alles andere ist ohne Bedeutung.» Dabei öffnete sie die Tür und trat in den Flur hinaus.

«Es gibt einen großen Unterschied zwischen uns.» Leipold

folgte ihr und beobachtete, wie sie die Bürotür abschloss. «Sie sind eine Frau. Ich bin sicher, Sie haben sich in Ihrer Phantasie in die Frauen hineingefühlt und überlegt, wie Sie sich an deren Stelle verhalten hätten. War es nicht so, Frau Doktor?»

«Mein Name ist Yasi Ana. Den Doktor können Sie weglassen. Und wenn ich mich jedes Mal in die Opfer hineinfühlen würde, die ich unter dem Skalpell habe, ginge es mir die meiste Zeit ziemlich schlecht.»

«Wir reden von zwei jungen, hübschen Frauen, die stundenlang in der Hand ihres Peinigers waren, der seine perversen Spiele mit ihnen getrieben hat.»

«Wie ist das denn bei Ihnen?», konterte Yasi. «Können Sie sich in diese perversen Monster hineinfühlen?»

«Das muss ich», antwortete der Fallanalytiker. «Ob ich will oder nicht. Und ich kann nicht verhehlen, dass es manchmal sehr ekelhaft ist.»

«Wie kommt Ihre Frau damit zurecht?»

«Meine Frau?» Leipold schaute auf den goldenen Ehering an seiner rechten Hand. «Meiner Frau hat das gar nicht gefallen. Wir leben getrennt.»

Bei jeder Tür, auf die sie stießen, eilte Leipold voraus, um sie für Yasi aufzuhalten. Bastian wäre nie auf eine solche Idee gekommen. Und die wenigen Komplimente, die er unaufgefordert von sich gegeben hatte, konnte Yasi an einer Hand abzählen. Verglichen mit ihrem spröden Liebhaber, war Alexander Leipold ein echter Gentleman. Trotzdem hatte sie nicht vor, sich von seinem Charme einwickeln zu lassen. Nicht so schnell jedenfalls.

Im Sektionssaal wurde an diesem Vormittag nicht gearbeitet. Yasi ging zur Wand und zog das Fach heraus, in dem die mit groben Stichen zugenähte Leiche von Anna-Lena van Beek lag. Ihre Eltern hatten sich für den Nachmittag angekündigt, Yasi hasste diese Termine. Auch wenn das für Menschen außerhalb ihres Faches seltsam klang: Sie liebte ihre Arbeit, die detektivische Suche nach Todesursachen und Mordmethoden machte ihr oft sogar Spaß. Viel unangenehmer als die Beschäftigung mit den Leichen war die Begegnung mit den Hinterbliebenen, die Trost oder Hilfe erwarteten. Yasi fühlte sich dann schnell überfordert und wünschte sich Menschen an ihrer Seite, die für so etwas ausgebildet waren. So wie die Lama-Mönche und Daba-Priester in ihrer Heimat, die die Begräbnisriten leiteten und den Verstorbenen den Weg ins Land Seba'anawa, dem irgendwo nördlich gelegenen Paradies, wiesen. Beim Tod ihrer Großmutter, einer im ganzen Dorf verehrten Matriarchin, hatte Yasi dieses mehrere Tage dauernde Ritual wie einen warmen Strom der Beruhigung empfunden.

Ausnahmsweise schweigend und konzentriert betrachtete Alexander Leipold die Leiche der jungen Frau, während Yasi auf die verschiedenen Ursachen der Verletzungen hinwies. Er blieb auch noch eine Weile stumm, als sie geendet hatte, dann sagte er: «Und die andere? Die Holländerin?»

Yasi zog ein zweites Fach heraus. Sie hatte inzwischen erfahren, dass ihre Vermutung richtig gewesen war, das Mordopfer hatte in den Niederlanden gelebt, nur ein paar Kilometer hinter der Grenze, aber doch weit genug, um nicht sofort ins Suchradar der deutschen Ermittler zu geraten.

Wieder erklärte Yasi. Vor allem das, was ohne technische Hilfsmittel nicht zu erkennen war. Leipold nickte begeistert. «Faszinierend.»

Yasi wartete auf mehr. Als nichts kam, weil sich der Fallanalytiker nicht vom Anblick der wachsbleichen Schneewittchen-Gestalt losreißen konnte, fragte sie: «Was ist faszinierend?»

«Die Unterschiede.» Leipold zeigte von einer Leiche zur anderen. «Etwas hat ihn aus dem Konzept gebracht.»

«Na klar. Die Schülerin hat es geschafft, zu fliehen.»

«Das meine ich nicht. Ich rede von der hier, Marijke de Jong. Warum, denken Sie, hat er ihr das Messer auf die Brust gedrückt?»

«Um ihr Angst zu machen, das ist ziemlich offensichtlich», sagte Yasi.

«Richtig. Aber das ist die erste Phase. Besser gesagt, die zweite. Vorher lässt er sie schmoren, gefesselt an den Sitz in seinem Wohnmobil, soll sie die Situation realisieren. Dann droht er mit dem Messer, spielerisch, ohne sie zu verletzen. Erst danach kommen die wirklich brutalen Dinge, die Schnitte, Schläge, die Vergewaltigung. Er nimmt sich Zeit, viele Stunden, er hat eine Dramaturgie, er kostet die Sache bis zum Ende aus. Das wissen wir von dem ersten deutschen Opfer, das überlebt hat. Und in den Niederlanden hat er offenbar eine weitere Frau nach diesem Schema gequält. Aber bei Marijke ...», Leipold schaute Yasi mit glänzenden Augen an, «... hat er sein sadistisches Ritual frühzeitig abgebrochen. Er hat sie mit einem Schnitt getötet und weggeworfen. Warum? Er gibt sich große Mühe, die Frau in sein Wohnmobil zu bekommen – und dann verzichtet er freiwillig auf seinen Spaß? Das passt nicht zu ihm, er hat bisher stets sehr kontrolliert gehandelt. Sie muss etwas getan oder gesagt haben, das ihn ungeheuer wütend machte.»

«Haben Sie etwa Verständnis für ihn?»

Leipold legte den Kopf schief. «Nein. Wie kommen Sie darauf?»

«Weil Sie so euphorisch über ihn reden.»

Der LKA-Mann lachte. «Ich bewundere diese Männer nicht. Doch man sollte sie auch nicht für strohdumme Kreaturen halten, denen der Mordwillen aus den Augen blitzt. Sie würden erstaunt sein, wie charmant manche von ihnen sein können. Einige ziehen nicht nur ihre Opfer, sondern die ganze Welt in ihren Bann. Sogar Polizisten, Anwälte, Psychiater oder das Gefängnispersonal wickeln sie um den Finger.»

«Wie Hannibal Lecter.»

«Ja, er ist ein Prototyp.» Leipold schaute auf seine Armbanduhr. «Schade, dass wir nicht die Zeit haben …» Er hob den Kopf, die Augenbrauen fragend zusammengekniffen. «Wie wäre es heute Abend? Haben Sie Lust, mit mir essen zu gehen?»

«Warum nicht?», hörte Yasi sich sagen.

20

Du frisst alles in dich hinein, was im Internet über dich verbreitet wird. Sie sind dir auf den Fersen, minütlich schwillt die Gerüchteblase an. Man hat gehört, gesehen, gelesen, der Schwager bei der Polizei hat erzählt. Du hast angeblich schon zig andere Verbrechen verübt. Du bist das verkommenste, verdorbenste Stück Scheiße, das man je gesehen hat. Der Internetmob tobt, ruft zum Lynchmord auf, würde dich am liebsten in kleine Stücke reißen, nachdem er dich mit glühenden Zangen gemartert hat.

Aber auch die seriösen Medien kommen ständig mit neuen Informationen. Die Polizei ist cleverer, als du gedacht hast. Schon nach einem Tag haben sie entdeckt, dass das letzte *Es* aus Holland stammt. Nicht schlecht. Hast du den schwabbelbäuchigen Bürohockern nicht zugetraut. Hut ab vor der deutschen Polizei. Oder war es diese schlitzäugige Rechtsmedizinerin, von der irgendeine Bloggerin geschrieben hat? Egal, sie wissen jetzt, dass du in den vergangenen Jahren nicht untätig warst, sie haben nicht nur eins und zwei, sondern auch drei und vier zusammengezählt. Und – hurra! – es gibt ein Bild von dir. Du bist nicht mehr nur ein Mann ohne Haare, dein Gesicht hat Konturen bekommen. Ein wenig unscharf zwar, aber durchaus akzeptabel. *Wer kennt diesen Mann? Wer hat diesen Mann in der Nähe des Tatortes gesehen? Sachdienliche Hinweise nimmt jede Polizeidienststelle …* Ja, komisch, dass noch niemand den guten alten Glatzenmann erkannt hat.

Ein Schlüssel dreht sich in der Haustür. Katharina. So spät schon? Du dachtest, du hättest noch Zeit, bis sie von der Arbeit zurückkommt.

Katharina steht in deinem kleinen Arbeitszimmer. «Wo ist Emma?»

Emma? Dir dämmert etwas. «Au verdammt!»

«Du hast versprochen, sie vom Kindergarten abzuholen.»

Du stehst auf. «Ich bin schon auf dem Weg.»

«Die Kindergärtnerinnen sind nicht begeistert, wenn sie wegen der Eltern Überstunden machen müssen.»

«Ich weiß. Tut mir leid, Schatz.» Du beugst dich zu Katharina hinunter, um ihr einen Kuss zu geben, aber sie hat nur Augen für das, was sie auf dem Bildschirm deines iMacs sieht. «Statt dich um Emma zu kümmern, beschäftigst du dich mit diesem Dreckskerl.»

«Tun das im Moment nicht alle Eltern im Münsterland?»

«Du denkst …» Katharinas Augen werden schmal. «Doch nicht Emma. Sie ist viel zu jung.»

«Da hast du wahrscheinlich recht.» Du drängst dich an Katharina vorbei.

«Wie ist es mit deinem Chefredakteur gelaufen?», ruft sie dir hinterher.

«Alles wieder in Ordnung. Ich habe das geregelt», rufst du zurück.

Dann bist du draußen. Nichts ist geregelt, nichts ist in Ordnung. Er hat dich zusammengeschissen, der blöde Sack. *Unzu-*

verlässigkeit kann ich nicht ausstehen ... Falls das noch einmal vorkommt ... Sie wissen ja, in welcher Situation wir uns befinden ... Blabla. Er hat es nicht offen gesagt, aber du hast es zwischen den Zeilen herausgehört: Du stehst auf der Abschussliste, Ende des Jahres ist Schluss für dich. *Adieu, mein Bester, hat uns sehr gefreut.* Dein Scheinleben geht den Bach runter – Katharina misstrauisch, Emma fremdelt, die Einnahmen brechen weg. Komischerweise lässt dich das kalt. Es ist dir nicht mehr wichtig. Soll sich die Lage ruhig zuspitzen. Du spürst, dass es dir immer schwerer fällt, die Fassade aufrechtzuerhalten. Du hast keine Lust mehr, nach den hochwohlanständigen bürgerlichen Regeln zu tanzen, deine Bestimmung ist eine andere. Trotzdem wirst du nicht einfach so aufgeben und kapitulieren. Nein, wenn es zu Ende gehen soll, dann mit einem Knall.

Inzwischen hast du dein Fahrrad, das vor dem Haus stand, aufgeschlossen und radelst die Straße hinunter. Kinder, die aus der Schule kommen, Mütter mit Kleinkindern. Wieder grüßen, nicken, lächeln, bis die Gesichtsmuskeln schmerzen. Was für eine Erleichterung wird es sein, wenn du diesen Zirkus hinter dir lässt. Aber freu dich nicht zu früh. Noch musst du eine Weile im Hamsterrad mitlaufen.

Der Kindergarten ist gleich um die Ecke. Alles still, alle schon ausgeflogen. Emma sitzt in ihrem Gruppenraum, fertig angezogen, schmollend. Eine Kindergärtnerin hockt miesgelaunt in der Ecke.

«Sie wissen schon, dass wir ...»

«Tut mir leid», unterbrichst du ihr Gezeter. «Mir ist etwas dazwischengekommen. Gehen wir, Emma?»

Emma spielt weiter mit einer Puppe, guckt dich nicht an. «Wo ist Mama?»

«Mama ist zu Hause. Da fahren wir jetzt auch hin.»

«Ich will, dass Mama mich abholt.»

Es reicht dir. Du gehst zu Emma, ziehst sie hoch, nimmst sie auf den Arm und trägst sie weg. Noch ein bisschen Geplärre an deinem Ohr, von der Kindergärtnerin ein vorwurfsvoller Blick zum Abschied, dann ist auch das überstanden.

Du stellst Emma neben ihrem kleinen Fahrrad ab. Immer noch protestierendes Geheule. «Hör auf damit!», sagst du. «Ich möchte, dass du auf dein Fahrrad steigst und vor mir herfährst. Und auf dem ganzen Weg will ich keinen Mucks hören, verstanden?»

Emma weiß, wann es besser ist, nachzugeben. Sie kennt den Ton, den du anschlägst, wenn du es ernst meinst.

Du genießt die Ruhe auf der Rückfahrt. Die Ruhe vor dem nächsten Sturm.

21

«**Wir** Mosuo-Frauen herrschen nicht über unsere Männer. Ihr westlichen Männer fühlt euch schon unterdrückt, wenn ihr nicht alles bestimmen könnt. Unsere Männer sehen das nicht so. Ihnen geht es gut. Sie müssen nicht so hart arbeiten wie die Frauen, sie müssen sich auch nicht um die Finanzen kümmern und darum, dass die Familie über den Winter kommt. Das erledigen die Frauen für sie. Trotzdem gibt es viele Bereiche, für die allein die Männer verantwortlich sind. Handel und Außenbeziehungen sind Männersache, Männer hüten das Vieh und schlachten es. Und sie übernehmen alle Aufgaben, die bei einem Begräbnis anfallen. Aber das sind nicht die Lebensbereiche, die jemand wie Sie interessieren, ist es nicht so?»

«Wofür interessiert sich denn jemand wie ich?», fragte Alexander Leipold.

«Da fallen mir gleich drei Dinge ein.»

«Und die wären?»

«Wie kommt es zum Sex, wie ist der Sex, und wie geht es nach dem Sex weiter.»

Leipold lachte. «Sie haben recht, mitteleuropäische Männer denken etwa alle acht Minuten an Sex.» Er deutete auf Yasis Teller. «Ihr Sauerbraten wird kalt.»

Sie saßen in einem gemütlichen Restaurant in Münsters Altstadt, mit dunklen Holzbalken, Stofftischdecken und Kellnern mit weißen Hemden und schwarzen Fliegen. Leipold hatte das Lokal vorgeschlagen, Yasi war noch nie hier gewesen. Wenn sie mal mit Bastian ausging, dann standen asiatische, italienische oder spanische Gerichte auf der Speisekarte. Bastian mochte die traditionellen Lokale in der Altstadt nicht, Spießerhöhlen nannte er sie, Touristenfallen. «Westfälisch hat meine Mutter lange genug gekocht», pflegte er zu sagen, «dafür gebe ich kein Geld aus.»

Yasi schnitt ein Stück von dem Sauerbraten ab. Etwas ähnlich Exotisches hatte sie noch nie gekostet. Tagelang in Essig und Gewürzen eingelegter Rinderbraten, hatte Leipold erklärt. Dazu wurden runde Kartoffelballen und süßlicher Apfelbrei gereicht. Vielleicht, dachte Yasi, hatte sie zu sehr auf Bastians Urteilsvermögen vertraut. Um die heimische Küche kennenzulernen, musste sie erst mit einem Mann aus Düsseldorf ausgehen. Und Leipold hatte nicht nur einen guten Geschmack bei der Restaurantwahl bewiesen, er hatte ihr auch verraten, wen die überlebensgroße Figur darstellte, die vor dem Eingang über einem Brunnen thronte. Das sei der Kiepenkerl, hatte er erzählt, ein Handlungsreisender aus früheren Zeiten, der in seiner Kiepe Gemüse und Obst zum münsterschen Markt brachte und mit allerlei nützlichen Haushaltsartikeln aufs Land zurückkehrte. Damals sei das Münsterland noch arm gewesen, der Kiepenkerl habe sich keine Kutsche leisten können, sondern die Sachen auf seinem Rücken getragen. Woher er das alles wisse, hatte Yasi gefragt. Und der LKA-Mann war ein bisschen wehmütig geworden, als er erwähnte, dass er mehrere Semester in Münster studiert habe.

Leipold hatte sein Pfefferpotthast längst verzehrt und nebenbei Yasi über die Mosuo ausgefragt. Wobei sie merkte, dass er bereits ausgiebig im Internet recherchiert hatte. Zeit, das Thema zu wechseln.

«Ich hatte gehofft, ich erfahre heute Abend auch etwas über Ihr Fachgebiet. Es interessiert mich wirklich brennend, wie diese Psychopathen ticken, die Frauen quälen.»

«Wollen wir wirklich eine Fachdiskussion starten, Frau Kollegin?»

«Warum nicht?», gab Yasi zurück. «Zwei Köche verderben doch keinen Brei, oder?»

Der Fallanalytiker grinste. «Okay. Statt Psychopath bevorzuge ich übrigens die Bezeichnung ‹antisoziale Persönlichkeit›. Nicht alle, die diese Persönlichkeitsstörung haben, also überwiegend Männer, werden in unserer Gesellschaft als krank angesehen. Die Vorstände großer Unternehmen und die Spitzengremien der Politik sind voll von ihnen. In manchen Bereichen gilt es als Charakterstärke, hart durchgreifen zu können, ohne Rücksicht auf Verluste. Wie soll ein General einen Angriff befehlen, wenn er sich Sorgen um die Gesundheit und das Leben der Gegner macht? Oder der Personalchef eines Konzerns eine Massenentlassung durchziehen, wenn er Mitleid hat? Solange die Gefühlskälte und das mangelnde Mitgefühl gesellschaftlich anerkannten Zwecken dienen, sind die Antisozialen hoch angesehen. Unmoralisch wird es erst, wenn sie Verbrechen begehen.»

«Vorausgesetzt, man hält Krieg nicht für ein Verbrechen», warf Yasi ein.

«Richtig», sagte Leipold. «Ich spreche von gesellschaftlich sanktionierten Verbrechen. Und da sind die Antisozialen ganz vorne. Etwa achtzig Prozent der männlichen Gefängnisinsassen haben eine antisoziale Persönlichkeitsstörung. Sehr viele sind narzisstisch veranlagt, kennen keine Reue und kein Schuldgefühl. Sie haben nur einen Bezugspunkt: sich selbst. Sie nehmen sich, was sie wollen. Wer ihnen dabei hilft, ist ihr Freund, wer Kritik äußert, ist ihr Feind. Deshalb kann ein Freund auch jederzeit zum Feind werden. Antisoziale denken, die Welt ist schlecht, und nur, wer ebenfalls schlecht ist, kann in ihr überleben. Logischerweise halten sie Menschen mit Empathie und Skrupeln für Schwächlinge, auf die sie mit Verachtung herabblicken.»

Yasi hob die Hand, um Leipolds Redefluss zu stoppen. «Nicht so schnell. Für eine mitfühlende Frau wie mich ist es schwer zu begreifen, dass es Menschen gibt, die gar nichts empfinden. Wie soll das gehen?»

«So ist es ja auch nicht», widersprach der LKA-Mann. «Man könnte fast sagen, bei den Antisozialen handelt es sich um Mutationen. Sie haben die Fähigkeit, ihre Spiegelneuronen ein- und auszuschalten. Hirnforscher haben Versuche mit schwerstgestörten Gewaltverbrechern gemacht. Man hat sie an einen Hirnscanner angeschlossen und ihnen Videos mit Gewaltszenen vorgespielt. Wie zu erwarten, passierte im Gehirn der Serientäter nichts, ihnen war das Schicksal der Opfer egal. Dann hat man den Versuch wiederholt und die Testpersonen gebeten, sich in die Opfer einzufühlen. Und siehe da, plötzlich feuerten die Spiegelneuronen, das Gehirn dieser brutalen Täter verhielt sich wie das eines normalen Menschen.» Leipold lächelte Yasi an. «Interessant, nicht? Sie können sich, wenn sie wollen, wie du und ich verhalten. Und gerade das macht sie so gefährlich. Sie erkennen mit tödlicher

Sicherheit die Schwächen anderer Menschen und nutzen sie aus. ‹Emotionale Vampire› hat ein Psychiater sie genannt, Frauen verfallen ihnen reihenweise. Kennen Sie zum Beispiel Jack Unterweger?»

«Dieser Österreicher, der Prostituierte ermordet hat?»

Leipold nickte. «1974 ermordet er eine achtzehnjährige Prostituierte. Zuvor hat er sie gezwungen, sich nackt auszuziehen. Er schlägt sie über Stunden mit einer Teleskop-Stahlrute und erdrosselt sie schließlich mit ihrem Büstenhalter. Unterweger wird verhaftet und zu lebenslanger Haft verurteilt. Als Motiv für den Mord gibt er an, das Opfer habe ihn an seine Mutter erinnert. Im Gefängnis fängt Unterweger an zu schreiben. Seine Autobiographie, in der er seine schlimme Kindheit beschreibt, wird ein Bestseller. Die Wiener Intellektuellen begeistern sich für den ‹Knastpoeten›, Hunderte von Künstlern unterschreiben eine Petition, in der sie Unterwegers Freilassung fordern. 1990 kommt er tatsächlich vorzeitig frei. Sofort ist er ein Star. Lesungen, Fernsehauftritte. In den Wiener Szene-Bars werfen sich ihm die Frauen an den Hals. Er schreibt ‹Tatort›-Drehbücher und arbeitet für den Österreichischen Rundfunk. Besonders interessiert ihn eine Mordserie, der österreichische und tschechische Prostituierte zum Opfer fallen. Merkwürdigerweise geschehen die Morde immer dann, wenn Unterweger in der Nähe ist.» Leipold guckte Yasi erwartungsvoll an.

Sie tat ihm den Gefallen und zog die Schlussfolgerung: «Er hat sie alle ermordet.»

«Neun von elf Morden können ihm am Ende nachgewiesen werden. Darunter sind auch drei Prostituierte aus Los Angeles, die er während einer Recherchereise getötet hat.»

«Bei seiner Vorgeschichte hätte man viel früher darauf kommen müssen», wunderte sich Yasi.

«Natürlich geriet Jack Unterweger schnell in Verdacht», bestätigte der Fallanalytiker. «Vor allem, weil einige Frauen mit ihrer Unterwäsche erdrosselt wurden – wie bei seinem ersten Mord. Allerdings hatte er dazugelernt und verhielt sich sehr vorsichtig. Erst das Haar einer ermordeten Prostituierten in seinem Auto brachte bei den Ermittlungen den Durchbruch. Unterweger wurde erneut vor Gericht gestellt. Er leugnete die Morde – und wieder hatte er eine ganze Schar von weiblichen Unterstützern. Nach dem Urteilsspruch erhängte sich Unterweger mit der Schnur seiner Jogginghose. Und legte damit, wahrscheinlich ungewollt, doch noch ein Geständnis ab, denn der komplizierte Knoten entsprach exakt denen, die bei seinen Opfern verwendet wurden.»

«Und warum hat er die Frauen ermordet? Nur wegen seiner schlimmen Kindheit?»

Leipold schnaubte. «Die war größtenteils erfunden. Weder war seine Mutter eine Prostituierte, wie er in seiner Autobiographie behauptete, noch sein Großvater ein Lustgreis. Unterweger hat das geschrieben, weil er wusste, dass es bei seinen Unterstützern gut ankommt. Die geschundene Kreatur, die straffällig wird, ist allemal eine bessere Geschichte als jemand, der aus reinem Vergnügen Frauen foltert. Ich glaube, er hat die Prostituierten ermordet, weil es ihm einen Kick verschafft hat. Und er hatte seine reine Freude daran, mit der Polizei ein Katz- und-Maus-Spiel zu treiben.»

«Das ist alles?», reagierte Yasi enttäuscht. «Diese Monster morden, weil sie von Natur aus böse sind? Halten Sie das nicht für etwas banal?»

«Können wir das Sie weglassen?», fragte Leipold zurück. «Schließlich arbeiten wir zusammen. Ich heiße Alexander.»

Yasi ahnte, dass er sich nicht damit begnügen würde, sie zu duzen. Irgendwann im Laufe des Abends würde sie entscheiden müssen, wie weit sie gehen wollte. Aber jetzt noch nicht. «Okay, Alexander: Ich heiße Yasi.»

«Und was ich dir schon den ganzen Abend sagen möchte: Du siehst bezaubernd aus.»

Auch das hatte Bastian noch nie zu ihr gesagt. «Danke. Trotzdem hast du meine Frage nicht beantwortet: Gibt es eine Erklärung für das Verhalten dieser Männer?»

«Ich suche ständig danach. Doch manchmal ist die Realität banal. Genetische Dispositionen mögen eine Rolle spielen. Und ja, viele sexuell motivierte Serientäter sind in ihrer Kindheit selbst missbraucht worden. Aber daraus lässt sich keine Kausalität ableiten, denn die allermeisten Missbrauchsopfer werden später nicht gewalttätig. Das Gehirn von Menschen mit einer antisozialen Persönlichkeitsstörung tickt einfach anders. Die Störung bewirkt, dass sie weniger Angst vor sozialer Kontrolle haben. Sie gehen freiwillig große Risiken ein. Wie bei einer Sucht müssen sie die Dosis ständig steigern. Die Dosis an Gewalt und Macht über andere Menschen, das Einzige, was ihnen Befriedigung verschafft. Und genau das macht mir bei unserem aktuellen Fall große Sorgen. Nach seiner ersten Vergewaltigung hat sich der Glatzenmann etwa ein Jahr Zeit gelassen, und jetzt schlägt er innerhalb weniger Tage zweimal zu. Manchmal provozieren solche Täter unbewusst ihre Verhaftung oder ihren Tod. Bis dahin, fürchte ich, wird er weiter vergewaltigen und morden.» Der LKA-Mann griff nach seinem Bierglas und stellte fest, dass es längst leer war. Während er sich nach dem Kellner umsah, redete er weiter: «Als Jeffrey Dahmer verhaftet wurde, fanden die Beamten in seinem Kühlschrank abgetrennte Köpfe. Und in seinem Kleiderschrank stand ein Suppentopf mit abgehackten, verwesenden Händen.»

«Möchten die Herrschaften noch ein Dessert?», fragte der Kellner.

«Nein, danke. Nur zwei Bier», sagte Leipold fröhlich.

«Ein Bier», widersprach Yasi. «Ich muss morgen früh arbeiten.»

«Denkst du, ich nicht?» Der Fallanalytiker beugte sich vor. «Eins noch. Dann gehen wir. Einverstanden?»

«Na gut. Auf vier Beinen kann der Bauer nicht stehen. Oder wie heißt das?»

Der Kellner und Leipold kicherten. Deutsche Trinksprüche waren eben ein Kapitel für sich.

Der Kellner verschwand, und Leipold erzählte weiter von Dahmer. Der habe männliche Jugendliche in seine Wohnung gelockt, ihnen Löcher in den Schädel gebohrt und Salzsäure ins Gehirn gespritzt, um sie als willenlose Zombies zu halten, bevor er sie tötete. Anschließend habe er sich an den Leichen vergangen und sie teilweise aufgegessen.

Yasi verzog das Gesicht. «Wie widerlich.»

«Entschuldige!» Leipold griff nach ihrer Hand. «Manchmal gehen mit mir die Gäule durch.»

«Die was?»

«Die Pferde. Gelegentlich vergesse ich, wie schrecklich diese Geschichten auf Außenstehende wirken müssen.»

Yasi zog ihre Hand zurück. «So außenstehend bin ich ja

nicht. Die Opfer dieser Gewalt landen schließlich auf meinem Tisch.»

Leipold lächelte. «Was ich sagen wollte: Dahmer kam weder aus einer unterprivilegierten Familie, noch ist er als Kind sexuell missbraucht worden. Sein Vater hatte einen Doktortitel in Chemie, Jeffrey selbst einen IQ von 145. Er konnte so gewinnend auftreten, dass er einmal sogar Polizisten dazu brachte, einen nackten Jugendlichen, der vor ihm geflohen war, in seine Wohnung zurückzubringen. Die Polizisten wunderten sich zwar über den beißenden Gestank in der ansonsten ordentlichen Wohnung, kamen aber nicht auf die Idee, dass es sich um Verwesungsgeruch handelte. Vor Gericht sagte Dahmer später, er habe nicht aus Hass gemordet. Frischgetötete Körper würden ihn sexuell erregen.»

Yasi spürte die Wirkung des Alkohols. Normalerweise trank sie nicht so viel, und schon gar nicht unter der Woche. «Gibt es eigentlich auch antisoziale Frauen?»

«Wenige», räumte Leipold ein. «Frauen verletzen sich eher selbst als andere. Nur etwa sechs Prozent aller Gefängnisinsassen sind weiblich. Deshalb sind die einschlägigen Tests auf Männer ausgelegt.»

«Wie kann man eine solche Störung denn testen?»

«Der kanadische Kriminalpsychologe Robert D. Hare hat vor über zwanzig Jahren eine Checkliste entwickelt. Mit vierzig Punkten, der maximalen Ausbeute, ist man das größte Arschloch des Universums. Der normale mitteleuropäische Mann kommt auf sechs bis sieben Punkte.»

«Hast du selbst mal den Test gemacht?», wollte Yasi wissen.

Leipold nickte. «Ich hatte vierzehn Punkte.»

«Das heißt?»

«Ich kann mich besser als normale Männer in Gewalttäter hineinversetzen.»

* * *

Einmal, nur ganz kurz, kam Yasi der Gedanke an Bastian in die Quere. Da standen sie schon vor ihrem Haus im Erphoviertel. Kinobesucher, die von der Warendorfer Straße kamen, zogen diskutierend an ihnen vorbei. Hinter den Fenstern der Jugendstilvillen, die weiter oben die Straße säumten, brannten nur noch vereinzelte Lichter. Und Yasi dachte daran, dass sie gerade dabei war, sich einen weiteren Schritt von Bastian zu entfernen. Einen sehr großen, vielleicht den entscheidenden, nicht rückgängig zu machenden Schritt. Sie spürte einen Zweifel, die Menschen hierzulande nannten ihn schlechtes Gewissen, aber das war eine Kategorie, in der sie weder denken noch fühlen wollte. In ihrem Land gab es keine Moral, die Frauen vorschrieb, wen sie in ihr Blumenzimmer mitnehmen durften und wen nicht. Hauptsache, der Mann verschwand im Morgengrauen und mischte sich nicht in die Angelegenheiten der Familie ein. Dafür, dass Alexander Leipold nicht mit ihr frühstückte, würde sie sorgen. Alles andere lag nicht in ihrer Hand.

Yasi schloss die Wohnungstür auf. Sie hatten noch mehr Bier getrunken und noch mehr geredet. Über Männer, die es genossen, Frauen zu quälen, und Frauen, die solche Männer bewunderten, sich vielleicht sogar freiwillig zu ihren Sklavinnen machten. Alexander kannte haarsträubende Fälle, die für mehr als einen Abend gereicht hätten.

«Schön hier», sagte Alexander. Er ging dicht hinter ihr.

Yasi betrat das Schlafzimmer, in ihrem Rücken hörte sie ein metallisches Klirren. Als sie sich umdrehte, hielt Alexander zwei Paar Handschellen hoch. «Du hast doch nichts dagegen, oder? Ich mag's lieber auf die harte Tour.»

22

Dieser Arsch. Bastian hätte ihn am liebsten verprügelt. Was fand Yasi bloß an diesem Lackaffen? Wie konnte sie jemanden mit einem derart schmierigen Grinsen und albernen Schnurrbart ernst nehmen? Wieso ließ sie es zu, dass dieser Idiot seine Pfote auf ihre Schulter legte?

Bastian beobachtete, wie sich die Haustür hinter Yasi und Leipold schloss. Er hatte mit Yasi reden wollen. Einfach so. Einer spontanen Eingebung folgend, war er auf sein Fahrrad gestiegen und vom Südviertel bis zu Yasis Wohnung geradelt. Um die Missverständnisse auszuräumen und sich für sein Verhalten bei der letzten Begegnung zu entschuldigen. In der Hoffnung, dass auch Yasi einlenken würde, dass es noch einmal so werden könnte wie früher. Und dann das.

«Scheiße!» Bastian schlug so heftig auf die Fahrradklingel, dass ihm die Hand schmerzte.

Ein junges Paar, das an ihm vorbeischlenderte, beschleunigte seine Schritte. Irgendwo über ihm wurde ein Fenster geöffnet. In Yasis Wohnung ging das Licht an. Bastian hatte genug gesehen, er drehte sein Fahrrad um und trat in die Pedale. Dann war's das eben. Aus und vorbei. Er hatte Yasi geliebt oder sich zumindest eingebildet, es zu tun. Denn wie konnte man jemanden lieben, der die Beziehung in der Schwebe hielt? Genau das hatte Yasi von Anfang an gemacht: sich nicht festgelegt. Und das auch noch als segensreiche Tradition ihres Volkes verkauft. Natürlich, sie hatte sich ein bisschen in ihn verliebt, und ja, sie fand ihn halbwegs anziehend, und ebenfalls ja, sie hatte gerne Sex mit ihm. Ab und zu jedenfalls und bis zum Morgengrauen. Aber das reichte eben nicht, das reichte bei weitem nicht. Sobald so ein Gockel vom LKA auftauchte, so ein affiger Blödmann mit arrogantem Gehabe und antrainiertem Charme, war Bastian abgeschrieben. Dann ging Yasi mit diesem elenden Scheißkerl ins Bett, als wäre nie etwas zwischen ihr und Bastian gewesen.

Es war zum Heulen. Und Bastian heulte.

* * *

Um sieben Uhr meldete sich der Radiowecker. Für acht war eine Sitzung der Mordkommission anberaumt. Höhepunkt der Veranstaltung würde ein Vortrag des berühmten Fallanalytikers Alexander Leipold sein, der dem gemeinen Fußvolk seine vorläufigen Erkenntnisse zum Täterprofil mitteilen wollte. Schon bei dem Gedanken, Leipold zu begegnen, hätte Bastian kotzen können. Wahrscheinlich kam der Kerl geradewegs aus Yasis Bett, sodass ihm kaum Zeit blieb, seinen bescheuerten Schnurrbart hochzuzwirbeln. Und dann maßte sich dieser Blödmann auch noch an, ihnen zu erzählen, wo es langging. Vielleicht sollte Bastian vor der Sitzung seine Dienstwaffe im Schreibtisch einschließen. Sonst käme er womöglich in die Versuchung, dem LKA-Mann ein Loch in sein Jackett zu schießen.

Ächzend hievte er sich aus dem Bett. Erst gegen drei Uhr war er in einen unruhigen Schlaf gefallen. Ohne Alkohol, darauf war er ein klein wenig stolz. Nur kurz hatte er in der Nacht, als er von seiner demütigenden Fahrradtour nach Hause zurückgekehrt war, geschwankt, ob er sich betrinken sollte. Und sich dagegen entschieden. Yasi hatte er schon verloren, die Arbeit in der Mordkommission war das Einzige, was ihm blieb. Die wollte er auf keinen Fall versemmeln. Noch so ein Fehler wie neulich auf der Umgehungsstraße, und er würde sich ohne Umweg in der K-Wache wiederfinden. Ein zweites Mal würde Susanne ihre schützende Hand nicht über ihn halten, zumal sie in der MK nur die zweite Geige spielte. Kenkmann, der MK-Leiter, gehörte der alten Garde an, korrekt bis zum Seitenscheitel. Bei Kenkmann gab es garantiert keine dritte Chance.

Bastian schaltete die Kaffeemaschine ein, bevor er sich unter die Dusche stellte. Dass er in der Nacht auf Alkohol verzichtet hatte, machte es jetzt leichter, wach zu werden. Den Kaffee trank er anschließend im Stehen. Dazu frühstückte er eine Banane. Nicht weil er Hunger hatte, sondern um den Vormittag zu überstehen. Und er schaffte es tatsächlich, drei Minuten lang nicht an Yasi zu denken. Bis zu dem Moment, als sein Handy klingelte und ihr Foto auf dem Display erschien. Ein kalter Hauch wehte ihn an, seine Finger zitterten wie verrückt. «Ja?»

«Hallo, Basti!», sagte Yasi. «Wie geht's dir?»

«Beschissen.»

«Wieso?» Sie klang tatsächlich ein wenig besorgt.

«Kannst du dir das nicht denken? Ich habe dich gestern Abend gesehen.»

Er beendete die Verbindung. Klar, es war uncool, sofort mit der Tür ins Haus zu fallen. Aber er hatte auch nicht den verdammten Anspruch, cool zu sein.

* * *

Während er auf dem Fahrrad durch die Innenstadt zum Polizeipräsidium fuhr, klingelte das Handy drei Mal. Er ging nicht ran, nahm es nicht mal aus der Tasche, um nachzusehen, ob es wirklich Yasi war, die anrief. Das stellte er erst fest, nachdem er sein Fahrrad vor dem Präsidium angekettet hatte.

Beim vierten Anruf nahm er ab. «Hör auf, mich anzurufen, ja? Es ist mir egal, was du dazu sagst.»

Ende, aus, Feierabend.

Im Aufzug versuchte er sich zu beruhigen. Er musste sich jetzt auf die Sitzung konzentrieren und dann auf die Aufgaben, die er an diesem Tag zu erledigen hatte. Alles andere war zweitrangig. *Hörst du, Bastian: Es gibt Wichtigeres als deine verflossene Geliebte. Hast du mich verstanden?*

Als er den Flur des KK 11 betrat, schwanden seine Vorsätze dahin wie das ewige Eis am Nordpol. Alexander Leipold stand vor ihm und strahlte ihn an.

«Herr Matt! Freut mich, Sie zu sehen.»

Offenbar hatte der Fallanalytiker es doch noch geschafft, den Umweg über sein Hotelzimmer zu nehmen. Er sah aus wie frisch aus dem Ei gepellt: blütenweißes Hemd, türkisfarbene Fliege, und statt der kleinen Karos trug er einen Anzug in elegantem Dunkelblau. Dazu auf Hochglanz polierte, bestimmt sehr teure schwarze Halbschuhe. Ein Blender vor dem Herrn.

Dummerweise fielen die Frauen auf ihn herein. Wenigstens eine.

Bastian ignorierte Leipolds ausgestreckte Hand und ging an ihm vorbei, ohne ihn anzusehen. Klar, das war ein bisschen kindisch. Aber so viel Selbstüberwindung, wie es gekostet hätte, diesem Affen die Hand zu geben, konnte ihm niemand abverlangen. Dann lieber diese alberne kleine Trotzreaktion. Die stärkte zumindest kurzfristig sein Selbstwertgefühl.

«Gibt es irgendein Problem, Herr Matt?», rief Leipold ihm hinterher.

Leck mich!

Fünf Minuten später begann die Sitzung. Seitdem die Medien das Phantombild des Glatzenmanns veröffentlicht hatten, standen die Telefone nicht mehr still. Hunderte von Menschen wollten den Glatzenmann erkannt haben, manche verdächtigten ihre Ex-Ehemänner, Väter, Brüder oder Cousins, der Serientäter zu sein. Erfahrungsgemäß stellten sich neunzig Prozent der Hinweise bereits nach oberflächlicher Prüfung als vollkommen falsch oder irreführend heraus, dafür erforderten die restlichen zehn Prozent jede Menge Zeit und Personal. Auch deshalb war die Mordkommission inzwischen auf über dreißig Beamte angewachsen. Trotzdem hatte sich bislang keine einzige brauchbare Spur ergeben.

«Wir stochern nach wie vor im Nebel», fasste MK-Leiter Kenkmann zusammen. «Allerdings haben wir bei weitem nicht alle Hinweise abgearbeitet, und heute kommt sicher noch ein neuer Schwung hinzu.»

«Leute, das gibt's doch gar nicht», regte sich Oberstaatsanwalt Willenhagen auf, der zusammen mit Kriminalrat Biesinger die Runde beehrte. «Wir haben eine Beschreibung des Kerls, sogar ein Phantombild, und wir wissen, dass er mit einem Wohnmobil durch die Gegend fährt. Da muss doch bei irgendjemandem ein Lämpchen aufglühen.»

«Wie gesagt, wir sind noch nicht am Ende der Fahnenstange angekommen», warf Kenkmann ein. «Möglicherweise liegt der entscheidende Tipp im Stapel der unbearbeiteten Anrufe. Aber ich weise darauf hin, dass auch die Holländer keinen Erfolg mit dem Phantombild hatten.»

«Na, weil der Typ ein Deutscher ist», knarzte Willenhagen mit seiner nikotingebeizten Reibeisenstimme.

«Das wissen wir nicht», widersprach Susanne Hagemeister. «Die Zeugin Christin Tomphütte sagt aus, der Täter habe leise gesungen, und zwar in einer Sprache, die sie für Plattdeutsch hielt. Allerdings beherrscht sie selbst kein Plattdeutsch, also könnte es sich auch um Niederländisch handeln.»

Kenkmann guckte skeptisch. «Das erste Opfer auf niederländischer Seite hat vor zwei Jahren geäußert, der Täter habe ein akzentfreies Hochdeutsch gesprochen.»

«Das muss sich nicht widersprechen», beharrte Susanne. «Der Mann spricht zweifellos sehr gut Deutsch. Möglicherweise hat er längere Zeit in Deutschland gelebt.»

«Halten wir uns an die Fakten», grummelte Willenhagen. «Ein Mann mit Glatze im Wohnmobil. Wie viele davon mag es im Münsterland geben? Tausende? Hunderte? Oder weniger?»

«Die Glatze ist vielleicht ein Fake», meldete sich Anja Strubel mit dem Gedanken zu Wort, den sie schon gegenüber Bastian geäußert hatte. «Ein so markantes Merkmal verdrängt im Bewusstsein oft alle anderen. Der Täter könnte sich seine Haare jedes Mal abschneiden oder sie unter einer Glatzenmaske verstecken. Dann bringt ihn niemand mit unserem Glatzenmann in Verbindung.»

Der Oberstaatsanwalt starrte die junge Polizistin mit offenem Mund an. «Interessante Idee.»

«Die wir selbstverständlich verfolgen werden», sagte Susanne. Bastian kannte seine Kollegin lange genug, um den gereizten Unterton herauszuhören. Offenbar nahm Susanne es Anja übel, dass sie sich vor den Chefs profilieren wollte. Denn gleich darauf wandte sich die Hauptkommissarin Jochen Millitzke zu: «Was hat eigentlich die Überprüfung der Handydaten am Tatort Umgehungsstraße ergeben?»

«Nichts», antwortete Millitzke. «Alle Handybesitzer, die ihr Handy für einen längeren Zeitraum in dem fraglichen Sektor benutzt haben, sind entweder Anwohner oder haben das Ausflugslokal nebenan besucht. Keiner von ihnen ist einschlägig vorbestraft.»

«Somit ruhen alle Hoffnungen auf Ihnen», wandte sich Kenkmann an den Fallanalytiker, der zu seiner rechten Seite saß. «Wir sind gespannt, was Sie uns zu erzählen haben.»

«Vielen Dank für die Vorschusslorbeeren», wehrte Leipold ab. «Ich fürchte nur, auch ich werde Ihnen den Täter nicht auf einem silbernen Tablett servieren können.»

«Sagen Sie uns einfach etwas, das wir noch nicht wissen!» Oberstaatsanwalt Willenhagen hatte offenbar beschlossen, seine schlechte Laune zu kultivieren. Wahrscheinlich grübelte er bereits darüber nach, wie er die fehlenden Ermittlungserfolge den Medien verkaufen sollte.

Leipold steckte die Attacke mit einem Lächeln weg. «Ich werde mich bemühen.»

Sosehr Bastian auch wünschte, dass der LKA-Mann ins

Schleudern geriet, die Kaltschnäuzigkeit, mit der Leipold auftrat, nötigte ihm einen gewissen Respekt ab. Irgendwann, nahm er sich vor, würde er genauso selbstsicher auftrumpfen. Dann müsste er sich keine Sorgen mehr machen, dass ihn die Frauen sofort vergaßen, sobald ein Blender aus Düsseldorf auf der Bildfläche erschien.

Der Fallanalytiker aktivierte über seinen Laptop den Beamer, der unter der Decke des Sitzungsraums installiert war. An der Wand erschien das Phantombild des Glatzenmanns.

«Um die Diskussion der letzten Minuten aufzunehmen», sagte Leipold im Dozententon, «schließe ich mich der Auffassung an, dass der Täter sein Aussehen verändert. Sein ganzes Verhalten, von der Auswahl der Opfer über die Annäherung und Entführung, die penibel strukturierten sadistischen Handlungen im Wohnmobil bis hin zur Freilassung der Opfer beziehungsweise Ablegung der Leiche, wie im letzten Fall, spricht für eine sorgfältige Planung und Strategie. Der Mann lässt sich nicht von seinen Gefühlen beherrschen, er ist ein Kontrollfreak. Es passt einfach nicht zu ihm, dass er unnötig die Gefahr eingeht, wiedererkannt zu werden. Mit anderen Worten: Er maskiert sich. Wie weit die Maskierung reicht, kann ich selbstverständlich nicht beurteilen. Ich verweise auf den Fall eines Bankräubers, der jahrelang in Deutschland kleine Filialen überfallen hat.» Das neue Foto auf der Leinwand zeigte einen älteren Brillenträger, der einen Zettel durch den Glasschlitz eines Bankschalters schob. «Der Täter zeigte keine Scheu vor den Überwachungskameras. Er verhielt sich wie ein normaler Kunde und forderte stets nur moderate Summen. Anschließend verschwand er ohne jedes Aufsehen. Genaue Bildanalysen ...» – das unscharfe Gesicht des Bankräubers füllte die Leinwand aus – «... ergaben, dass die Hals- und Mundpartie ...» – ein roter Pfeil zuckte über die Leinwand – «... beim Sprechen unnatürlich wirkten, anscheinend benutzte der Mann plastisches Material, wie es auch in der Filmindustrie verwendet wird. Geht man weiter davon aus, dass der Täter bei den Überfällen eine Perücke trug und im wahren Leben keine Brille, schaffte er mit diesen relativ simplen Mitteln eine totale Wesensveränderung. Bis heute ist der Mann übrigens nicht gefasst worden.»

Bastian war nicht entgangen, dass Susanne während der letzten Sätze des Fallanalytikers zuerst überrascht ihr Handy angestarrt und dann dem neben ihr sitzenden Kenkmann etwas ins Ohr geflüstert hatte. In der Pause, die Leipold jetzt einlegte, um seinen Vortrag auf die Zuhörer wirken zu lassen, eilte sie aus dem Raum.

Kenkmann stoppte die aufkommende Unruhe mit wedelnden Armbewegungen. «Konzentration, bitte! Wir sind noch nicht am Ende.»

Leipold bedankte sich mit einem generösen Kopfnicken. «Ich will Sie auch nicht mit langen theoretischen Herleitungen quälen – die können Sie später nachlesen, wenn Sie möchten –, sondern gleich zum Wesentlichen kommen: Wer ist der Glatzenmann?» Ein Klick, und auf der Leinwand tauchte ein Wohnmobil auf. «Das Wohnmobil. Es spricht für einen bürgerlichen Hintergrund des Täters. Der Mann hat, nach meiner Einschätzung, einen relativ gut bezahlten Beruf. Er ist selbständig, seine Arbeit bringt es mit sich, dass er viel herumreist. So fällt es seiner Familie und seiner Umgebung nicht auf, dass er seine Fahrten manchmal dazu nutzt, junge Frauen zu entführen und zu vergewaltigen.»

«Familie?», unterbrach ihn Willenhagen. «Sie denken, er ist verheiratet?»

«Und er hat vermutlich Kinder», bestätigte Leipold. «Wofür benutzt man ein Wohnmobil? Für Familienausflüge. Selbstverständlich hat die Familie keine Ahnung von seinen perversen Neigungen. An seinen Händen klebt schließlich kein Blut, das wäscht er vor seiner Rückkehr sorgfältig ab. Kurz zusammengefasst: Wir haben es mit einem hochintelligenten, gutsituierten Familienvater im Alter zwischen dreißig und vierzig Jahren zu tun.»

«So jung?» Kenkmann deutete zur Leinwand, auf die wieder das Phantombild projiziert wurde. «Darauf wirkt er älter.»

«Lassen Sie sich nicht täuschen», belehrte ihn Leipold. «Ich bin sicher, in natura sieht der Glatzenmann wesentlich jünger aus.»

Die Tür ging auf, und Susanne kehrte in Begleitung eines etwa siebzigjährigen Mannes zurück, den Bastian seit Jahren nicht mehr gesehen hatte. Was machte ein pensionierter Kripo-Mann bei einer aktuellen Mordermittlung?

«Mensch, Gottfried!» Kenkmann stand auf und begrüßte den Neuankömmling im Stil alter Kegelbrüder mit halbherziger Umarmung und Schulterklopfen. «Schön, dich zu sehen.»

Jetzt fiel Bastian der Name wieder ein: Gottfried Schäfer, einer der ganz alten Hasen des Morddezernats. Kaum ein spektakulärer Fall, an dessen Aufklärung Schäfer nicht maßgeblich beteiligt gewesen war, ältere Kollegen schwärmten noch lange von seiner legendären Intuition.

«Ich vermisse euch überhaupt nicht», lachte Schäfer.

«Dürfen wir dann erfahren, weshalb Sie hier sind?», gab Willenhagen die Spaßbremse. «Ich nehme an, es handelt sich nicht um einen zufälligen Besuch?»

«Nein, weiß Gott nicht.»

«Setz dich doch!» Kenkmann bot dem ehemaligen Kollegen seinen eigenen Stuhl an.

«Nein, danke, ich stehe lieber.» Schäfer zog seinen dünnen Mantel aus und hängte ihn über die Stuhllehne. «Also, nur zur Erklärung: Ich war die letzten Wochen mit meiner Frau auf einer Kreuzfahrt. Kein Fernsehen, keine Nachrichten, nichts. Erst heute Morgen, als ich die Zeitung aufschlage, sehe ich zum ersten Mal das Bild eures Glatzenmanns und lese die ganze Geschichte. Und da denke ich: Mensch, den kennst du doch. Den hast du vor fünfundzwanzig Jahren wegen ähnlicher Taten verhaftet.»

«Wen?», fragte Kenkmann.

«Kommen Sie mit diesem Ding ins Internet?» Schäfer zeigte auf Leipolds Laptop. Und als der LKA-Mann bejahte: «Geben Sie mal den Namen Wilhelm Gramlich ein!»

Leipold kam der Aufforderung nach, und was er sah, erblickten ein paar Sekunden später auch alle anderen Anwesenden auf der Leinwand: den eineiigen Zwilling des Glatzenmanns. Bis auf das letzte fehlende Härchen war kein Unterschied zu erkennen.

«Wo ist Gramlich jetzt?», fragte Kenkmann.

«Der sitzt im Knast», antwortete Schäfer. «War natürlich auch mein erster Gedanke: Der ist freigekommen und hat es geschafft, in den letzten fünfundzwanzig Jahren nicht zu altern. Völliger Blödsinn, ich weiß. Trotzdem habe ich bei der JVA in der Gartenstraße angerufen. Gramlich war heute Morgen zum Frühstück in seiner Zelle. Nach menschlichem

Ermessen dürfte er in diesem Leben keinen Fuß mehr vor das Gefängnistor setzen, er hat für eine Serie von Vergewaltigungen und zwei Morde an jungen Frauen Lebenslänglich plus Sicherungsverwahrung bekommen.»

«Dann gibt es jemanden, der Gramlich anscheinend sehr bewundert», sagte Susanne Hagemeister.

23

Kinder, *kommt runter – Lambertus ist munter! Kinder, bleibt da – ist gar nichts von wahr!* Du bist wieder ein Junge. Es dämmert. Du schleichst dich die Treppe hinunter. Auf der Straße Kinder mit Laternen. Rotwangige kleine Scheißer, die stolz ihre aus buntem Papier zusammengeklebten Laternen spazieren führen. Du hast keine Laterne. Wozu auch? Du bist zu alt für diesen Mist. Aber nicht zu alt für einen Spaß. Ärger kriegst du sowieso. Dein Vater hat dir verboten, dein Zimmer zu verlassen. Stubenarrest, hat er gesagt. Was für ein altmodisches Kackwort. Der alte Arsch ist sauer wegen deiner Fünf in Mathe. Dabei war die nur ein Versehen. Der Idiot, bei dem du abgeschrieben hast, hat die Aufgaben nicht verstanden. Da kannst du doch nichts für. Sonst war er immer gut für eine Zwei – und jetzt auf einmal eine Fünf. Du warst ziemlich sauer und hast ihm dein Knie in den Magen gerammt. Genützt hat das natürlich nichts mehr, die Fünf stand unter der Arbeit. Und Papa, Ingenieur und guter Rechner, hat sich aufgeregt, eine geraucht und sich noch mehr aufgeregt. Und seine neue blonde, strohdoofe Freundin hat dich mit ernstem Gesicht angeguckt. Die blöde Kuh. Kann selbst wahrscheinlich nicht mal die Wurzel aus neun ziehen. Und macht auf besorgte Mutti. *Du bist nicht* *meine Mutter*, hättest du ihr am liebsten in ihr fett geschminktes Gesicht gebrüllt. Aber du hast dich zurückgehalten. Du wolltest nicht noch mehr Terror. Die Schläge, die Papa austeilt, wenn er vollkommen ausrastet, sind nicht ohne. Darauf kannst du verzichten. Du hast genickt und ein zerknirschtes Gesicht gemacht, bist in dein Zimmer gegangen und hast abgewartet, bis die Luft rein war. Später, wenn Papa getrunken hat, wird's schon nicht so schlimm werden. Er bekommt so etwas Großzügiges, wenn er betrunken ist. Manchmal jedenfalls.

Ein kleiner Scheißer, der den Anschluss verpasst hat, läuft an dir vorbei. Du gibst ihm einen Schubs, er legt sich hin, und die Kerze in seiner Laterne entzündet das Papier. Hui, das gibt ein lustiges Feuerchen. Der kleine Scheißer fängt an zu heulen. Aber nur so lange, bis du ihn hochziehst und ihm einen aufmunternden Schlag auf den Hinterkopf verpasst. Da rennt er los wie Carl Lewis bei Olympia. Ganz ohne Doping.

Die brennenden Papierfetzen haben dich auf eine Idee gebracht. Auf dem Schulhof zwei Straßen weiter ist eine Pyramide aufgebaut, so ein dreieckiges Lattengestell mit Grünzeug, du hast es auf der Heimfahrt gesehen. Schon von weitem hörst du das Gesinge: *Dumme Liese, hole Wasser ...*

Es ist jetzt fast dunkel. Die Eltern und die Kinder sehen dich nicht. Sie tappen mit fröhlichen Gesichtern um die Pyramide herum, in der die von Kerzen erleuchteten Laternen hängen. Jemand schrammelt auf einer Gitarre, und alle singen schwachsinnige Texte dazu. *Guter Freund, ich frage dir ...* Nicht mal richtiges Deutsch ist das.

Unbemerkt suchst du einen Kieselstein aus. Er darf nicht zu klein sein und auch nicht zu groß, er muss gut in der Hand liegen, damit du genau zielen kannst. Und dann wirfst du ihn auf die Pyramide. Du triffst eine Laterne. Kinder kreischen, Eltern machen entrüstete Geräusche. Die Laterne fängt Feuer. Aber das siehst du erst, als du dich ein Stück entfernt umdrehst. Und es kommt noch besser. Du versteckst dich hinter einer Mülltonne und beobachtest, wie nach einer Minute die ganze Pyramide brennt. Erst holt jemand einen Feuerlöscher, schließlich rollt sogar die Feuerwehr mit einem Leiterwagen an. Geil. Und das hast ganz allein du geschafft. Hoffentlich hat dich niemand erkannt. Du schiebst den Gedanken beiseite. Wie Superman schwebst du nach Hause.

Twerenbusch, der eine Etage unter euch wohnt, öffnet seine Tür, als du die Treppe hochsteigst. «Willst du dir ein paar Mark verdienen, Junge?»

Du kannst Twerenbusch nicht leiden. Er lebt allein und stinkt nach Schweiß und Tabakrauch. Auf seinem Kopf stehen schwarz glänzende Haare wie Sprungfedern ab. Aber du hast auch keine Lust auf das Theater, das dir dein Vater machen wird. Und du fühlst dich immer noch saustark. Also sagst du ja.

Twerenbusch schließt die Tür hinter dir ab. Das gefällt dir nicht. «Was soll ich denn machen?», fragst du.

Twerenbusch betrachtet dich. Lauernd. Irgendwie unangenehm. Als ob er dich mit seinen Augen abtasten würde.

«Zieh dich aus!»

«Keine Lust», sagst du. Deine Stimme klingt piepsig. Dir wird heiß und kalt zugleich. Du drehst dich um und marschierst zur Wohnungstür. «Machen Sie die Tür auf!»

Twerenbusch zieht dich zurück. «Stell dich nicht so an! Ich weiß, dass du klaust und andere Kinder verprügelst. Und du kriegst auch was dafür.»

«Machen Sie die Tür auf, oder ich sag's meinem Vater.»

Twerenbusch lacht rau. «Der glaubt dir doch kein Wort. Du lügst, wenn du den Mund aufmachst.»

Du trittst Twerenbusch gegen das Schienbein. Aber er ist viel größer und stärker als du. Sein fauliger Atem in deinem Gesicht lässt dich beinahe kotzen.

Du spürst seine Hand auf deinem Arm und schlägst sie weg.

«Aua! Bist du verrückt?»

Du öffnest die Augen. Katharina steht neben dem Bett und starrt dich wütend an. «Du hast mich geschlagen.»

«Ich habe geträumt.»

«Muss ja ein schlimmer Traum gewesen sein.»

«Wie spät ist es?»

«Gleich neun. Ich wollte dir nur sagen, dass ich zur Arbeit gehe. Ich kann mir nicht leisten, den ganzen Tag im Bett zu liegen.»

Du ignorierst den Vorwurf. Du warst wieder die halbe Nacht wach und bist erst gegen Morgen eingeschlafen. Aber darüber möchtest du nicht reden. «Ich stehe bald auf», sagst du nur.

«Und vergiss bitte nicht, Emma vom Kindergarten abzuholen.»

«Mach ich nicht.»

«Hast du gestern auch gesagt.» Katharina bleibt an der Tür stehen. «Habe ich dir noch gar nicht erzählt. Eigentlich eine Unverschämtheit. Die Wilhelmsen von schräg gegenüber, die mit dem behinderten Kind ...»

Du brummst zustimmend, obwohl du keine Ahnung hast, um wen es geht.

«Also, die fragt mich, ob die Polizei schon bei uns gewesen wäre. Du würdest doch das gleiche Wohnmobil fahren wie der Glatzenmann und wärst auch viel unterwegs.»

«Blöde Kuh!», sagst du.

«Habe ich auch gedacht.»

«Sehe ich etwa aus wie der Glatzenmann? Ist die blind oder was?»

«Ich dachte, du solltest das erfahren. Vielleicht kontrolliert die Polizei ja tatsächlich alle Wohnmobilbesitzer.»

Katharina verschwindet. Du lässt deinen Kopf aufs Kissen fallen und schließt die Augen. Und wenn schon! Sollen sie kontrollieren, sie werden nichts finden, du machst immer alles ordentlich sauber. Katharina würde staunen, wie gut du putzen kannst.

Dir kommt ein anderer Gedanke. Vielleicht hat Katharina diese – wie hieß sie gleich? – Wilhelmsen nur vorgeschoben. Fragt sie sich selbst, warum du zu den Tatzeiten immer mit deinem Wohnmobil unterwegs warst? Hat sie Verdacht geschöpft? Unwahrscheinlich. Trotzdem solltest du Katharina im Auge behalten. Sie wäre nicht die erste Ehefrau, die ihren Mann anschwärzt, um ihn loszuwerden. Dann müsstest du ihr zuvorkommen.

24

Ausgerechnet Leipold. Die Aftershave-Wolke des Fallanalytikers, der hinter ihm saß, stach Bastian in die Nase. Warum musste Susanne diesen Idioten mit zum Gefängnis nehmen? Reichte es nicht, dass sie zu zweit mit Gramlich sprachen? Nein, Susanne wollte unbedingt «psychologischen Sachverstand» dabeihaben. Und der psychologische Sachverstand plauderte von der Rückbank munter mit der Hauptkommissarin, die am Steuer saß und den Wagen die wenigen Kilometer vom Polizeipräsidium zur JVA an der Gartenstraße lenkte. Es sei sicher kein Zufall, meinte Leipold, dass sich der Täter Wilhelm Gramlich als Vorbild für seine Maske gewählt habe, allerdings dürfe man daraus nicht unbedingt schließen, dass der Täter mit Gramlich in persönlichem Kontakt stehe, vielleicht sogar aus dessen näherem Umfeld stamme. Ach was! Solche banalen Weisheiten hätte Bastian auch absondern können. Susanne schien jedoch tief beeindruckt zu sein. Hätte sie nicht nebenbei auf den Verkehr achten müssen, wäre sie vermutlich vor Ehrfurcht erstarrt. Wie schaffte dieser Blender es nur, jede Frau, die ihm über den Weg lief, mit seinem Gesülze einzuwickeln?

Susanne parkte auf der Gartenstraße. Die Justizvollzugsanstalt stand mitten in Münster, eine sternförmige, rot verklinkerte Trutzburg aus dem neunzehnten Jahrhundert, eines der ältesten noch im Betrieb befindlichen Gefängnisse Deutschlands. Seit Jahren gab es Pläne, eine neue, modernere Anstalt am Stadtrand zu bauen. Und die üblichen Bürgerinitiativen, die das verhindern wollten.

Nachdem sie den Motor ausgeschaltet hatte, berührte Susanne kurz Bastians Knie. «Was ist mit dir? Du bist so still.»

«Schlecht geschlafen», murmelte Bastian.

* * *

Wilhelm Gramlichs Ähnlichkeit mit dem Glatzenmann war tatsächlich verblüffend. Dasselbe Gesicht, nur eben fünfundzwanzig Jahre älter und entsprechend faltiger. Der Häftling genoss sichtlich die Aufmerksamkeit, die ihm zuteil wurde. Mit arrogantem Lächeln setzte er sich auf den Holzstuhl, der für ihn bereitstand, und schaute sich aufreizend langsam um. Die Leiterin der JVA hatte für die Unterredung ein Büro im Verwaltungstrakt zur Verfügung gestellt, deshalb wurde Gramlich, obwohl er mit Handschellen gefesselt war, von gleich zwei Vollzugsbeamten eskortiert, die sich hinter seinem Stuhl postierten.

«Nett hier.» Gramlichs wasserblaue Augen fixierten Susanne mit einem stechenden Blick. «Darf man rauchen?»

«Nein.»

«Schade.»

«Haben Sie in den letzten Tagen Nachrichten gesehen oder Zeitung gelesen?»

«Ich gucke nur Zeichentrickfilme. Alles andere ist mir zu spannend.»

Susanne hielt die Zeichnung des Glatzenmanns hoch. «Dieser Mann hat vier junge Frauen entführt und eine von ihnen getötet.»

Falls Gramlich überrascht war, ließ er es sich nicht anmerken. «Sie denken, das bin ich? Ich habe ein Alibi.» Er schüttelte die Handschellen.

«Exakt so haben Sie vor etwa fünfundzwanzig Jahren ausgesehen. Keine Ahnung, wer sich Ihr Gesicht geborgt haben könnte?»

«Mein Gesicht? Nachgemacht?» Gramlich war amüsiert. «Wie geht das denn?»

«Technisch ist das kein großes Problem. Uns interessiert mehr, wer Sie so sehr bewundert, dass er Sie nachäfft. Nicht nur im Aussehen, sondern auch in seinen Taten.»

«Woher soll ich das wissen? Hier drin ist man ein bisschen von der Welt abgeschnitten.» Gramlichs Zungenspitze tauchte zwischen den Zähnen auf. «Was hat er denn genau mit den Frauen gemacht? Erzählen Sie mal!»

«Vermutlich unterscheidet es sich nicht wesentlich von dem, was Sie seinerzeit getan haben. Da muss ich Ihrer Phantasie ja nicht auf die Sprünge helfen.»

Gramlich grinste. «Ich würde es aber gern aus Ihrem Mund hören, Frau Kommissarin.»

Der Mann musste inzwischen an die sechzig sein. Trotzdem verströmte er mehr Aggressivität und Testosteron als eine komplette Herrensitzung beim münsterschen Karneval. Fünfundzwanzig Jahre Knast und wahrscheinlich Hunderte von Therapiestunden hatten am Wesen dieses Sexualtäters nichts geändert – davon war Bastian überzeugt. Käme Gramlich frei, wäre es wahrscheinlich nur eine Frage der Zeit, bis er wieder zuschlagen würde. Hoffentlich gelangte nicht irgendein Gericht zu einer anderen Auffassung.

«Wollen Sie uns helfen?» Susanne bemühte sich, ihrer Stimme einen neutralen Klang zu geben.

Sekunden verstrichen. Gramlich musterte nun auch Bastian und den am Fenster lehnenden Leipold. «Sie sind zu dritt. Wichtige Sache, was?»

Noch mehr Sekunden vergingen. Einer der Justizbeamten wippte knirschend auf seinen Schuhspitzen. Ansonsten war kein Ton zu hören.

«Was springt für mich dabei heraus?»

«Wenn Sie uns einen entscheidenden Tipp geben?» Susanne blieb cool. «Wir werden uns für Hafterleichterungen einsetzen.»

«Das ist zu wenig. Ich will Freigang. Tagsüber raus. Ohne Begleitung.»

«Sie wissen genau, dass das nicht passieren wird.»

Der glatzköpfige Häftling lehnte sich zurück und verschränkte die Arme, sodass sie seine vom Hanteltraining angeschwollenen Oberarme bewundern konnten. «Dann sag ich nichts.»

«Herr Gramlich», übernahm Bastian. «Wir werden Ihre Korrespondenz überprüfen, ebenso die Liste Ihrer Besucher. Falls der Täter mit Ihnen Kontakt aufgenommen hat, finden wir ihn auch ohne Ihre Hilfe.»

«Warum reden Sie dann mit mir?»

«Sie könnten uns die Suche erleichtern. Zu Ihrem eigenen Vorteil.»

Gramlich schaute über Bastian hinweg zu Leipold. «Der da am Fenster – ist das euer Chef?»

«Nein.»

«Was macht der dann hier?»

«Herr Gramlich», Susanne konnte ihren Ärger nicht länger unterdrücken, «wir sind nicht hergekommen, um mit Ihnen über Gott und die Welt zu plaudern. Wenn Sie nicht mit uns kooperieren wollen, lassen wir Sie zurück in Ihre Zelle bringen.»

Ein Haifischlächeln erschien auf dem Gesicht des alten Mannes. Dass er Susanne aus der Reserve gelockt hatte, verbuchte er offenbar als Erfolg. «Kooperieren? Das ist eine zweiseitige Sache, oder? Sie bieten mir aber nichts an.»

«Und Sie sagen nicht, was Sie liefern können. Geben Sie uns etwas, und ich erkläre mich bereit, mit dem Staatsanwalt zu reden.»

Die Zunge erschien wieder und leckte über Gramlichs Unterlippe. «Erst eine schriftliche Zusage. Vorher kriegen Sie gar nichts.»

Susanne stand auf. «Gut. Dann war's das.»

Bevor die Vollzugsbeamten eingreifen konnten, war Gramlich aufgesprungen und stand mit zwei schnellen Schritten vor der Polizistin. Geräuschvoll sog er die Luft durch die Nase ein. «Ich kann riechen, dass Sie Ihre Tage haben, Frau Kommissarin. Kommen Sie wieder, wenn's vorbei ist, ja?»

Die Grünuniformierten zerrten den Häftling weg. Gramlich lachte, bis die Tür ins Schloss fiel.

«Dieses Arschloch!», fluchte Susanne mit rotem Kopf. «Dieses gottverdammte Arschloch!»

«Er weiß nichts», sagte Leipold vom Fenster her.

Bastian und Susanne drehten sich zu ihm um.

«Er spielt seine Spielchen mit uns, weil es ihm Spaß macht,

uns zu provozieren. Hätte er irgendetwas zu verkaufen, wäre er auf Ihr Angebot eingegangen, Frau Hagemeister. Mit großem Theater und langem Hin und Her, aber letztlich hätte er den Deal gemacht. Spätestens in dem Moment, als er merkte, dass Sie nichts drauflegen.»

«Sind Sie sicher?», fragte Susanne.

«Hundertprozentig. Der Mann ist nicht blöd. Er weiß, dass er keinen Freigang bekommt. Und er hätte nicht den geringsten Skrupel, jemanden zu verpfeifen. Für ein bisschen Hafterleichterung würde er seine eigene Mutter verkaufen.»

25

Du hast deinem Vater nichts gesagt. Kein einziges Wort. Darüber, was Twerenbusch mit dir angestellt hat, wo er dich angefasst hat, wo seine Finger überall waren und wo du ihn berühren solltest. Keine noch so kleine Andeutung. Du hast die Wohnung betreten, als ob nichts passiert wäre. Du hast nicht geweint, das schon gar nicht. Du hast dir deinen Anschiss abgeholt. Dein Vater hat dich angebrüllt, weil du seinen Stubenarrest nicht ernst genommen hast. Und er hat dich nicht nur angeschrien, sondern auch geschubst und ein paarmal drohend mit der Hand ausgeholt. Aber das alles war nur eine warme Dusche im Vergleich zu dem, was Twerenbusch mit dir gemacht hat.

Schon an diesem Abend war dir klar, dass du Rache nehmen würdest. Eine kalte, geplante Rache. Nichts Halbherziges, keine Kleinmädchen-Rache, sondern eine echte, harte Männerrache. Du würdest dich nicht damit begnügen, es Twerenbusch zurückzuzahlen. Du würdest keine Gefangenen nehmen. Für dich gab es nur ein Ziel: Twerenbusch musste sterben. Du wolltest ihn sterben sehen, und niemand sollte je erfahren, dass du dafür gesorgt hast.

Du hast dir Zeit gelassen. Ein ganzes Jahr. Du hast beobachtet und dir Notizen gemacht. Wann Twerenbusch das Haus verlässt und wann er zurückkommt. Gewohnheiten, feste Zeiten. Jeder Mensch hat seine Rituale. Vor allem die, die allein leben.

Twerenbusch ging immer zur selben Zeit einkaufen. Ein Großeinkauf pro Woche. Am Freitagnachmittag. Und er packte seine Sachen immer in einen der Kartons, die im Supermarkt herumstanden, transportierte den schweren Karton auf seinem Fahrrad bis zu unserem Haus und trug ihn mit beiden Händen die Treppe hinauf.

Was macht jemand, der einen Karton, in dem sich Gläser befinden, die Treppe hinaufträgt? Richtig, er lässt ihn unter keinen Umständen fallen. Lieber fällt er selbst.

Beim ersten Mal musstest du dein Vorhaben im letzten Moment abbrechen, weil die alte Jüssen aus dem Erdgeschoss im Treppenhaus auftauchte. Erst beim zweiten Mal hat es geklappt. Twerenbusch schleppte seinen Karton nach oben, und du hüpftest fröhlich die Treppe hinunter, ein Junge auf dem Weg nach draußen, zum Fußballplatz oder anderen Kinderspielen. Keine Bedrohung für einen starken, viel älteren Mann. Auf dem Treppenabsatz seid ihr euch begegnet, du hast das genau berechnet. Du hast ihn in dem Augenblick erwischt, in dem er seinen rechten Fuß auf die Etagenebene setzte, der Körper in Bewegung, ohne Balance und Sicherheit, über dreizehn Treppenstufen schwebend. Du musstest ihn nicht einmal berühren, du hast lediglich seinem dummen Karton einen kräftigen Stoß verpasst. Das reichte. Den Karton hielt Twerenbusch noch fest, als er das Gleichgewicht verlor und nach hinten kippte. Wie in Zeitlupe sah das aus. Eine unfassbar lange Sekunde guckte Twerenbusch dich an. Wütend, nicht bereit zu begreifen, was da gerade passierte. Vielleicht hätte er eine Chance gehabt, wenn er den Karton losgelassen hätte. Aber er klammerte sich noch an der Pappe fest, als der Inhalt schon längst durch die Luft flog. Die Schnapsflasche, das Gurkenglas, die Milchpackungen, die Margarine, die abgepackte Salami und der Scheiblettenkäse. Lustig knallte und schepperte es. Trotzdem hast du das Knacken gehört. Das Knacken von Twerenbuschs Schädel, der auf die Kante der Treppenstufe schlug. Da endlich löste Twerenbusch seine Hände von dem inzwischen leeren Karton. Vermutlich hat er es nicht einmal mehr mitbekommen. Leblos rutschte der Körper die restlichen Stufen bis zur Zwischenetage hinunter. Du bist hinterhergelaufen und hast dich über ihn gebeugt. Doch da war nichts mehr, kein Leben, nur starre Augen. Du fandest es beinahe ein bisschen schade, dass er dich nicht noch ein letztes Mal angesehen hat, im Wissen um deinen Sieg.

Als du eine Stunde später zurückkamst, war die Polizei da. Du hast ein bisschen Schiss gekriegt. Überflüssigerweise, der Polizeieinsatz war reine Formalität. Niemand hat dich beobachtet oder verdächtigt. Twerenbuschs Tod war ein Unfall – so stand es am nächsten Tag in der Zeitung. Und alle haben es geglaubt. Wollten es glauben. Wer vermisst schon jemanden wie Twerenbusch? Die Welt kam ohne ihn besser zurecht. Trotzdem hast du dein Geheimnis für dich behalten. Bis heute. Außer dir weiß niemand, dass du damals zum ersten Mal getötet hast.

In letzter Zeit träumst du wieder häufiger von Twerenbusch. Manchmal kommt es dir vor, als würdest du selbst über einem Abgrund schweben. Ist das eine Ahnung? Oder einfach nur Stress und Schlafmangel?

Du schüttelst den Gedanken ab und gehst ins Internet, auf der Suche nach Neuigkeiten. Prompt starrt dich das Gesicht von Willi Gramlich an.

26

«**Stör** ich?» Udo Deilbach stand in der Tür des Büros, das sich Bastian mit Anja teilte.

«Nee.» Bastian hatte gerade den Bericht über ihren Besuch bei Wilhelm Gramlich abgeschlossen und ins Intranet der MK gestellt. Jetzt wollte er die zahlreichen neuen Einträge, die seit gestern angefallen waren, zumindest querlesen, um auf dem aktuellen Stand zu sein.

Udo schloss die Tür hinter sich und machte ein Gesicht, als habe er eine unangenehme Nachricht zu überbringen.

«Das ist Anja», stellte Bastian vor. «Bei der MK sind wir ab und zu als Team unterwegs.»

Anja schaute von ihrem Computer-Bildschirm auf. «Hallo!»

Udo reichte ihr eine breite Pranke. «Udo. Basti und ich kennen uns von der K-Wache.»

«Ich weiß.»

«Tja.» Udo sah unglücklich aus.

«Was ist los?», fragte Bastian. «Spuck's endlich aus!»

«Vielleicht …», Udos Blick wanderte zwischen Bastian und Anja hin und her, «… könnten wir unter vier Augen …»

«Okay.» Anja stand auf. «Ich hole mir einen Kaffee.»

«Lassen Sie sich ruhig Zeit!», rief Udo ihr beim Hinausgehen.

«Verdammt!», platzte es aus Bastian heraus. «Mach's nicht so elendig spannend!»

«Yasi hat mich angerufen.»

«Ja, und?», knurrte Bastian.

«He!» Udo wedelte mit seinen Händen. «Ich bin nur der Überbringer. Schlag mich also nicht!»

«Was will sie? Komm zur Sache, Udo!»

«Ich soll dir sagen, dass sie Leipold rausgeschmissen hat.»

«Na und? Interessiert mich nicht.»

«Bevor es zu … du weißt schon … gekommen ist.»

«Soll ich es für dich buchstabieren, Udo? *Interessiert mich nicht.* Ich habe gesehen, wie sie diesen Lackaffen in ihre Wohnung mitgenommen hat. Das hat mir gereicht.»

«Mensch, Basti, sei doch nicht so stur! Sie will nur mit dir reden.»

«Ich aber nicht mit ihr.»

Udo seufzte. «Wie kann man nur so kindisch sein? Warum verhältst du dich nicht ausnahmsweise mal wie ein erwachsener Mensch? Ich verstehe ja, dass du sauer auf sie bist. Aber ein klärendes Gespräch sollte man nicht mal seinem schlimmsten Feind ausschlagen.»

«Seit wann bist du die UNO? Lies es von meinen Lippen ab, Udo: *Kein Interesse.* Und überhaupt, was ist denn deine Rolle bei dem Spiel? Erst willst du mich mit Susanne verkuppeln, und jetzt machst du den Briefträger für Yasi. Bei so viel Opportunismus könntest du glatt Politiker werden.»

«Ich kann's nun mal nicht leiden, wenn jemand in sein Unglück rennt.»

«Ach, hast du da jemanden Bestimmten im Auge?»

«Ja. Dich. Später wirst du der verpassten Chance hinterhertrauern.»

«Garantiert nicht.»

Die Tür ging auf. Anja war schneller zurück als erwartet. Und sie hatte auch keinen Kaffeebecher in der Hand. «Es gibt Neuigkeiten. Wir haben einen Verdächtigen.»

«Wen?», fragte Bastian.

«Den Neffen von Wilhelm Gramlich. Ist einschlägig vorbestraft und besitzt ein Wohnmobil. Die MK trifft sich in fünf Minuten im Sitzungsraum.» Sie lächelte Udo entschuldigend an. «Sorry. Bin schon wieder weg.»

Udo seufzte erneut. «Ist ja mächtig was los bei euch.»

«Tut mir leid», höhnte Bastian. «Du siehst es selbst: Ich habe keine Zeit für Gespräche über Beziehungskrisen. Falls Yasi wieder bei dir anruft, sag ihr … Lass dir einfach was einfallen.»

«Idiot.» Udo stampfte zur Tür und zog sie krachend hinter sich zu.

Wenn die Sache nicht so traurig gewesen wäre, hätte er sie für einen Witz gehalten. Was für ein Kotzbrocken musste Alexander Leipold sein, dass Yasi sogar Udo einspannte, um ihn, Bastian, zurückzugewinnen. Aber da würde sie auf Granit beißen. So leicht war er nicht umzustimmen. Mosuo-Männern machte es vielleicht nichts aus, nach Lust und Laune ihrer Frauen den Reserve-Liebhaber zu spielen. Einem Bastian Matt dagegen schon. Ihn setzte man nicht so einfach auf die Ersatzbank.

* * *

Selten hatte Bastian Klaus Kenkmann derart aufgekratzt erlebt. Mit hochrotem Kopf und Schweiß auf der Stirn bat der MK-Leiter um Ruhe. Allmählich verebbten die Gespräche der rund zwanzig Ermittler, die sich zu dem spontanen Meeting im Sitzungsraum versammelt hatten. «Ihr habt es sicher schon mitbekommen.» Kenkmann zeigte zur Leinwand, auf die der Beamer das Polizeifoto eines Mannes projizierte. Mit einer gehörigen Portion Phantasie ließ sich eine gewisse Ähnlichkeit mit Wilhelm Gramlich erkennen. «Der Neffe des alten Gramlich könnte unser Mann sein.»

«Marcel Gramlich», assistierte Susanne, die neben Kenkmann an der Stirnseite des Tischrechtecks thronte, «fünfunddreißig, der Sohn von Wilhelms Bruder Bernhard. Mit siebzehn erstmals strafrechtlich in Erscheinung getreten, als er ein Mädchen aus der Nachbarschaft überfiel und in ein Gebüsch zerrte. Ein abendlicher Spaziergänger mit Hund verhinderte das Schlimmste, Marcel kam mit einer Bewährungsstrafe und Sozialdienst davon. Drei Jahre später dann eine vollendete Vergewaltigung, Marcel ging für vier Jahre ins Gefängnis. Danach war erst mal nichts, offiziell jedenfalls. Vor einem Jahr dann die Anzeige von Nachbarn, Gramlich habe ihre fünfzehnjährige Tochter angesprochen und ihr Geld für Nacktfotos geboten. Die Anzeige verlief im Sand, es gab keine Zeugen, und Gramlich stritt alles ab.»

«Marcel Gramlich schlägt sich mit Gelegenheitsjobs durch», übernahm wieder Kenkmann. «Er ist verheiratet und hat ein Kind. Außerdem stolzer Besitzer eines Wohnmobils. Insofern entspricht er dem Profil, das Kollege Leipold dankenswerterweise für uns erstellt hat.»

Bastian hätte erwartet, dass sich der Fallanalytiker in seinem

Ruhm sonnen würde, tatsächlich reagierte Leipold merklich zurückhaltend. «In Frage kommt er zweifellos. Trotzdem sollten wir nicht zu sicher sein.»

War Leipold eingeschnappt, weil er nicht selbst die Idee gehabt hatte, den Täter in Wilhelm Gramlichs Verwandtschaft zu suchen?

Susanne schaute zu Kriminalrat Biesinger, der während der Sitzung hereingekommen war. Als Leiter der Kriminalinspektion I unterstanden Biesinger mehrere Kommissariate, darunter auch das KK 11. «Was meinen Sie, Chef?»

«Schnappt ihn euch!», sagte Biesinger. «Aber seid vorsichtig, der Mann könnte bewaffnet sein. Lasst ihn von einem SEK festnehmen.»

«Wir sollten sichergehen, dass er daheim ist, wenn das SEK anrückt», bremste Kenkmann. «Ich schlage vor, wir beobachten zuerst das Haus.»

«Wo wohnt er eigentlich?», fragte jemand.

«In Appelhülsen. Eine Wohnstraße mit Eigenheimen.»

«Ein Wagen mit Münsteraner Kennzeichen in der Nähe des Hauses wäre ziemlich auffällig. Er könnte uns bemerken und flüchten.»

Anja meldete sich. «Wo wohnen die Nachbarn, die ihn angezeigt haben?»

Susanne schaute in ihre Unterlagen. «Das muss schräg gegenüber sein.»

«Die würden uns bestimmt unterstützen.»

«Gute Idee», stimmte Susanne zu. «Mach du das. Zusammen mit Bastian. Sobald ihr Marcel Gramlich seht, gebt ihr das Zeichen zum Angriff. Wir richten die Einsatzleitung in der nächsten Polizeistation ein.»

«Das war's.» Kenkmann stand auf. «Mit etwas Glück haben wir ihn heute noch im Sack.»

* * *

Appelhülsen lag direkt an der A 43, auf halber Strecke zwischen Münster und den nördlichen Ausläufern des Ruhrgebiets. Getreidestaub hing in der Luft, als Bastian von der Autobahn abfuhr, die vorübergehende Trockenheit hatte riesige, lärmende Landmaschinen auf die Felder gelockt. Vor dem nächsten Regen musste die Ernte eingebracht werden.

Er parkte den Dienstwagen in der Ortsmitte von Appelhülsen, die restliche Strecke gingen sie zu Fuß. Es sei höchste Zeit, dass endlich mal was gegen diesen Gramlich unternommen werde, hatte Frau Lürbecke am Telefon gesagt, ein Unding sei das, dass der noch frei herumliefe. Genau deshalb würden sie ja persönlich vorbeikommen, hatte Bastian die Tirade unterbrochen und schnell aufgelegt.

«Hast du etwas dagegen, dass ich meinen Arm um deine Hüfte lege?», fragte Bastian, als sie in die Nähe von Gramlichs Haus kamen. «Dann sehen wir nicht aus wie zwei Bullen bei der Arbeit, sondern wie ein Paar, das zu Besuch kommt.»

«Clever», sagte Anja. Und Bastian hatte das Gefühl, dass sie ihren Körper ein wenig gegen seinen presste. Aber das konnte auch Einbildung sein.

Vor Gramlichs Haus stand kein Fahrzeug, allerdings war die Garage groß genug, um ein Wohnmobil beherbergen zu können.

«Nicht zu lange hingucken!», flüsterte Bastian und betrachtete den Vorgarten der Lürbeckes. Der wirkte wesentlich gepflegter als sein Gegenüber auf der anderen Straßenseite, hier wusste jedes Kraut, wo es hingehörte.

Frau Lürbecke riss die Tür auf, bevor die Klingel verhallt war. «Ja?»

«Bastian Matt von der Kripo Münster. Wir haben telefoniert. Das ist meine Kollegin Anja Strubel.»

Die Frau mit der praktischen Kurzhaarfrisur musterte die beiden Polizisten misstrauisch. «Sie sind zu Fuß gekommen?»

«Herr Gramlich muss ja nicht gleich erfahren, dass wir hier sind.»

Frau Lürbecke war noch nicht überzeugt. «Kann ich Ihre Ausweise sehen?»

«Natürlich. Drinnen wäre das allerdings unauffälliger.»

Die Frau ging Bastian schon jetzt auf die Nerven. Wenn sie das Theater noch ein bisschen in die Länge zog, hätten sie auch gleich mit einem Streifenwagen vorfahren können.

«Was ist denn los?», rief eine muffige Männerstimme von drinnen.

«Bitte!», sagte Anja.

Das zeigte Wirkung.

Im Hausflur rollte ihnen ein Mann im Jogginganzug entgegen.

«Mein Mann Holger», sagte Frau Lürbecke. «Seit einem Motorradunfall ist er querschnittgelähmt.»

«Wenn ich laufen könnte, hätte ich dem Schwein längst in die Eier getreten», sagte Holger Lürbecke. Dann hob er seine Stimme: «Lea! Komm runter! Die Leute von der Polizei sind da.» Und wieder leiser: «Sie sind doch von der Polizei. Oder?»

Bastian zeigte dem Rollstuhlfahrer seinen Ausweis. «Wo Sie

gerade Herrn Gramlich erwähnen: Haben Sie ihn heute schon gesehen?»

«Nein. Denken Sie, ich sitze den ganzen Tag vor dem Fenster und beobachte das Arschloch?»

Eine Jugendliche in Hotpants kam die Treppe herunter und fragte demonstrativ gelangweilt: «Was ist denn?»

«Erzähl den Kommissaren die Geschichte mit Gramlich!»

«Wie oft noch? Ich muss echt was für die Schule tun.»

«Wenn ich kurz unterbrechen darf», mischte sich Anja ein. «Die Foto-Geschichte kann warten. Im Moment interessiert uns wirklich brennend, wo sich Herr Gramlich aufhält. Hat ihn heute jemand zu Gesicht bekommen?»

«Kein Plan», sagte Lea und zeigte mit dem Finger zur Decke. «Kann ich?»

Ihre Mutter nickte. «Ehrlich gesagt, ich habe ihn seit Tagen nicht mehr gesehen.»

«Der kommt und geht, wie es ihm passt», verkündete Holger Lürbecke.

«Und seine Frau?», fragte Bastian.

«Die arbeitet. Einer muss ja das Geld ranschaffen.»

Bastians Handy klingelte. Er trat ein paar Schritte zur Seite. Es war Susanne: «Wir sind so weit, das SEK hockt in den Startlöchern. Wie sieht's bei euch aus?»

«Keine Bestätigung, dass sich Gramlich im Haus aufhält.»

«Dann warten wir ab.»

«Okay. Ich melde mich.»

Holger Lürbecke rollte neben Bastian. «Es geht gar nicht um die Fotosache, habe ich recht?»

«Ja, haben Sie», bestätigte Bastian. «Wir möchten Herrn Gramlich als Zeugen in einer anderen Angelegenheit vernehmen. Und zwar so schnell wie möglich. Von wo aus kann man Gramlichs Haus am besten einsehen?»

«Die Küche geht zur Straße raus», sagte Lürbecke.

«Gut.» Bastian drehte sich zu Anja um. «Sie würden uns einen großen Gefallen erweisen, wenn wir uns in Ihre Küche setzen dürften. Wir versprechen auch, dass wir Sie nicht stören werden.»

«Und wenn Gramlich auftaucht?», fragte Lürbecke lauernd. «Gibt's dann Action?»

«Wir hoffen nicht.»

«Aber völlig ausschließen können Sie es nicht?» Der Rollstuhlfahrer grinste erwartungsvoll.

«Herr Lürbecke», griff Anja ein. «Bitte behalten Sie das für sich! Rufen Sie niemanden an, verschicken Sie keine Nachrichten! Das, was wir am wenigsten brauchen können, sind Schaulustige. Die gefährden nicht nur sich selbst, sie könnten auch die Festnahme von Gramlich verhindern.»

«Festnahme? Vorhin war es noch eine Zeugenbefragung?»

Es liefen einfach zu viele Krimis im Fernsehen, die halbe Nation hielt sich inzwischen für Experten. Laut sagte Bastian: «Das eine schließt das andere nicht aus.»

«Selbstverständlich sind Sie unsere Gäste.» Frau Lürbecke eilte voraus und öffnete eine Glastür. «Und wir rufen niemanden an. Nicht wahr, Holger?»

Holger sagte nichts und guckte enttäuscht.

In den nächsten drei Stunden passierte nicht viel. Abgesehen davon, dass Bastian und Anja zusammen eine Flasche Mineralwasser leerten und Bastian viermal mit Susanne telefonierte. Von Anruf zu Anruf wirkte sie gestresster. «Könnt ihr denn überhaupt nichts erkennen?»

«Null. Weder Mann noch Frau, noch Kind. Vielleicht sind alle ausgeflogen.»

Eine halbe Stunde später ging in dem Haus auf der anderen Straßenseite ein Licht im Erdgeschoss an. Eine Frau erschien in einer weiß glänzenden Küche und öffnete einen Kühlschrank.

«Das ist seine Frau», sagte Lürbecke, der sich die letzten Stunden nicht vom Fleck gerührt hatte.

«Da!», rief Anja. «Im ersten Stock!»

Im oberen Stockwerk war ebenfalls eine Lampe eingeschaltet worden, und für einen kurzen Moment huschte ein Schatten über das Fenster.

«War das ein Kind oder ein Mann?», fragte Bastian.

«Ich glaube, ein Mann.»

«Von oben haben wir einen besseren Blick.» Bastian sprang auf.

«Zu spät.» Anja griff nach seinem Arm.

Jetzt sah auch Bastian, dass sich eine Jalousie vor das Fenster senkte. «Scheiße.» Er wählte Susannes Nummer.

«Wie groß ist die Wahrscheinlichkeit, dass sich Gramlich im Haus befindet?», fragte Susanne, nachdem sie Bastians Bericht angehört hatte.

«Fünfzig Prozent. Auf keinen Fall mehr.»

«Das reicht. Wir sind in zehn Minuten da.»

«Sie kommen», informierte Bastian Anja.

«Sie meinen, es geht los?», freute sich Lürbecke.

Nicht für dich, dachte Bastian. «Aus Sicherheitsgründen müssen Sie sich leider auf die andere Seite des Hauses begeben.»

«Das ist *mein* Haus», protestierte Lürbecke. «Ich gehe nirgendwohin.»

«Holger!», griff seine Frau beschwichtigend ein. «Sei doch vernünftig!»

Das Gezeter des Rollstuhlfahrers hielt noch an, als auf der Straße die erste schwarze Limousine vorfuhr.

Danach ging alles sehr schnell. Einige Maskierte riegelten den Straßenabschnitt ab, eine zweite Gruppe lief um das Haus herum, ein dritter Trupp brach die Haustür der Gramlichs auf. Die Sondereinsatzkommandos trainierten solche Einsätze, bis jedem Mitglied die Abläufe ins Unterbewusstsein übergegangen waren. Perfektionierte Routine. Und doch blieb immer ein Restrisiko. Gegen durchgeknallte Täter, die ihr eigenes Leben beenden wollten, waren selbst diese Männer machtlos. An diesem Tag allerdings nicht. Im Haus der Gramlichs fiel kein einziger Schuss.

Als Bastian und Anja zwei Minuten später eintrafen, war schon alles vorbei.

«Wen immer Sie gesehen haben», sagte der Anführer der SEKler, «Gramlich war es nicht. Wir haben nur die Frau und das Kind angetroffen. Sie hat angeblich keine Ahnung, wo sich ihr Mann aufhält.»

«Scheiße», sagte Bastian.

«Die Frau hatte ein Handy am Ohr, als wir reinkamen. Ich fürchte, beim nächsten Versuch ist Gramlich vorbereitet.»

Doppelte Scheiße.

27

Bastian war dumm. Ein sturer Bock. Ein gehörnter Ochse. Warum legte er sich vor ihrem Haus auf die Lauer, um zu beobachten, wen sie mit in ihr Blumenzimmer nahm? Es ging ihn nichts an. Das war allein ihre Sache. Sie würde sich von keinem Mann vorschreiben lassen, was sie zu tun und was sie zu lassen hatte. Eine Mosuo-Frau, die etwas auf sich hielt, sank niemals so tief, einem Mann die wichtigen Entscheidungen über ihr Leben zu geben. Warum verstand Bastian das nicht? Mosuo-Männer lernten das doch auch. Manchmal brauchten sie eine entsprechende Lektion, das schon. Wer sich zickig anstellte, klopfte eine Weile vergeblich an die Tür der Frau. Das half. Meistens. So wie sich umgekehrt manche Frauen ins eigene Fleisch schnitten, wenn sie allzu wählerisch waren. Wer die Männer immerzu abwies, blieb irgendwann allein. Besser, man respektierte sich gegenseitig. Und die Anschauungen des jeweils anderen. Aber dazu war Bastian ja nicht in der Lage.

Nein, Yasi bereute nicht, Alexander Leipold eingeladen zu haben. Das war ihr Recht, das ließ sie sich nicht nehmen. Dass sich Alexander als Niete erwiesen hatte, dass sein Charme wie eine Blendgranate verpufft war, stand auf einem anderen

Blatt. Sie mochte nun mal keine Fesselspiele. Einem Mann die Kontrolle über ihren Körper zu überlassen kam für sie nicht in Frage. Sollte Alexander doch gefälligst in einen dieser SM-Clubs gehen. Da würde er Frauen treffen, die auf Quälereien standen. Notfalls müsste er dafür bezahlen, dass sie es ihm vorspielten.

Aber Alexander war wirklich nicht Yasis Problem. Ihr Problem hieß Bastian. Der sich anstellte wie ein bockiges Kind. Sie akzeptierte nicht, dass er nicht mit ihr reden wollte. Sie hatten zu viel miteinander erlebt, um auseinanderzugehen wie zwei Fremde, die zufällig eine Zeitlang gemeinsam im Zug fuhren.

Yasi zeigte dem Pförtner im Polizeipräsidium ihren Institutsausweis und erklärte, dass sie einen Termin bei Oberkommissar Matt von der Mordkommission habe.

«Da steppt heute der Bär.» Der Pförtner wählte eine Telefonnummer und lauschte. «Besetzt.»

«Kein Problem.» Yasi lächelte freundlich. «Ich finde den Weg allein.»

Der Pförtner betätigte den Türöffner. «Eigentlich darf ich Sie nicht …»

«Ich sag's nicht weiter.» Yasi winkte ihm zu und lief zum Aufzug.

Yasi war schon mehrmals im KK 11 gewesen, als rechtsmedizinische Expertin und als Zeugin. Doch so wuselig wie an diesem Abend hatte sie das Kommissariat noch nie erlebt, Leute rannten hektisch von einem Zimmer zum anderen, überall klingelten Telefone. Yasi schaute sich nach einem bekannten Gesicht um, als eine junge Frau vor ihr stehen blieb. «Suchen Sie jemanden?»

«Bastian Matt. Ist er hier?»

«Im Büro da drüben.» Die Frau zeigte auf eine Tür und guckte Yasi fragend an. «Sind Sie Frau Dr. Ana?»

«Richtig. Und Sie?»

«Anja Strubel.» Die Polizistin streckte ihre Hand aus. «Ich arbeite mit Bastian zusammen.»

«Mögen Sie ihn?», fragte Yasi unvermittelt und hielt ihre Hand fest. «Es ist nicht immer leicht, ihn zu genießen, finden Sie nicht?»

Strubel wurde rot. «Da gibt's Schlimmere hier im Kommissariat. Bastian ist ganz in Ordnung, wir … ich meine … beruflich. Privat haben wir noch nicht …»

«Entschuldigen Sie, ich wollte Sie nicht in Verlegenheit bringen.» Yasi lächelte. «Vielen Dank für Ihre Hilfe.» Sie wandte sich ab und ging zu Bastians Büro.

Anja Strubel war offenbar ein bisschen in Bastian verliebt. Und warum auch nicht? Abgesehen von einigen rückständigen Ansichten konnte Bastian sehr liebenswert sein. Sonst wäre Yasi bestimmt nicht hier.

Sie klopfte an die Tür und trat ein, ohne eine Antwort abzuwarten. Bastian hatte einen Telefonhörer am Ohr und starrte sie mit offenem Mund an. «Ich verstehe.» Er riss sich zusammen und kritzelte etwas auf einen Notizblock. «Ich rufe Sie zurück.» Er legte auf. «Was machst du hier?»

«Hallo, Basti!»

«Ich habe dich gefragt, was du hier machst.»

«Ich will mit dir reden. Da du nicht ans Telefon gehst, wenn ich anrufe, musste ich persönlich vorbeikommen.»

«Du willst *jetzt* mit mir reden?»

«Warum nicht?»

«Wir haben einen konkreten Verdacht, wer die Mädchen auf dem Gewissen hat. Die Fahndung läuft auf Hochtouren, nachdem ein erster Zugriff heute Nachmittag gescheitert ist. Jeden Moment kann der entscheidende Tipp kommen.»

«Das klingt so, als ob du gerade Pause hast.»

«Yasi …»

«Wenn die Scheibe kleistert, sehen alle Katzen grau aus.»

«Was?»

«Du läufst vor mir davon, Basti. Wie soll es da einen richtigen Zeitpunkt für ein Gespräch geben?»

«Ich …» Er schüttelte den Kopf. «Du hast dich mit diesem Arschloch eingelassen, egal, ob du mit ihm geschlafen hast oder nicht.»

«Anja schwärmt für dich, weißt du das?»

«Anja, was … wieso …» Er schluckte. «Und selbst, wenn es so wäre: Ich habe nicht vor, mit ihr ins Bett zu gehen.»

«Aber ich hätte nichts dagegen. Sie scheint eine nette Frau zu sein.»

«Du …»

Die Tür wurde aufgerissen. Anjas Gesicht leuchtete. «Wir haben ihn. Das heißt: sein Wohnmobil. Der Zeuge sagt, es sei jemand drin. Ob es sich um Gramlich handelt, wissen wir noch nicht.»

«Wo?»

«Am Hiltruper See. Das SEK ist schon unterwegs.»

Bastian sprang auf. Die Unterbrechung schien ihm sehr gelegen zu kommen. «Du hast es gehört», teilte er Yasi mit. «Ich muss los.»

Aber so leicht ließ sie sich nicht abwimmeln. «Dann fahre ich mit.»

«Das geht nicht», kanzelte Bastian sie ab. «Das ist ein Polizeieinsatz.»

«Und ich bin nicht nur Rechtsmedizinerin, sondern auch Ärztin. Kannst du ausschließen, dass es bei dem Einsatz zu Verletzungen kommt?»

«Verdammt, Yasi!»

Anja Strubel stand wie angewurzelt in der Tür, unfähig, sich von dem Streit loszureißen. Und wenn Bastian dachte, Yasi würde deswegen irgendwelche Skrupel bekommen, hatte er sich getäuscht. «Was meinen Sie?», wandte sie sich an Anja Strubel. «Ist das für Sie ein Problem?»

«Ich ...» Die Polizistin wurde schon wieder rot. «Ich bin da nicht kompetent.»

«Siehst du?», trumpfte Yasi auf. «Anja hat nichts dagegen.»

Bastian verdrehte die Augen zur Decke. «Dann komm eben mit. Aber halt dich bloß zurück. Ich möchte mir wegen dir keinen Ärger einhandeln.»

«Habe ich dir jemals Ärger gemacht, Basti?»

«Wir sollten jetzt wirklich gehen», sagte Anja.

* * *

Der Parkplatz zwischen Dortmund-Ems-Kanal und Hiltruper See wurde nur von der Außenbeleuchtung des Luxushotels erhellt, das den See am westlichen Ufer wie ein zu groß geratenes Fachwerkhaus überragte. Am äußersten Ende des Parkplatzes stand ein schlichtes gräuliches Wohnmobil. Die harmlos wirkende Hülle einer Folterkammer – wenn Gramlich der war, für den sie ihn hielten. Das Licht im Inneren, von dem der Zeuge berichtet hatte, war erloschen. Entweder schlief der

Fahrer, oder er war verschwunden – falls er nicht im Dunkeln hinter der Seitenscheibe kauerte und sich fragte, warum seit einigen Minuten mehrere Fahrzeuge auf der gegenüberliegenden Seite des Platzes parkten.

Die SEKler hatten das Wohnmobil weiträumig umstellt. Nahm Bastian an, denn sehen konnte er keinen der schwarz uniformierten Elitepolizisten. Nur ihren Chef, den er beim Einsatz in Appelhülsen kennengelernt hatte. Der saß, umgeben von Susanne, Kenkmann und allerlei Technik, in einem gepanzerten Sprinter, dessen vom Wohnmobil abgewandte Seitentür weit offen stand. Etwa ein Dutzend MK-Mitglieder hatte sich ebenfalls eingefunden. Um zu den Ersten zu gehören, die einen Blick auf das gefasste Monster werfen durften. Oder um die Journalisten und Kamerateams in Schach zu halten, die vermutlich bald auftauchen würden. Unter den sensationshungrigen Kollegen erkannte Bastian auch Volker Sengling, der lässig an einem Pkw lehnte. Würde die Arbeit der Ermittlungskommission, die sich vor wenigen Tagen neben der Umgehungsstraße gegründet hatte, heute Abend mit der Verhaftung des Täters ihren vorläufigen Abschluss finden?

Susanne setzte ein siegessicheres Lächeln auf, als sie Bastian entdeckte. «Es ist jemand drin. Die Wärmebildkamera zeigt eindeutig einen menschlichen Körper.» Das Lächeln verendete in einer verkrampften Grimasse, Susanne hatte bemerkt, wer neben Bastian stand. «Frau Dr. Ana, Sie auch hier?»

«Bastian bat mich, ihn zu begleiten», flötete Yasi mit falscher Freundlichkeit. Manchmal konnte sie wirklich eine Schlange sein.

«Habe ich nicht», widersprach Bastian. «Frau Dr. Ana hat sich selbst eingeladen.»

«Ich dachte, ich wäre unter Umständen von Nutzen», sagte Yasi treuherzig.

«Genug gequatscht. Es geht los», bestimmte Kenkmann. Er nahm ein Mikrophon in die Hand und drückte eine Taste, auf dem Kastenwagen erwachte ein Lautsprecher mit dem üblichen Pfeifen und Scheppern aus seinem Winterschlaf. Kenkmann fummelte nervös an Reglern herum, dann hallte seine Stimme einigermaßen verständlich über den Platz: «Herr Gramlich! Hier spricht die Polizei. Ihr Wohnmobil ist umstellt. Kommen Sie langsam und mit erhobenen Händen heraus! Ich wiederhole ...»

Weiter kam der MK-Leiter nicht. Bastian hatte das Mündungsfeuer im Wohnmobil gesehen. Eine Zehntelsekunde, bevor er den Schuss hörte. Und lange vor dem ungläubigen Schrei: «Verdammt! Ich bin getroffen.» Sengling.

«In Deckung!», brüllte Kenkmann. Vergaß dabei aber, dass er das Mikro nur wenige Zentimeter von seinem Mund entfernt hielt. Mit der Kraft von Ohrfeigen schwirrten die Schallwellen durch die Luft. Statt das einzig Sinnvolle zu tun, nämlich sich auf den Boden zu werfen, rannten alle fluchend herum und pressten ihre Handflächen auf die Ohren.

Der SEK-Chef reagierte am schnellsten und nahm Kenkmann das Mikro ab. Dann gab er den Befehl zum Zugriff.

Geschützt durch den Kastenwagen, lugte Bastian zum Wohnmobil hinüber. Unter dem Seitenfenster, aus dem der Gewehrlauf ragte, hockte ein Schwarzuniformierter. Zuerst glaubte Bastian, der SEK-Mann würde versuchen, dem Schützen das Gewehr zu entreißen. Dann begriff er, dass das Risiko des Kauernden, selbst ins Schussfeld zu geraten, viel zu groß war. Tatsächlich streckte der SEKler kurz seinen Arm in die

Höhe, warf etwas durch das Fenster des Wohnmobils und rannte zur Seite weg.

Dann geschahen zwei Dinge fast gleichzeitig: Im Inneren des Wohnmobils krachte und blitzte es – und aus dem Gewehr löste sich ein weiterer Schuss. Der allerdings ohne Folgen blieb, wie Bastian aus der relativen Ruhe in seiner Umgebung schloss. Mittlerweile drang Qualm aus dem Fenster und den Türritzen des Wohnmobils. Der Gewehrlauf verschwand, das Fenster klappte zu. Danach war es eine ganze Weile still. Auch die Männer mit den schwarzen Sturmhauben, die sich von beiden Seiten näherten, bewegten sich lautlos. Sie hatten den Camper fast erreicht, als ein dritter, diesmal gedämpfter Schuss fiel. Bastian ahnte, was das bedeutete.

Die SEKler warteten trotzdem noch zwei endlose Minuten, bevor sie die Tür aufbrachen. Dann kam über Funk die Bestätigung: «Zielperson leblos aufgefunden.»

Bastian schaute sich nach Yasi um. Vorhin hatte sie doch noch hinter ihm gestanden. Er ging um den Wagen der Einsatzleitung herum, und dann sah er sie. Sie kniete neben Sengling und presste eine blutige Kompresse auf die nackte Schulter des stöhnenden Polizisten.

28

In dem Moment, als er die übernächtigten Gesichter seiner Kollegen auf dem Flur des KK 11 sah, bereute Bastian, sich nicht wie sie die Nacht um die Ohren geschlagen zu haben. Alle hatten durchgehalten, nur er nicht. Wahrscheinlich hielten sie ihn jetzt für ein Weichei, weil er sich nach dem Abtransport von Marcel Gramlichs Leiche ein paar Stunden Schlaf gegönnt hatte. Viel gebracht hatten die ohnehin nicht, er fühlte sich immer noch müde. Aber vielleicht, tröstete sich Bastian, würde sich die kleine Schlafpause im Laufe des Tages noch auszahlen. Angesichts der hängenden Schultern und schweißfleckigen Hemden um ihn herum fühlte er sich schon erheblich fitter. Es kam eben immer auf den Vergleich an. Wenn den anderen irgendwann die Augen zufielen, würde er wach und ausgeruht die Initiative ergreifen. So jedenfalls sah sein Plan aus.

Anja saß ebenfalls schon am Schreibtisch. Bastian schloss die Tür. «Hast du etwa auch die Nacht durchgemacht wie diese Zombies da draußen?»

«Nee.» Anja gähnte. «Ich bin um fünf Uhr aufgewacht und konnte nicht mehr schlafen. Und da dachte ich: Ehe ich blöd die Decke anstarre, fahre ich lieber ins Büro.»

«Und? Was gibt's Neues?»

«Die KTU hat bei Gramlich eine Menge Fotos sichergestellt.»

Bastian setzte sich an seinen Schreibtisch. «Was für Fotos?»

«Fotos von Mädchen, manche aus der Nachbarschaft, wie man am Hintergrund erkennen kann. Hauptsächlich Schnappschüsse. Die Mädchen haben gar nicht gemerkt, dass sie fotografiert wurden. Das Gleiche gilt für den Großteil der Aufnahmen, die Gramlich an anderen Orten geschossen hat. Anscheinend ist er mit seinem Wohnmobil ziellos herumgefahren und auf die Jagd gegangen.»

«Sind unsere Opfer darunter?»

«Bislang Fehlanzeige. Weder Anna-Lena van Beek noch Christin Tomphütte oder Marijke de Jong. Allerdings besteht die Hoffnung, dass bei einer gründlichen Hausdurchsuchung weitere Speichermedien auftauchen. Vielleicht hat Gramlich die Fotos der Opfer gelöscht. Dann ist es zwar nicht unmöglich, sie zu rekonstruieren, aber es dauert eben seine Zeit.»

«Was ist mit Fingerabdrücken oder DNA?», fragte Bastian. «Hat die KTU Spuren der Mädchen im Wohnmobil gefunden?»

«Sie sind dabei, das Auto auseinanderzunehmen.»

Bastian fuhr seinen Computer hoch. «Klingt nicht nach einem durchschlagenden Erfolg.»

«Warum so skeptisch?», erwiderte Anja. «Es sind gerade mal ein paar Stunden vergangen, seitdem Gramlich sich eine Kugel in den Kopf gejagt hat. Und das hätte er wohl kaum getan, wenn er unschuldig ist.»

«Ich sage ja nicht, dass er unschuldig ist», stellte Bastian klar. «Er wird genug Dreck am Stecken haben, dass er damit rechnen musste, in den Knast zu gehen. Und davor hatte er vermutlich eine Heidenangst. Aber ist er auch der Glatzenmann?

Apropos Glatze: Gramlich hat Haare und sieht dem Phantombild nur entfernt ähnlich – wo ist seine Maske?»

«Bis jetzt nicht gefunden worden», gab Anja zu. «Trotzdem glaube ich, dass wir den Richtigen erwischt haben.»

Bastian überflog einige der Berichte, die sich in den letzten Stunden im Intranet angesammelt hatten. Das Gewehr, mit dem Gramlich zuerst auf Volker Sengling geschossen und dann sich selbst gerichtet hatte, gehörte seinem Schwager, der Mann war Jäger und besaß eine reichhaltige Waffensammlung.

«Wie geht's eigentlich Sengling?», fragte Bastian.

«Ganz gut», antwortete Anja. «Glatter Durchschuss. In ein paar Wochen kann er wieder frauenfeindliche Sprüche reißen. Deine Freundin hat sich ja toll um ihn gekümmert.»

«Sie steht eben auf Polizisten mit Macho-Allüren.»

«He?», sagte Anja irritiert. «Woher kommt der Sarkasmus?»

Nein, er würde ihr jetzt nichts von Alexander Leipold erzählen. So weit, dass er sich bei Anja ausheulte, war es noch nicht gekommen. «Bin ich nicht auch ein knallharter Bulle?»

«Nein, bist du nicht.» Anja lachte. «Und bevor du das in den falschen Hals kriegst: Ich find das gut.»

«Danke.»

Bastian vertiefte sich wieder in die Berichte. Seit den späten Abendstunden war Gramlichs Frau vernommen worden. Sie hatte auf einen Anwalt verzichtet, aber auch nichts Wesentliches zur Aufklärung beigetragen. Ja, ihr Mann sei viel mit dem Wohnmobil herumgefahren, manchmal tagelang. Und nein, sie wisse nicht, wohin er gefahren sei und was er dort im Einzelnen gemacht habe. Es habe sie auch nicht interessiert, ihre Ehe sei seit längerem nicht mehr rundgelaufen, ihr Mann habe zu Wutausbrüchen geneigt, gelegentlich habe er sie und das

Kind sogar geschlagen. Es sei ihr daher ganz recht gewesen, wenn er sich nicht zu Hause aufgehalten habe.

So war das über Stunden gegangen. Die vernehmenden Beamten hatten immer wieder die gleichen Fragen gestellt, auf minimale Abweichungen in den Antworten geachtet. Doch sosehr sie sich bemühten, zu den Tagen und Nächten, in denen Anna-Lena van Beek und Marijke de Jong entführt worden waren, Auskünfte zu erhalten, Gramlichs Frau blieb bei ihrer Haltung, dass sie sich nicht erinnern könne. Sie sei müde, sagte sie irgendwann, sie wolle nach Hause und sich um ihr Kind kümmern. Falls die Beamten keine neuen Fragen hätten, würde sie jetzt gerne gehen.

Entweder war die Frau tatsächlich so naiv, oder sie hatte geahnt, was ihr Mann trieb, und stellte sich unwissend, um nicht in den Verdacht der Mittäterschaft zu geraten. Oder Marcel Gramlich war nicht der Glatzenmann.

Bastian lehnte sich zurück und schaute in den trüben Septemberhimmel. Nachdem ein Notarzt Yasi die Arbeit am blutenden Sengling abgenommen hatte, war Bastian mit ihr in die Innenstadt zurückgefahren. Yasi hatte vorgeschlagen, zusammen ein Bier zu trinken und über alles zu reden. Bastian hatte behauptet, den Kopf dafür nicht frei zu haben, nach alldem, was in den letzten Stunden passiert sei. In Wirklichkeit war er noch immer stinksauer wegen Leipold und nicht gewillt, so schnell nachzugeben. Gegen Yasis Hartnäckigkeit musste er jedoch am Ende die Waffen strecken. So hatten sie sich darauf geeinigt, das Gespräch auf heute zu verschieben.

«Träumst du?», fragte Anja.

«Nein. Wieso?»

«Weil dein Telefon seit zehn Sekunden klingelt.»

Bastian nahm ab. «Matt.»

«In einer Viertelstunde ist MK-Sitzung», sagte Susanne. «Gilt auch für Anja.»

Bastian wollte sich bedanken, da hatte Susanne schon aufgelegt.

* * *

Oberstaatsanwalt Willenhagen, der wieder gemeinsam mit Kriminalrat Biesinger zur Sitzung der Mordkommission erschienen war, wirkte noch grimmiger als gewöhnlich. Bastian nahm an, dass die beiden Chefs die halbe Nacht am Telefon verbracht hatten, um einerseits auf dem neuesten Stand zu sein und andererseits die Informationen an diejenigen weiterzugeben, die in der Hackordnung noch über ihnen standen.

Und so riss Willenhagen, gleich nachdem MK-Leiter Kenkmann die Sitzung eröffnet hatte, das Wort an sich: «Leute, ich will von euch nur eines wissen: Ist Marcel Gramlich unser Mann? Ja oder Nein?»

Kenkmann duckte sich wie ein geprügelter Hund. «Das kann ich so nicht beantworten. Uns fehlt der entscheidende Beweis.»

«Verdammte Hacke», insistierte Willenhagen, «uns erwartet gleich eine Pressemeute, wie wir sie schon lange nicht mehr gesehen haben. ARD, ZDF, RTL – alle haben sich angemeldet. Die werden mich fragen, ob wir das Schwein erwischt haben, das die Menschen in Angst und Schrecken versetzt. Und darauf muss ich eine Antwort geben.»

«*Wir* müssen darauf eine Antwort geben», ergänzte Biesinger.

Der Oberstaatsanwalt ließ sich nicht beirren. «Ich brauche zumindest eine Tendenz. In Prozenten ausgedrückt: Wie wahrscheinlich sind Gramlich und der Glatzenmann ein und dieselbe Person?»

Kenkmann schaute hilfesuchend zu Susanne. Dem erfahrenen Kripomann behagte es überhaupt nicht, sein Bauchgefühl in Prozenten auszudrücken. Susanne räusperte sich: «Achtzig Prozent.»

Kenkmann nickte zustimmend. «Ja, so in etwa.»

«Na, das ist doch ein Wort», frohlockte Willenhagen. «Damit kann ich arbeiten. Wir sagen: Nach dem jetzigen Stand ist Gramlich der Täter. Die Ermittlungen werden noch fortgeführt, um die Hintergründe der Verbrechen restlos aufzuklären. Damit sind wir auf der sicheren Seite, falls doch noch etwas Überraschendes auftaucht.» Willenhagen schaute zu Alexander Leipold, der nachdenklich an einem Ende seines abstehenden Schnurrbarts drehte. «Oder sehen Sie das anders, Herr Fallanalytiker?»

Leipold machte es spannend. Zwei, drei Sekunden verstrichen. Dann sagte er: «Ja. Tut mir leid. Ich bin nicht überzeugt.»

Willenhagen schnaubte. «Und wieso, wenn ich fragen darf?»

«Gramlich hat mit Ach und Krach den Hauptschulabschluss geschafft. Nach meiner Auffassung ist unser Täter hochintelligent.»

«Auch mit Hauptschulabschluss kann man ein Wohnmobil von A nach B fahren», widersprach Kenkmann.

«Zweifellos.» Leipold quittierte das Kichern im Raum mit einem Lächeln. «Und jemand mit einem überdurchschnittlichen Intelligenzquotienten kann sich dem System verweigern, sodass er wie ein Schulversager wirkt. Trotzdem gebe ich zu bedenken, dass sich Marcel Gramlich in der Vergangenheit nicht besonders klug angestellt hat. Der Überfall auf das Nachbarmädchen mag noch als Jugendsünde durchgehen. Aber auch bei der vollzogenen Vergewaltigung ist er sehr schnell überführt worden. Unser Täter dagegen verhält sich extrem vorsichtig.»

«Er könnte dazugelernt haben», sagte Susanne.

«Natürlich. Ich gebe hier nur eine vorläufige Einschätzung wieder. Warum hat Marcel Gramlich als Vorbild für seine Maskierung den eigenen Onkel gewählt? Er musste damit rechnen, dass wir auf die Verbindung stoßen. Und warum wusste Wilhelm Gramlich offenbar nichts von den Aktivitäten seines Neffen?»

«Na schön», beendete Willenhagen die Diskussion. «Wir nehmen Ihre Einzelmeinung zur Kenntnis und werden sie bei der weiteren Arbeit berücksichtigen. Aber …»

Die Tür ging auf, und Jochen Millitzke kam herein. Wie mit Leuchtschrift stand in seinem Gesicht geschrieben, dass er eine frohe Botschaft zu verkünden hatte.

«Mach schon, spuck's aus!», ermunterte ihn Kenkmann.

«Wir haben in einem Versteck im Keller von Gramlichs Haus eine externe Festplatte gefunden. Tausende Dateien, die wir noch sichten müssen. Kinderpornographisches Zeug und Mädchen, die er nackt in seinem Wohnmobil fotografiert hat.»

«Gratulation», sagte Willenhagen. «Das ist noch nicht der Jackpot. Aber den Einsatz haben wir auf jeden Fall raus.»

29

Du kannst dein Glück gar nicht fassen. Dieser Versager hat sich tatsächlich den Lauf seiner Flinte in den Mund gesteckt und abgedrückt. Und dir damit einen Wahnsinnsgefallen erwiesen. Fürs Erste bist du raus aus der Gefahrenzone. Du musst nicht mehr befürchten, dass die Polizei am Gartenzaun steht und dumme Fragen stellt. Wo du wann genau mit deinem Wohnmobil herumgefahren bist. Katharina wird nicht mehr auf dumme Gedanken kommen, die sie herumerzählen könnte. Ihren Eltern, ihrem notgeilen Chef Lars Merschmann, der ihr ständig auf den Busen schielt, oder irgendwelchen Tratschtanten aus der Nachbarschaft. Bis das Gerede zum Gerücht geworden und bei den Bullen gelandet wäre. Nein, du hast Ruhe. Und alle, alle sind glücklich. Die Bullen, weil sie einen Täter präsentieren können. Die Medien, weil sie endlich zu dem Gesicht eine Geschichte bekommen. Der Internet-Mob, weil er die Leiche fleddern darf. Und du, weil du dich ohne Hektik auf deine nächste Aufgabe konzentrieren kannst.

Sicher, irgendwann werden Leute kritische Fragen stellen: Warum gibt es keine Spuren in Gramlichs Wohnmobil? War er wirklich zu den richtigen Zeiten an den richtigen Orten? Und wenn nicht die Bullen selbst, dann wird irgendein Verschwörungstheoretiker die These aufstellen, dass Marcel Gramlich der falsche Mann ist, dass die Staatsmacht ihm die Taten angehängt hat, um die Identität des wahren Glatzenmanns zu verschleiern. Ja, sollte es so weit kommen, werden die Ermittlungen noch einmal aufgerollt, neue Ansätze verfolgt, noch mehr Wohnmobilbesitzer überprüft. Aber bis dahin hast du jede Menge Zeit.

Und du bist gerade dabei, dir noch mehr Zeit zu verschaffen. Du hast nämlich noch einen Joker im Ärmel. Du bist auf dem Weg nach Appelhülsen. Nicht mit dem Wohnmobil, das wäre zu auffällig, sondern mit einem Mietwagen. Katharina hast du erzählt, dass du ein Restaurant testest. Sie schien ganz glücklich, faselte etwas von Überstunden bei Merschmann, Emma würde bei ihren Eltern übernachten. Du kannst dir vorstellen, wie die Überstunden bei Merschmann aussehen, im Stehen, Sitzen oder Liegen. Für wie dumm hält Katharina dich eigentlich? Und du wirst dich darum kümmern, vielleicht schon auf dem Rückweg von Appelhülsen, wenn du es rechtzeitig schaffst. Aber nicht jetzt, nicht sofort, du musst erst noch deinen Joker unter die Karten mischen.

Natürlich kanntest du Marcel Gramlich. Du hast dir Wilhelm Gramlich ja nicht zufällig ausgesucht. Du hast dich mit dem Alten und seiner widerlichen Verwandtschaft beschäftigt. Du wusstest von Marcels Vorstrafen. Und seinem Wohnmobil. Und du hast damit gerechnet, dass er ins Visier der Ermittler gerät. Als Puffer sozusagen, der dich vor Nachforschungen schützt. Dass der Erfolg so durchschlagend ausfallen würde – im wahrsten Sinne des Wortes –, davon konntest du selbstverständlich nicht ausgehen. Und deshalb hast du dich spontan entschieden, der Polizei ein kleines Geschenk zu machen. Ein kleines Extra obendrauf, das die kritischen Geister besänftigt. Es wird sie freuen, da bist du total sicher.

Du hast dir Appelhülsen auf einem Satellitenfoto angeschaut. Die Straße, in der Gramlich wohnte, sieht fast genauso aus wie deine eigene. *Individuelles Wohnen auf dem Land* – komisch, dass dabei überall das Gleiche herauskommt. Gramlichs Grundstück ist nur ein bisschen größer als deins, und am hinteren Ende, gleich neben einem öffentlichen Fußweg, stehen ein paar Bäume. Das kommt dir sehr gelegen.

Im Haus arbeiten noch Polizisten in weißen Plastik-Overalls, davor steht ihr Kastenwagen. Gramlichs Frau und der Junge sind nicht zu sehen. Dein eigener Wagen parkt in einer Parallelstraße. Als Exit-Strategie hast du dir einen Fotoapparat umgehängt und deinen Presseausweis eingesteckt. Falls du erwischt wirst, bist du eben ein Journalist. Aber du hoffst sehr, dass das nicht nötig wird, denn dann haben sie deinen Namen auf ewig in ihren Computern.

Vom Fußweg aus schießt du ein paar Fotos, um dein Alibi glaubwürdig zu machen. Dann steigst du über den Jägerzaun, buddelst neben einem Baum ein kleines Loch und legst die Wilhelm-Gramlich-Maske hinein. Einen kleinen Fetzen lässt du heraushängen, du willst es den Polizisten nicht zu schwer machen. Du füllst das Loch wieder auf, scharrst ein bisschen in der Erde herum, damit es so aussieht, als habe ein kleines Tier die Maske freigelegt, und fertig. Du hüpfst auf den Fußweg zurück. Niemand hat dich bemerkt. Du musst dich zusammenreißen, damit du nicht auf dem Rückweg zum Auto vor Freude pfeifst.

Einen kleinen Schönheitsfehler hat die Maske selbstverständlich: Sie ist klinisch rein. Keine DNA von Marcel

Gramlich, keine Spucke, Hautpartikel, Haare, all das, was sich normalerweise daran finden würde, wenn Marcel die Maske getragen und ungewaschen verbuddelt hätte. Deshalb müssen die Bullen halt kaufen, dass Gramlich die Maske in einem Anfall von Panik in seinem eigenen Garten vergraben und vorher noch gereinigt hat. So wie du das gemacht hast: erst Waschmaschine bei sechzig Grad, dann jeden Quadratzentimeter mit der Lupe abgesucht, sodass dir kein winziges Härchen entgangen wäre, wenn sich denn noch eins auf die Oberfläche verirrt hätte.

Trotzdem wird die Maske die Kritiker mundtot machen, innerhalb und außerhalb der Polizei. Die Maske ist der ersehnte Beweis.

Du biegst in die Straße ein, wo du geparkt hast. Hinter deinem Auto steht ein Polizeiwagen. Verdammte Scheiße. Locker bleiben, sagst du dir, ruhig weitergehen, nichts anmerken lassen.

Zwei Polizisten steigen aus, als sie dich kommen sehen. Der eine starrt auf die Kamera, die dir um den Hals hängt.

«Sie parken im absoluten Halteverbot», sagt der andere. «Dürfte ich mal Ihren Führerschein sehen?»

Wie blöd kann man eigentlich sein? Wieso hast du das nicht bemerkt?

Du gibst dem Polizisten deinen Ausweis. Er liest ihn in ein Gerät ein. «Sind Sie mit einer Geldstrafe einverstanden?»

Bist du selbstverständlich, du willst ja keinen Ärger. Aber das Bezahlen geht nur mit Karte, nicht bar. Noch einmal werden deine Daten registriert.

Der erste Polizist guckt immer noch auf deine Kamera. «Waren Sie beim Haus von Gramlich?»

Leugnen ist sinnlos. «Ich bin Journalist.»

«Haben Sie unsere Kollegen bei der Arbeit im Haus fotografiert?»

«Nur das Haus von außen.»

Er streckt die geöffnete Hand aus. «Die Speicherkarte, bitte! Falls die Fotos okay sind, bekommen Sie sie zurück.»

Fünf Minuten später bist du auf der Autobahn und hämmerst wie blöd auf das Lenkrad.

30

Bastian war immer noch dumm. Aber nicht mehr ganz so dumm wie gestern, als sie ihn quasi zwingen musste, mit ihr zu reden. Ihre pädagogischen Maßnahmen zeigten Wirkung, Bastian kam langsam aus seinem Muschelhaus heraus, sein Trotzkopf streckte die Fühler aus. Noch ein wenig Lob und Zuwendung, und er würde wieder der Alte werden. Yasi hoffte das wirklich. Und sie war auch stolz auf ihre Hartnäckigkeit. Wie viel leichter wäre es gewesen, auf sein Beleidigtsein mit eigenem Beleidigtsein zu reagieren? Junge Menschen in westlichen Ländern, hatte sie gelesen, beendeten ihre Beziehungen inzwischen überwiegend per SMS. Tschüs und Aus in weniger als hundert Zeichen. Sie selbst hatte ihr erstes Handy in Peking erstanden, in ihrer Kindheit am Lugu-See hatte es nicht mal funktionierende Telefone gegeben. Vielleicht war ihr das persönliche Gespräch auch deshalb so wichtig.

«Woran denkst du?», fragte Bastian.

«Eigenlob ist ein Stinktier, und wer im Zelt sitzt, sollte nicht mit Messern werfen.»

Bastian lachte. «Da hast du zweifellos recht. Wo sollen wir essen gehen? Hast du eine Idee?»

«Nein. Entscheide du.» In das Restaurant bei diesem Kiepenkerl, wo sie mit Alexander Leipold gewesen war, wollte sie heute sicher nicht. Irgendwann einmal, wenn Moos über die Sache mit Alexander gewachsen war.

«Es gibt ein neues Restaurant am Theater», schlug Bastian vor.

«Warum nicht?»

Sie schlenderten über die Salzstraße, eine der beiden Einkaufsstraßen Münsters. Schon von weitem sah Yasi die Lampions. Und dann hörte sie auch den Gesang. Derselbe Kult, den sie vor einigen Tagen auf dem Schulgelände beobachtet hatte. Diesmal auf dem Platz vor der großen Kirche am Rande des Prinzipalmarktes.

«Was ist das?», fragte Yasi.

«Ein Lambertus-Fest. *Das* zentrale Lambertus-Fest. Vor der Lamberti-Kirche und neben dem Lamberti-Brunnen.»

«Und was ist ein Lambertus-Fest?»

«Das ist …» Bastian zuckte mit den Schultern. «Als Kind habe ich bei etlichen Lambertus-Festen mitgemacht. So wie ich zum Send nach Münster gefahren bin. Aber warum der Jahrmarkt in Münster Send heißt und im September Laternen an einer Pyramide befestigt und seltsame Lieder gesungen werden, darüber habe ich noch nie nachgedacht.»

«War Lambertus denn ein Mensch?»

«Klar», sagte Bastian. «Er war ein Heiliger. Die Lamberti-Kirche ist nach ihm benannt. Ich glaube, der heilige Lambertus ist so was wie der Stadtheilige Münsters und vieler Gemeinden im Münsterland. Rund um seinen Namenstag ziehen Kinder durch die Straßen und singen ihm zu Ehren plattdeutsche Lieder. Das ist ein alter Brauch.»

Sie näherten sich der riesigen, mit Grün bekränzten Pyramide. Das Gerüst war viel größer als die Konstruktion, die Yasi auf dem Schulhof gesehen hatte. Auch die Menschenmenge, die rund um die Pyramide einen Kreis bildete, zählte erheblich mehr Köpfe. Nicht nur Kinder mit ihren Eltern, sondern viele Schaulustige, die sich in der zweiten Reihe hielten. Ein Akkordeonspieler begleitete den Gesang, und den Mann mit den Holzschuhen und dem albernen Hut gab es ebenfalls. Noch tappte er allein durch den Kreis.

Sie blieben stehen und beobachteten das Schauspiel. «Und du verstehst wirklich nicht, was das bedeutet?», fragte Yasi.

«Ein bisschen schon, ich habe die Lieder ja selbst gesungen», antwortete Bastian. «Die Menge fragt: *O Bur, wat kost't dien Hei?* Auf Hochdeutsch: O Bauer, was kostet dein Heu?»

«Der Mann in der Mitte ist also ein Bauer?»

«Ja. Und er antwortet: *Mien Hei, dat kost't 'ne Kron'*. Mein Heu kostet eine Krone. Die Menge: *O Bur, dat is viell to dür* – zu teuer. Frag mich nicht, welcher tiefere Sinn dahintersteckt.»

Der Holzschuhmann zog eine Frau aus dem Kreis. «*Nu söck sick de Bur 'ne Fru*», zitierte Bastian. «Der Bauer sucht sich eine Frau. *Dütt is miene laiwe Fru*. Das ist meine liebe Frau.»

«Ich ahne, wie es weitergeht», freute sich Yasi. «Als Nächstes sucht sich der Bauer ein Kind.»

«Richtig. Und danach eine Magd und dann einen Knecht.»

«Sind das Verwandte?»

«Nein», lachte Bastian. «Mägde und Knechte arbeiten für den Bauern. Früher zumindest.»

«Also sind Mägde und Knechte Sklaven?»

Bastian lachte schon wieder. «Die haben freiwillig gearbeitet. Viel verdient haben sie allerdings nicht. Dafür durften sie umsonst wohnen und essen.»

«Das durften die Sklaven bei uns auch.»

Bastian machte ein überraschtes Gesicht. «Die Mosuo halten Sklaven?»

«Nein. Aber andere Völker in der Region hatten welche. Bis die Kommunisten ihnen das verboten.»

Innerhalb des Kreises wurde die Kette hinter dem Bauern immer länger. «Nach dem Knecht sucht sich der Bauer einen *Rüen*», kommentierte Bastian. «Da hört es bei mir auf, keine Ahnung, was das ist. Dann kommt ein *Knuocken*, vermutlich ein Knochen.»

Bastian starrte nachdenklich auf das Schauspiel.

«Kindheitserinnerungen?», fragte Yasi.

«Mir ist da etwas eingefallen, im Zusammenhang mit unserem Fall. Das deutsche Opfer, das überlebt hat, konnte sich daran erinnern, dass der Glatzenmann gesungen hat, während er sie quälte. Auf Plattdeutsch.»

«O Bauer, was kostet dein Heu?»

«Wäre doch möglich, oder?» Bastian wirkte wie elektrisiert. «Er hat immer im Herbst zugeschlagen, genauer gesagt, Mitte September. Zum Lambertus-Fest. Das erste Mal vor zwei Jahren in Holland. Dann vor einem Jahr im Münsterland und jetzt wieder. Ein seltsamer Zufall, findest du nicht?»

Yasi wunderte sich, warum Bastian das so wichtig nahm. «Der Glatzenmann ist tot. Ist es nicht egal, welche Phantasien ihn umgetrieben haben?»

«Falls Marcel Gramlich wirklich der Glatzenmann war.»

«Du zweifelst daran?»

«Dein … Der berühmte Fallanalytiker vom LKA in Düsseldorf zweifelt daran. Er hält Gramlich für zu dumm, derart komplexe Taten durchziehen zu können. Tatsächlich haben wir ja nicht den geringsten Beweis, dass Gramlich mit den entführten Frauen Kontakt hatte. Keine Zeugen, keine Spuren, nichts. Die einzige Verbindung besteht darin, dass der Glatzenmann eine Maske getragen hat, die ihn aussehen ließ wie Gramlichs Onkel im Knast.» Bastian schaute zur Pyramide. Das Singspiel war beendet, die Eltern brachten ihren Kindern die Laternen zurück, der Bauer entledigte sich an der Kirchenmauer seiner Holzschuhe. «Man müsste wissen, ob Gramlich das Lied kannte.»

«Du denkst, es ist so eine Art Programm?»

«Ja. Der Bauer sucht sich eine Frau und ein Kind. Der Fallanalytiker …»

«Er heißt Alexander Leipold», erwähnte Yasi.

«Mir fallen da noch ganz andere Bezeichnungen ein», knurrte Bastian. «Aber das ist ein anderes Thema. Er ist jedenfalls davon überzeugt, dass der Glatzenmann verheiratet ist und ein oder mehrere Kinder hat.»

«Dann sucht er sich eine Magd», spielte Yasi mit.

«Das erste Opfer», sagte Bastian.

«Einen Knecht.»

«Opfer Nummer zwei. Jetzt müssen wir nur noch herausfinden, was ein *Rüen* ist.»

«Kennst du niemanden, der diese Sprache beherrscht? Flachdeutsch?»

«Plattdeutsch», verbesserte Bastian. «Meine Mutter. Sie spricht es zwar nicht, versteht aber alles. War zumindest so, bevor sie dement wurde.»

«Demenzkranke haben mehr Probleme mit dem Kurzzeitgedächtnis als mit dem Langzeitgedächtnis, frühe Erinnerungen werden sogar lebendiger», widersprach Yasi. «Und ist das Altenheim, in dem deine Mutter lebt, nicht hier in der Nähe?»

Bastian verzog das Gesicht. «Wir wollten doch essen gehen.»

«Und du wolltest herausfinden, was ein *Rüen* ist. Essen können wir später immer noch. Wann hast du deine Mutter zuletzt besucht?»

«Schon gut. Wir gehen hin», maulte Bastian.

* * *

Hilde Matt saß in ihrem Zimmer und schaute gebannt zum Fernseher, auf dem eine Gestalt zu sehen war, die Bastian schon gehasst hatte, seit er als Kind zusammen mit seinen Eltern samstagabends fernsehen durfte. Inzwischen sah der Typ noch älter aus als seine Witze.

«Hallo, Mutter!»

«Sebastian!» Hilde schwenkte ihren Blick in seine Richtung. «Das ist aber eine Überraschung.»

«Das ist Yasi Ana», stellte Bastian vor. «Du hast sie schon mal gesehen. Wir haben dich zusammen besucht.»

«Hier?»

«Nein …» Bastian fiel ein, dass er Hildes ehemaliges Zuhause in Horstmar lieber nicht erwähnen sollte, der Gedanke an das abgebrannte Haus war für seine Mutter schmerzhaft und mit Tränenausbrüchen verbunden. «Sie ist Rechtsmedizinerin», lenkte er ab.

«Die neue Ärztin?»

Yasi gab Hilde die Hand. «Ich bin Ärztin, aber nicht hier im Haus.»

«Und warum untersuchen Sie mich dann?», fragte Hilde misstrauisch. «Ich fühle mich total gesund. Sehen Sie!» Sie schüttelte die Arme. «Alles in Ordnung.»

«Das ist wunderbar», versicherte Yasi.

«Wir wollen dich nicht lange aufhalten.» Bastian schnappte sich die Fernbedienung und stellte unauffällig den Ton leiser. «Wir brauchen deinen Rat in einer wichtigen Angelegenheit, vorhin waren wir nämlich bei einem Lambertus-Fest. Du erinnerst dich an das Lambertus-Singen?»

«Was für eine Frage?» Hilde schüttelte mürrisch den Kopf. «Natürlich erinnere ich mich. Wir haben zusammen Laternen gebaut und …»

«Auch an das Lied *O Bur, wat kost't dien Hei?*»

«O Bur, wat kost't dien Kärmis-Hei», sang Hilde mit zittriger Stimme. «Jucheissa-vivat Kärmis-Hei, o Bur, wat kost't dien Hei?»

«Der Bauer sucht sich eine Frau», gab Bastian das nächste Stichwort.

«O Bur, wat 'ne schöne Fru», fiel Hilde ein.

«Dann sucht er sich ein Kind.»

Hilde strahlte. «Eine Magd.»

«Ein Knecht. Und was kommt dann?»

«Nu söck sick de Bur 'nen Rüen», sang Hilde.

Jetzt hatte er sie an dem entscheidenden Punkt. «Was bitte ist ein *Rüen*?»

«Du dummer Junge!», tadelte ihn Hilde. «Weißt du das nicht? Ein *Rüen* ist ein Kind.»

«Und ein *Knuocken*?», fragte Bastian.

«Auch ein Kind.» Sie war ernsthaft entrüstet. «Das weiß doch jeder.»

«Sie haben ja ein phantastisches Gedächtnis», lobte Yasi.

«Natürlich.» Hildes Augen glänzten. Sie spitzte den Mund und krähte: «Nu söck sick de Bur 'nen Pottlecker, nu söck sick ... Weißt du noch, Sebastian, wie du mit Mia zu dem Fest gegangen bist? Sie hat dich an die Hand genommen ...»

«Sie hat mich gezerrt und geschubst», sagte Bastian. «Sie fand es blöd, dass sie mich mitnehmen musste.»

«Es war so schön. Wir sollten mal wieder zu einem Lambertus-Fest gehen, Sebastian.»

«Unbedingt.»

Hilde schaute Yasi verträumt an. «Sind Sie als Kind auch zu Lambertus-Festen gegangen?»

«Nein. Da war ich noch nicht in Deutschland. Wir haben andere Spiele gespielt.»

Hilde dachte über die Bedeutung von Yasis Worten nach. Dann lächelte sie und sang: «Nu giff't wi den Bur 'nen Schupp ...»

***

Zehn Minuten später standen Bastian und Yasi auf dem Pflaster der schmalen, dunklen Gasse, die das Altenheim von der neonhellen, lärmenden Innenstadt abschirmte. Sie hatten Hilde wieder der Obhut des Showmasters überlassen. Der komme manchmal persönlich vorbei, hatte sie zum Abschied erzählt, dann küsse er ihr die Hand und mache ihr Komplimente. Bastian hatte einen anderen alten Herrn im Verdacht, der häufig auf dem Flur des Altenheims herumtigerte, aber das sagte er nicht.

«Der Bauer sammelt zwei weitere Kinder und einen *Pott-*

lecker ein», fasste er das Ergebnis ihrer Recherche zusammen. «Vorausgesetzt, meine Mutter erzählt keinen Unsinn.»

«Was ist denn ein *Pottlecker*?»

Bastian zuckte mit den Schultern. «Jemand, der einen Topf ausleckt. Könnte auch eine Katze sein.»

«Hast du etwas Geheimnisvolleres erwartet?»

«Irgendwie schon.» Bastian schaute Yasi an. «Gehen wir jetzt essen?»

«Essen können wir später immer noch.» Yasi blickte versonnen in den Himmel.

«Wann später?»

«Nachdem wir bei mir waren.»

31

«**Was** hältst du davon?» Bastian guckte Anja erwartungsvoll an. Gleich nachdem sie am Morgen im Präsidium erschienen war, diesmal eine Viertelstunde nach ihm, hatte er ihr seine Lambertus-Lied-Theorie ausgebreitet.

«Ganz ehrlich?» Anja holte Luft. «Das ist das Beknackteste, was ich jemals von dir gehört habe. Wenn du das bei der MK-Sitzung zum Besten geben willst, warn mich vorher: Dann setze ich mich so weit wie möglich von dir weg.»

Anjas Reaktion enttäuschte ihn mehr, als er erwartet hatte. Dass Susanne und Kenkmann von seiner Idee nicht begeistert sein würden, konnte er sich vorstellen. Aber von Anja hatte er sich Unterstützung, zumindest konstruktive Kritik, erhofft. War seine Geschichte wirklich so absurd?

«Du hast mich überhaupt erst auf die Idee gebracht», verteidigte er sich.

«*Ich?*»

«Ja. Als du Christin Tomphütte entlockt hast, dass der Glatzenmann Plattdeutsch gesungen hat.»

«Das muss doch nicht O *Bauer, wat kost't dat Heu?* gewesen sein.»

«*O Bur, wat kost't dien Hei?*», korrigierte Bastian.

«Meinetwegen auch das.»

«Wir könnten sie fragen», schlug Bastian vor.

«Und einen neuen Anfall provozieren? Nein, danke.» Anja schüttelte sich bei dem Gedanken. «Und selbst wenn an deiner Theorie etwas dran sein sollte, spricht das noch nicht gegen Marcel Gramlich als Täter. Er hätte das Lied ja auch kennen können.»

«Hat er aber nicht. Er stammt aus dem Sauerland. Die Gramlichs sind erst vor fünf Jahren ins Münsterland gezogen. Marcel Gramlich hatte keinen Bezug zum Lambertus-Fest. Hat mir seine Frau bestätigt, die ich vorhin angerufen habe. Außerdem war Gramlich nach Ansicht unseres Fallanalytikers eh zu dumm für so eine ausgefeilte Nummer. Da fällt mir ein: Hast du nicht selbst mal die These aufgestellt, der Glatzenmann sei Akademiker und habe einen gutbezahlten Beruf? Auf Gramlich trifft das nicht zu. Wieso bist du auf einmal anderer Meinung? Du müsstest auf Leipolds Seite stehen.» Und meiner, fügte er in Gedanken hinzu. Bis Anja ihn verunsichert hatte, war er felsenfest davon überzeugt gewesen, dass der Glatzenmann noch frei herumlief.

«Das war, bevor …» Anja stutzte. «Du weißt es noch nicht, stimmt's?»

«Was weiß ich nicht?»

«Wenn du morgens die Berichte der letzten Nacht lesen würdest, wäre dir nicht entgangen, dass die Maske gefunden wurde. Ich war noch im Büro, als die Nachricht reinkam.»

«Wo wurde sie gefunden?»

«In Gramlichs Garten. Ein Spaziergänger mit Hund hat die Kollegen von der KTU darauf aufmerksam gemacht.»

Bastian öffnete die entsprechenden Berichte. Und je mehr

er las, desto weniger war er beeindruckt. «An der Maske sind keine Spuren von Gramlich gefunden worden», teilte er Anja mit. «Genauer gesagt: gar keine Spuren.»

«Er wird sie gereinigt haben.»

«Und anschließend vergräbt er sie stümperhaft in seinem eigenen Garten, damit sie sofort entdeckt wird? Wie dumm ist das denn?»

Anja stöhnte. «Willst du damit sagen, dass ihm jemand die Maske untergeschoben hat?»

«Genau. Woher soll er die Maske denn bekommen haben? Im Baumarkt, wo er gelegentlich gejobbt hat, lag die bestimmt nicht auf dem Grabbeltisch.»

«Bastian, du verlierst langsam den Boden unter den Füßen. Sieh endlich den Realitäten ins Auge: Der Glatzenmann ist tot.»

Bastian gab sich noch nicht geschlagen. «Haben wir eigentlich Material über das erste Opfer vor zwei Jahren, die Holländerin?»

«Ja. Habe ich angefordert. Sie war zur Tatzeit fünfunddreißig Jahre alt, Mutter von zwei Kindern, ein sehr weiblicher Typ ...» Anja stockte.

«Die Magd», sagte Bastian. «Im Gegensatz zu Christin Tomphütte, die eher männlich wirkt.»

«Der Knecht», sagte Anja verwundert.

Endlich, dachte Bastian, hatte sie es verstanden. «Danach kamen mit Anna-Lena van Beek und Marijke de Jong zwei halbe Kinder.»

***

Normalerweise ging Bastian nicht zu den Pressekonferenzen, die im größten Saal des Präsidiums stattfanden. Die Selbstinszenierungen von Willenhagen und einiger altgedienter Hauptkommissare, die so taten, als hätten sie die Fälle im Alleingang gelöst, waren nur schwer zu ertragen. Heute machte er eine Ausnahme. Hinter der Pressemeute stehend, verfolgte Bastian das Schauspiel. Und er war nicht der Einzige. Ein paar Meter von ihm entfernt lehnte mit verschränkten Armen und skeptischer Miene Alexander Leipold an der Wand.

Wie zu erwarten, stand zunächst die Wilhelm-Gramlich-Maske im Mittelpunkt des Geschehens. Oberstaatsanwalt Willenhagen hielt einen durchsichtigen Plastikbeutel mit dem ziemlich echt aussehenden Gummiteil hoch, damit es von allen Seiten abgelichtet werden konnte. Zu neunundneunzig Prozent halte er die Täterschaft von Marcel Gramlich, der sich durch Selbsttötung der Verhaftung entzogen habe, für erwiesen, erklärte Willenhagen, und Kriminalrat Biesinger, der neben dem Oberstaatsanwalt auf dem Podium saß, nickte dazu gewichtig. Kenkmann und Susanne hatten zwar ebenfalls am Podiumstisch Platz nehmen dürfen, spielten aber bei der anschließenden Frage-und-Antwort-Runde nur Nebenrollen.

Als das Interesse der Journalisten an der Maske erlahmte und die Fragen sich mehr um die sexuellen Neigungen Marcel Gramlichs und die Härtegrade seiner Perversionen drehten, schlenderte Bastian zu Leipold hinüber.

«Was halten Sie von der Maske?», fragte Bastian leise.

Die Augenlider des Fallanalytikers waren fast geschlossen. «Ist das eine Fangfrage?»

«Ehrlich gesagt: Ich glaube auch nicht, dass Gramlich der Täter ist.»

«Glückwunsch», flüsterte Leipold. «Leider können Sie sich dafür nichts kaufen.»

«Wird der echte Glatzenmann wieder zuschlagen?»

«Bestimmt. Aber nicht so schnell. Der freut sich erst einmal ein Loch in den Bauch, dass die Ermittlungsbehörden ihn in Ruhe lassen.»

«Und was werden Sie dagegen unternehmen?», fragte Bastian.

«Gar nichts. Meine Meinung ist nicht mehr gefragt. Ich fahre heute Mittag nach Düsseldorf zurück.» Leipold entknotete seine Arme und machte einen Schritt zur Tür. «Bestellen Sie Ihrer Freundin schöne Grüße!»

Arschloch bleibt Arschloch, dachte Bastian.

Nach dem Ende der Pressekonferenz kreuzte Bastian den Weg von Susanne. «Kann ich dich kurz sprechen?»

«Was gibt's denn?»

«Unter vier Augen.»

Susanne holte Luft. «Ich habe viel um die Ohren. Ist es wichtig?»

«Ja.»

Sie marschierten in Susannes Büro. Bastian schloss die Tür und kam ohne lange Vorrede zur Sache. Je öfter er die Geschichte erzählte, desto glaubwürdiger hörte sie sich für ihn an. Nachdem er geendet hatte, wartete er auf Susannes Reaktion. Gefühlte zwei Minuten erfolgte nichts, Susanne starrte ins Leere. Dann fragte sie: «Mit wem hast du darüber geredet?»

«Bis jetzt mit niemandem», log Bastian.

«Ich möchte, dass das auch so bleibt.»

«Wie meinst du das?», fragte Bastian erstaunt.

«Was ist daran nicht zu verstehen? Du behältst deine Theorie für dich. Kein Wort an andere Mitglieder der MK. Kein schriftlicher Text. Nichts.» Susanne baute sich vor ihm auf. Irgendwas war mit ihren Augen passiert. Bastian erinnerte sich, dass sie ihn immer mit einer gewissen Sympathie, sogar mit mehr als Sympathie, betrachtet hatten. Jetzt erkannte er in ihnen blanke Ablehnung.

«Wenn die Medien davon Wind kriegen, machen sie uns die Hölle heiß», redete Susanne weiter. «Man wird behaupten, dass wir Marcel Gramlich zu Unrecht in den Tod getrieben haben. Und man wird weiter Panik schüren: *Polizei unfähig, den wahren Glatzenmann zu fassen.* So was in der Art. Und das alles wegen eines Phantoms, das wir niemals aufspüren können, weil es ausschließlich in deinem Kopf existiert. Deine Geschichte ist Bullshit. Totaler Bullshit. Hör zu, Bastian: Wir haben einen Ermittlungserfolg erzielt. Punkt. Ich lasse mir die erste große Mordkommission, die ich leite, nicht von dir kaputt machen. Hast du das verstanden?»

* * *

«Wie ist es gelaufen?», fragte Anja.

«Beschissen. Susanne hat gesagt, ich soll die Klappe halten.»

«Und was machst du?»

«Weiter. Inoffiziell natürlich.»

Bastian setzte sich an seine Hälfte des Doppelschreibtischs. Zwischen den Rechnern hindurch hatte er Anja im Blick. «Wie steht es mit dir?»

«Verdammt, Bastian, ich ruiniere mir die Karriere.»

«Ich doch auch.»

«Aber ich bin neu hier. Du hast immerhin deinen Oberkommissar und schon etliche Jahre Erfahrung. So schnell wird man dich nicht abschieben. Mich können sie in irgendein Eifel-Kaff versetzen.»

«Und ich kann die Versetzung ins KK 11 vergessen, die mir in Aussicht gestellt wurde – *falls* ich in den nächsten zwei Jahren keinen groben Fehler mache. Alles hängt davon ab, ob ich richtig liege oder nicht. Entweder Held oder Niete.»

Anja stützte die Unterarme auf den Schreibtisch und versenkte ihren Kopf in den Händen.

«Ich verstehe vollkommen, dass du dich da raushältst», sagte Bastian. «An deiner Stelle würde ich wahrscheinlich genauso handeln.»

«Scheiße!», sagte Anja. «Was machen wir als Erstes?»

Bastian grinste. «Wir reden mit Christin Tomphütte.»

«Und wie begründen wir das, falls jemand nachfragt?»

«Wir sagen, die Mutter hat uns angerufen. Ihrer Tochter sei noch was eingefallen.»

Anja stand auf. «Verdammte Kacke, ich glaube, ich mache gerade den größten Fehler meines Lebens.»

«Garantiert.» Bastian tippte eine Abwesenheitsnotiz. «Fahren wir?»

32

Du wachst auf und spürst, dass das Haus leer ist. Es ist mehr als die Abwesenheit von Geräuschen, es ist die Abwesenheit von Leben. Katharina hat ein paar Sachen zusammengepackt und ist mit Emma verschwunden. Zu ihren Eltern – wohin sonst. Du weißt es, noch bevor du den Zettel auf dem Küchentisch entdeckst, auf dem sie dir in ihrer Kleinmädchen-Schönschrift mitteilt: *Wir sind weg. Versuch nicht, uns zurückzuholen. Es ist zwecklos. Katharina.* Emma hat noch ein rotes Herzchen daruntergemalt. Etwas unmotiviert, wie du findest.

Du hättest damit rechnen müssen. Ihr habt euch gestern Abend gestritten. Du wolltest endlich wissen, was zwischen ihr und Lotto-King Lars Merschmann läuft, du wolltest Klarheit, reinen Tisch machen. Und sie hat wieder mal rumgedruckst und gelogen. Nichts liefe zwischen ihnen, hat sie behauptet, du würdest dir das alles einbilden, du seiest nicht mehr zurechnungsfähig, ein Irrer und so weiter und so fort.

Klar, du warst sowieso schlecht drauf, wegen der Begegnung mit den Bullen. Du hattest genug von Katharinas Ausreden, du konntest ihr Geschwätz nicht mehr ertragen. Du hast sie geschubst und ein bisschen hart angefasst. Einmal ist dir die Hand ausgerutscht. Kein richtiger Schlag, nur ein Wischer. Da gab es natürlich großes Geschrei und Geheule, von Katharina und von Emma. «Nicht vor dem Kind!», hat Katharina dich angebrüllt. Als ob du irgendwelchen Schweinkram machen würdest. Das hat dich noch wütender gemacht, und da hast du etwas härter zugeschlagen.

Aber du hast dich gleich bei ihr entschuldigt. Du hast gesagt, dass es dir leidtut. Du bist sogar zum Kühlschrank gegangen, hast eine Eispackung geholt und sie Katharina gegeben, damit sie ihr Auge kühlen konnte. Du hast dich wirklich bemüht.

Und Katharina war nicht mehr sauer. Zumindest nicht offensichtlich sauer. Sie hat ganz still dagesessen und Emma gestreichelt. Später hat sie dann Emma ins Bett gebracht und gesagt, dass sie im Gästezimmer schlafen würde. Du wolltest dich nicht erneut aufregen und hast es gestattet, ausnahmsweise für diese eine Nacht.

Ein Fehler, das weißt du jetzt auch. Der zweite Fehler war die Schlaftablette, die du geschluckt hast. Weil du vorausgesehen hast, dass du wieder keinen Schlaf finden würdest. Und der Schlafmangel an deinen Kräften zerrt. Und du Kraft brauchst für das, was du vorhast. Für den krönenden Abschluss. Ohne Schlaftablette hättest du Katharinas Flucht bemerkt. Und verhindert.

Du greifst zum Telefon und wählst die Nummer deiner Schwiegereltern. Dein Schwiegervater nimmt ab und raunzt dich unfreundlich an. Du sagst, er soll dir Katharina geben. Er weigert sich und wimmelt dich ab. Du musst noch zwei weitere Male anrufen, bis du endlich Katharina am Hörer hast: «Kannst du nicht lesen? Du sollst uns in Ruhe lassen.»

«Lesen und akzeptieren können sind zwei verschiedene Dinge», sagst du. «Du kommst zurück.»

«Nein. Soll ich es für dich buchstabieren? Nordpol, Emil …»

«Katharina!», unterbrichst du ihr Affentheater. «Du bist meine Frau, und Emma ist mein Kind. Euer Platz ist hier.»

«Wir bleiben.»

«Dann komme ich und hole euch.»

«Versuch es!», faucht Katharina. «Dann holen wir die Polizei. Und weißt du was?» In ihrer Stimme liegt jetzt nackter Hass. «Ich könnte den Polizisten erzählen, dass du jedes Mal, wenn der Glatzenmann zugeschlagen hat, mit deinem Wohnmobil unterwegs warst.»

Du lachst. «Der Glatzenmann ist tot. Guckst du keine Nachrichten?»

«Und wenn sie den Falschen erschossen haben?» Sie legt auf.

Du kommst nicht mehr dazu, ihr zu sagen, dass die Polizei den Glatzenmann gar nicht erschossen hat, sondern er sich selbst. Als Schuldeingeständnis, sozusagen. Doch das ist ohnehin nebensächlich. Denn Katharina blufft natürlich. In Wirklichkeit glaubt sie nicht, dass du der Glatzenmann bist. Und sie würde es auf keinen Fall der Polizei sagen – wie stünde sie denn selbst da: die Frau eines Monsters? Nein, kurzfristig hast du nichts zu befürchten. Trotzdem ist Vorsicht geboten. Ist so eine Geschichte erst einmal in der Welt, landet sie über kurz oder lang bei einem Internet-Irren, der sie seinen minderbemittelten Internet-Freunden und damit der ganzen Welt mitteilt.

Es wird Zeit. Du darfst nicht länger warten.

33

«**Ist** gestern was passiert?», fragte Anja.

«Wieso?», fragte Bastian zurück.

Sie fuhren durch die tiefste Pampa des Münsterlandes, irgendwo zwischen Metelen und Heek. Die Sonne schien, und die Natur sah erstaunlich grün aus.

«Weil du nicht mehr so muffig bist wie in den letzten Tagen.»

Natürlich war etwas passiert. Bastian hatte die Nacht bei Yasi verbracht, und sie hatten ausnahmsweise mal nicht über ihre Beziehung diskutiert, sondern miteinander geschlafen. Sich Komplimente gemacht, darüber geredet, was sie aneinander schätzten, und erneut Sex gehabt. Es war fast so schön gewesen wie damals, als Bastian noch die Hoffnung gehabt hatte, dass das, was zwischen Yasi und ihm lief, immer intensiver und dauerhaft werden würde. Erst später begriff er, dass für Yasi das Höchstmaß an Intimität bereits erreicht war. Yasi erwartete von ihm … na ja, was eine Mosuo-Frau eben von einem Mann erwartete: Sexpartner und anspruchslos zu sein. Damit würde er sich wohl nie abfinden. Aber er hatte die letzte Nacht trotzdem genossen. Weil es ihm gelungen war, eine Zeitlang nicht an seine Wünsche zu denken.

«Nein, nichts passiert. Die Sonne scheint. Das reicht doch.»

«Willst du mich verarschen?», sagte Anja.

Yasi war sogar über ihren Schatten gesprungen und hatte ihn zum Frühstück eingeladen. Eine besondere Ehre, denn im Mosuo-Land galt es als absolutes No-Go, dem Liebhaber zum Abschied noch einen Buttertee zu servieren, zum Frühstück waren ausschließlich blutsverwandte Männer zugelassen.

Bastian grinste. «Wie käme ich dazu? Du hast ein völlig falsches Bild von mir. Eigentlich bin ich ein fröhlicher Mensch.»

«Ja. Und morgen backst du mir einen Kuchen. Wenn heterosexuelle Männer so ein Dauergrinsen im Gesicht haben, liegt es meistens an einer Frau.»

«Du musst es ja wissen.»

«Okay, ich merke schon, du willst nicht darüber reden.»

Nein, Bastian wollte nicht darüber reden. Das würde ihn nur auf den Boden der Tatsachen zurückbringen. Yasis und seine Vorstellungen von einem glücklichen Leben waren viel zu unterschiedlich, um auf einen gemeinsamen Nenner zu kommen. Zusammen leben, eine Familie gründen, gemeinsam alt werden, all das, was Bastian sich wünschte, hielt Yasi für patriarchalische Irrwege ins Unglück. Darüber ließ sie nicht mit sich verhandeln. Also blieb ihm nur eins: sich mit dem Wechselbad der Gefühle abzufinden. Nach einer tollen Nacht kam unweigerlich die nächste Durststrecke. Doch mindestens bis zum Mittag würde das Hochgefühl noch andauern.

«Sollten wir uns nicht bei den Tomphüttes ankündigen?», fragte Anja.

«Halte ich für keine gute Idee. Die Mutter wird uns abwimmeln. Kann man ihr nach der Erfahrung beim letzten Mal nicht mal verdenken. Besser, wir überrumpeln sie.»

Anja sog geräuschvoll Luft ein. «Fällt mir echt schwer. Ich hoffe, Christin tickt nicht wieder aus.»

«Wir haben ihr das nicht angetan», sagte Bastian. «Das war der Typ, der sie vergewaltigt hat. Und der – wenn wir recht haben – immer noch frei herumläuft und es jederzeit wieder tun kann. Was wir machen, ist Prävention. Wir versuchen, das nächste Opfer zu schützen. Mit Christins Hilfe. Hoffentlich.»

* * *

Man sah Frau Tomphütte an, dass sie ihnen am liebsten die Tür vor der Nase zugeschlagen hätte. Nur Höflichkeit und ein gewisses Maß an Respekt vor der Staatsgewalt hielten sie davon ab. «Christin ist in der Küche. Ich weiß nicht …»

«Wir haben nur eine einzige Frage», sagte Bastian. «Danach sind wir sofort wieder weg. Es dauert keine zwei Minuten.»

Frau Tomphütte guckte ängstlich.

«Ich kann mir vorstellen, wie belastend das für Sie ist», sagte Anja. «Wir wären auch nicht hier, wenn es nicht um Leben und Tod ginge. Nur eine einzige Frage. Bitte!»

«Mama?», hörten sie eine schrille Stimme. «Wer ist da?»

Frau Tomphütte ging voraus und signalisierte ihnen mit einem Handzeichen, dass sie im Hausflur warten sollten. «Das sind die beiden Kripobeamten, die schon mal da waren.»

«Die Kripoleute?» Noch schriller.

«Du hast dich mit der jungen Kommissarin unterhalten. Weißt du noch?»

Seltsame Geräusche. Eine Art Gesang ohne Worte. Auf dem Flur roch es wieder nach Kohl. Wahrscheinlich hatte sich der Geruch längst in die Wände gefressen.

Mutter und Tochter tuschelten miteinander. Bastian schaute Anja an. Sie atmete, als bekäme sie schlecht Luft.

«Kommen Sie rein!», rief Frau Tomphütte.

Beim letzten Mal hatte Bastian nur einen kurzen Blick auf Christin werfen können. Jetzt bemerkte er die große Ähnlichkeit von Mutter und Tochter. Wobei die Tochter nicht nur die ungesunden Körpermerkmale der Mutter geerbt zu haben schien, sondern sie in allen Ausprägungen grotesk übertraf. Bastian kannte die Fotos, die von Christin Tomphütte kurz nach der Entführung und Vergewaltigung gemacht worden waren. Seitdem hatte sich ihr Körpergewicht mindestens verdoppelt. Als müsste sie sich einen natürlichen Panzer zulegen, um sich vor der Welt zu schützen.

«Wir haben nur eine Frage an Sie», sagte Anja. Ihre Stimme klang gehetzt. «Der Mann, der Sie ... hat er *O Bur, wat kost't dien Hei?* gesungen?»

Christin nickte.

* * *

«Und was machen wir jetzt?», fragte Anja, der man die Erleichterung ansah, dass der Besuch bei den Tomphüttes ohne Drama geendet hatte. «Reden wir mit Susanne Hagemeister und Klaus Kenkmann?»

Sie saßen wieder im Auto, auf der Rückfahrt nach Münster hatte Anja das Lenkrad übernommen.

«Zu früh», sagte Bastian. «Wir haben noch nicht genug in der Hand.»

«Wieso? Wir haben das Lied, das exakt der Vergewaltigungsserie entspricht ...»

«Reine Interpretation», warf Bastian ein.

«... und eine Zeugin, die es gehört hat.»

«Christin Tomphütte wird niemals vor Gericht aussagen, das können wir vergessen. Und ein Beweis, dass Marcel Gramlich nicht der Täter sein kann, ist das Lied auch nicht.»

«Hast du nicht gesagt ...»

«Ja, ich weiß», unterbrach Bastian sie erneut. «Ich bin auch davon überzeugt, dass Gramlich das Lied nicht kannte. Wir brauchen aber mehr als Überzeugung, irgendetwas Handfestes.» Bastian überlegte. «Was ist zum Beispiel mit der Maske?»

«Was soll damit sein?»

«Wie stellt man sie her?» Bastian zog sein Smartphone aus der Tasche, ging ins Internet und gab einige Suchbegriffe ein.

Als sie eine Stunde später auf den Parkplatz des Polizeipräsidiums rollten, hatte Bastian eine Menge über die Herstellung von Latexmasken gelernt. «Klar ist, dass es sich um einen aufwendigen Prozess handelt», fasste er seine Erkenntnisse zusammen. «Erst wird ein Gipsabdruck des Maskenträgers hergestellt, dann eine Büste gegossen und auf der Büste die Maske modelliert.»

«Braucht man keinen Abdruck des Vorbilds, also von Wilhelm Gramlichs Gesicht?», fragte Anja.

«Nein. Wie hätte der Täter den auch machen sollen? In Gramlichs Gefängniszelle? Wichtiger ist ohnehin, dass die Maske dem Träger angepasst wird. Das Ganze dauert länger als eine Woche, und einer allein kriegt das unmöglich hin. Schon rein technisch, man braucht mindestens einen Helfer. Und wir reden hier nicht von Horrormasken, bei denen es nicht auf Feinheiten ankommt. In unserem Fall ist die Maske Wilhelm Gramlichs Gesicht täuschend echt nachgebildet. Wer kann so etwas herstellen? Nur Profis, oder? Wie viele davon gibt es in Deutschland oder den Nachbarländern? Zehn? Hundert?»

Anja parkte den Dienstwagen und zog den Schlüssel ab. «Bestimmt nicht so viele wie in Hollywood.»

«Derjenige, der die Maske modelliert hat, kennt seinen Auftraggeber», sagte Bastian, während sie die Treppe hinaufstiegen. «Und wenn er mitbekommt, was in der Welt vor sich geht, weiß er jetzt auch, wozu die Maske verwendet wurde.»

«Und warum meldet er sich dann nicht bei uns?», sagte Anja. «Oder sie.»

«Weil er ein guter Freund des Glatzenmannes ist?», spekulierte Bastian. «Oder weil der Glatzenmann ihn bedroht?»

Sie betraten den Flur des KK 11 und gingen gleich in ihr Büro. Bastian hatte keine Lust, Susanne zu begegnen. Auf dem Rechner fand er zwei Mails von ihr mit der Bitte um Rückruf. Garantiert wollte sie wissen, ob er sich an ihre Anweisung hielt. Bastian löschte die Mails. Für eine erneute Diskussion mit Susanne reichten seine Argumente noch nicht. Er wollte sie aber auch nicht anlügen. Also musste er Zeit gewinnen. Susanne war nicht dumm, sie würde auf seine Linie einschwenken, sobald sie die Chance sah, sich mit den neuen Erkenntnissen zu profilieren. Doch dafür musste er ihr mehr präsentieren. Zum Beispiel den Namen des Maskenbauers.

Bastian hatte gerade mit dem dritten großen Produktionsstudio telefoniert und seine Liste der in Frage kommenden Personen verlängert, als Anja ausrief: «Ich weiß es.»

«Was?»

«Warum der Maskenhersteller nicht zur Polizei geht.»

«Mach's nicht so spannend!», forderte Bastian.

«Er ist tot.» Anja riss die Augen weit auf. «Überleg doch mal:

Unser Glatzenmann will immer alles unter Kontrolle haben. Von einem Mitwisser abhängig zu sein ginge ihm tierisch auf die Nerven.»

«Gut», sagte Bastian. «Aber hast du noch mehr?»

«Ja. Ich bin die Liste der ungeklärten Todesfälle durchgegangen. Vor drei Jahren ist der Besitzer einer kleinen Firma, die sich auf Sonderanfertigungen für Filmproduktionen spezialisiert hat, von einem Segeltörn auf dem Bodensee nicht mehr zurückgekehrt. Seine Leiche wurde nie gefunden.»

«Und die Firma sitzt wo?»

«In Bielefeld.»

34

Auf dem schmalen Pfad durch den dunklen Schlosspark oder entlang der hell beleuchteten Einsteinstraße? Am Coesfelder Kreuz stellte sich Yasi wieder mal die Frage, welchen Weg sie nehmen sollte. Heute wäre sie gerne früher und im Hellen nach Hause gefahren, in der letzten Nacht hatten Bastian und sie so viel nachzuholen gehabt, nicht nur, was den Bedarf an Gesprächen anging, dass sie kaum zum Schlafen gekommen waren. Doch dann hatte die Institutsdirektorin kurzfristig eine Dienstbesprechung angesetzt, die sich in die Länge zog. Vor lauter Müdigkeit waren Yasi fast die Augen zugefallen. Als sie sich endlich auf ihr Fahrrad setzen konnte, hingen Nebelschwaden, die unter den Straßenlaternen gelbliche Kegel bildeten, zwischen den Häusern.

Yasi fuhr nach rechts, durch die Siedlung. Sie hatte sich für den Schlosspark entschieden, den kürzeren Weg. In Münster war sie noch nie in eine gefährliche Situation geraten. Im Vergleich zu anderen Weltgegenden war die Stadt eine Oase der Friedfertigkeit. Hier sagte der Fuchs der Gans gute Nacht, anstatt sie zu entführen. Natürlich ereigneten sich auch in Münster Verbrechen, wer wüsste das besser als eine Rechtsmedizinerin? Aber rein statistisch, machte sich Yasi Mut, unterschied sich das Gefahrenpotenzial der beiden alternativen Wege nur minimal. Kein Grund also, diffuse Ängste über ihre alltäglichen Gewohnheiten entscheiden zu lassen.

Eine schmale Holzbrücke führte über den Schlossgraben, dann kam das dunkelste Stück am Ufer entlang. Und der unvermeidliche Spaziergänger mit Hund. Derselbe wie beim letzten Mal? Nein, der Hund kläffte und schoss auf sie zu. Der Spaziergänger riss an der Leine, Yasi trat in die Pedale und huschte vorbei.

«Was soll denn das?», meckerte der Mann mit seinem Tier. «Aus! Hörst du? Aus!»

Der Hund hörte nicht. Yasi wunderte sich immer wieder über die unendliche Geduld, die deutsche Hundebesitzer für ihre zotteligen Haustiere aufbrachten. In China hatte man ein sehr viel nüchterneres Verhältnis zu Hunden. Viele Chinesen sahen in ihnen nur eine Abwechslung auf dem Speiseplan.

Ihr Handy klingelte. Aber sie hatte jetzt keine Lust, im Dunkeln vom Rad zu steigen, die Hundeattacke hatte ihr einen kleinen Schreck versetzt. Erst als sie den Schlossplatz erreichte und wieder Menschen sah, hielt sie unter einer der nostalgischen Straßenlaternen an. Die Nummer auf dem Display gehörte Bastian. Sie rief ihn zurück: «Hast du Sehnsucht nach mir?»

Er lachte. «Logisch. Was denkst du denn? Blöderweise habe ich noch zu tun, ich bin auf dem Weg nach Bielefeld.»

«Was machst du dort?»

«Eine neue Spur. Erzähl ich dir später. Ich wollte nur mal hören, wie es dir geht.»

«Mir geht's gut, ich bin nur ein bisschen müde. Wenn du aus diesem Bielefeld zurückkommst, schlafe ich bestimmt schon.»

«Dann komme ich morgen Abend zu dir, ist das okay?»

Ein Radfahrer, der hinter ihr aus dem Schlosspark gekommen war, fuhr langsam an Yasi vorbei und starrte sie mit einem spöttischen Lächeln an.

«Gerne.»

«Was ist?»

«Nichts.» Der Mann entfernte sich in trägem Tempo, schaute jedoch nicht mehr zurück. «Nur so ein Typ, der mich unverschämt angeguckt hat. Als wäre er geil wie Nachbars Hund.»

«Wo stehst du gerade?»

«Er ist schon weg. Mach dir keine Sorgen, Basti!»

35

«**Wer** hat eigentlich diesen Witz erfunden, dass Bielefeld gar nicht existiert?», fragte Anja.

«Das waren die Bielefelder selbst», sagte Bastian. «Ich glaube, eine Gruppe von Professoren und Studenten an der Hochschule. Die wollten testen, wie schnell sich so eine Verschwörungstheorie verbreitet.»

«Hat ja wunderbar geklappt», stellte Anja fest.

«Und die meisten Münsteraner sind nicht mal sicher, ob die Geschichte wirklich nur ausgedacht ist. Irgendwelche Verkehrsplaner hatten schon immer was dagegen, dass man von Münster nach Bielefeld kommt. Luftlinie liegen die Städte nur achtzig Kilometer auseinander, doch sowohl mit dem Auto wie auch mit der Bahn braucht man für die Strecke mindestens anderthalb Stunden. Ohne Umsteigen, die Ochsentour über die Dörfer oder einen Riesenumweg geht gar nichts.»

Bastian hatte sich für den Riesenumweg entschieden, erst auf der A 1 nach Norden, dann ein Stück A 30 und wieder nach Süden, bis hinter Hilter die Autobahn und das zügige Vorwärtskommen endeten. Die kürzere Strecke über Warendorf barg die Gefahr, dass man im abendlichen Berufsverkehr vor jeder roten Ampel eine längere Pause einlegen musste.

Von Hilter bis Halle verlief die Fahrt noch einigermaßen problemlos, doch jetzt, auf dem letzten Stück, das über Werther führte, steckten sie im dichten Nebel. Bastian klemmte sich hinter die Rücklichter des vor ihnen im Schleichtempo fahrenden Wagens. «Was meinst du?», witzelte Bastian. «Werden wir jemals in Bielefeld ankommen?»

Sie hatten Bettina Schneiderhahn, die Witwe des Maskenspezialisten, erst am späten Nachmittag erreicht. Am Telefon klang sie müde und deprimiert. Sie erhoffe sich nichts von neuen Ermittlungen der Polizei, hatte sie mit leiser Stimme gesagt, am liebsten wäre es ihr, man würde sie in Ruhe lassen. Bastian war es nicht leichtgefallen, die Frau dazu zu überreden, sie noch am selben Abend zu empfangen. Sie könnten nicht bis zum nächsten Tag oder gar bis zum Wochenende warten, beschwor Bastian die Witwe, bei ihren Ermittlungen käme es auf jede Stunde an. Und das stimmte ja auch. Obwohl es weniger die objektiven Zwänge waren, die ihm im Nacken saßen, sondern vielmehr Susanne Hagemeister. Lange würde er seine eigenmächtigen Ermittlungen nicht vor ihr verbergen können. Dem unweigerlich drohenden Tribunal mit gewaltigem Anschiss entging er nur, wenn es ihm gelang, neue Indizien zu präsentieren.

Hinter Werther löste sich der Nebel auf. Bettina Schneiderhahn wohnte in Bielefeld-Rußheide, in einer mit teuren Möbeln überfrachteten Zwei-Zimmer-Wohnung, die zu einem gesichtslosen Mehrfamilienhaus gehörte. Bastian sah den Möbeln an, dass sie aus einer anderen Zeit stammten, einer Zeit, in der die Schneiderhahns in einer weniger tristen Umgebung gelebt hatten.

«Ich musste unser Haus verkaufen», sagte Bettina Schneiderhahn, als hätte sie Bastians Gedanken erraten. «Niemand wollte die Firma meines Mannes übernehmen. Peters Tod hat mich derart aus der Bahn geworfen, dass ich eine Weile brauchte, bis ich … alles einigermaßen auf die Reihe kriegte. Die Firma abwickeln, einen neuen Job suchen, eine kleinere Wohnung. Das fiel mir verdammt schwer, das können Sie mir glauben. Inzwischen gibt es Tage, an denen ich nicht mehr jede Stunde an ihn denke.»

«Tut mir sehr leid», sagte Bastian. Anja und er saßen auf einem weißen Ledersofa, Frau Schneiderhahn auf dem dazu passenden Einsitzer.

«Wenn Sie sagen, der Tod meines Mannes war möglicherweise kein Unfall, weiß ich nicht, ob das … Ich meine, das macht alles vielleicht noch schlimmer. Gegen Wind und Wetter ist man machtlos, das ist Schicksal. Aber Mord?»

«Bis jetzt handelt es sich nur um einen Verdacht», schränkte Anja ein. «Wir haben keinen Beweis, dass Ihr Mann einem Verbrechen zum Opfer gefallen ist. Hat er am Tag seines Verschwindens erwähnt, dass er jemanden treffen wollte, einen Freund oder Bekannten?»

«Nein, er ist allein rausgefahren. Manchmal hat er jemanden mitgenommen, aber an diesem Wochenende waren alle verhindert. Und ich … ich segle nicht so gern.»

«Gab es denn ein Unwetter?», erkundigte sich Bastian.

«Der Wind war ziemlich heftig. Peter liebte das. Normalerweise machten ihm ein bisschen Sturm und Wellen nichts aus. Trotzdem … Auch dem erfahrensten Segler kann mal was passieren. Eine kleine Unaufmerksamkeit, und es ist geschehen. Vielleicht hat ihn eine Böe über Bord geworfen, oder er ist unglücklich gestürzt, ein Gegenstand löst sich und trifft ihn am Kopf, es gibt viele Möglichkeiten. Und dass die Leiche nicht gefunden wurde ... Die Behörden sagen, das kommt im Bodensee gar nicht so selten vor.»

Anja öffnete ihre Handtasche und zog das Phantombild des Glatzenmanns heraus. «Haben Sie dieses Gesicht schon einmal gesehen?»

Die Schneiderhahn nahm das Blatt in die Hand. «Ja, das kommt mir bekannt vor. Ist das nicht ... dieser Mann, der gesucht wurde ... dieser Vergewaltiger? Ich habe sein Bild ... ich weiß nicht ... ich glaube, im Fernsehen gesehen.»

«Vorher nicht?» Bastian bemühte sich, seine Enttäuschung nicht durchklingen zu lassen.

«Wie meinen Sie das?»

«In der Werkstatt Ihres Mannes? Es handelt sich um eine Maske, die von einem Profi angefertigt wurde.»

«Sie denken, Peter ...» Schneiderhahns Stimme überschlug sich.

«Das ist kein Vorwurf», griff Anja ein. «Bitte verstehen Sie das nicht falsch! Als Ihr Mann ums Leben kam, war der Täter noch gar nicht aktiv geworden. Falls jemand die Maske bei ihm in Auftrag gegeben hat, geschah das sicher unter einem Vorwand.»

«Aber wie kommen Sie darauf ...»

«Ganz einfach», sagte Bastian. «Diese Maske wurde an die Gesichtsform des Trägers angepasst, sonst hätte sie nicht echt gewirkt. Der Maskenbauer kennt also die Identität, zumindest das wahre Aussehen seines Auftraggebers. Rein rechtlich macht er sich der Mittäterschaft schuldig, wenn er sich mit seinem Wissen nicht sofort an die Polizei wendet.»

«Bei uns hat sich aber niemand gemeldet», ergänzte Anja.

«Eine mögliche Erklärung dafür wäre der Tod des Maskenbauers. So sind wir auf Ihren Mann gestoßen.»

«Ich kann Ihnen nicht ganz folgen», erklärte Bettina Schneiderhahn verärgert. «Am Telefon sagten Sie mir, dass es Zweifel am Unfalltod von Peter gäbe, und jetzt beschuldigen Sie ihn, für einen Vergewaltiger und Mörder gearbeitet zu haben.»

Bastian wollte etwas erwidern, doch Anja stoppte ihn mit einer Handbewegung. «Noch einmal: Wir beschuldigen ihn nicht», wandte sie sich mit sanfter Stimme an die Witwe. «Und mein Kollege hat Sie auch nicht belogen. Ohne zu sehr ins Detail zu gehen, kann ich Ihnen sagen, dass der Täter sich bemüht hat, so wenige Spuren wie möglich zu hinterlassen. Ein Mitwisser wäre für ihn ein großes Risiko gewesen.» Anja ließ ihre Worte auf die Schneiderhahn wirken.

«Sie meinen, der Glatzenmann hat Peter ermordet?»

«Das ist eine Option, ja.»

«Ist der Mann nicht tot? Ich dachte, er hat sich selbst erschossen?»

«Trotzdem ist vieles noch ungeklärt», griff Bastian wieder ein. «Zum Beispiel die Frage, woher er die Maske hatte.»

Anja zog ein Foto von Marcel Gramlich aus ihrer Tasche. «Sind Sie diesem Mann schon mal persönlich begegnet?»

«Nein.» Bettina Schneiderhahn schüttelte den Kopf. «Den kenne ich nicht. Wer ist das?»

«Der Mann, der beschuldigt wird, die Maske bei seinen Verbrechen getragen zu haben», formulierte Anja vage. Bastian musste anerkennen, dass seine Kollegin geschickt jede exakte Festlegung umschiffte. So konnte man ihnen später wenigstens nicht vorwerfen, die Zeugin in eine bestimmte Richtung gedrängt zu haben.

«Bei uns im Haus war er sicher nicht», sagte die Schneiderhahn. «Allerdings hat Peter nur selten Kunden mitgebracht.»

«Und Sie haben nicht in seiner Firma gearbeitet?», vergewisserte sich Bastian.

«Ich habe die Buchführung erledigt, an ein paar Tagen im Monat. Die Kundenkontakte hat allein Peter gepflegt.»

So kamen sie nicht weiter, Bastian sah nur noch eine Möglichkeit: «Was ist aus dem Material Ihres Mannes geworden, den Entwürfen, den halbfertigen Produkten?»

«Das meiste wurde vernichtet. Wie gesagt, ich habe keinen Käufer für die Firma gefunden. Was noch einigermaßen wertvoll war, ist an einem Wochenende verramscht worden, den Rest hat eine Entrümpelungsfirma entsorgt.»

«Sie haben gar nichts behalten?»

«Nein. Nichts. Abgesehen von den Steuerakten.»

Bastian schaute zu Anja. Die signalisierte mit einem frustrierten Kopfschütteln, dass sie ebenfalls keine Fragen mehr hatte.

«Nun ...», Bastian stand auf, «... dann danken wir Ihnen für Ihre Geduld und Ihr Entgegenkommen. Falls Ihnen noch etwas einfällt ...»

«Andreas», sagte Bettina Schneiderhahn.

«Bitte?»

«Andreas war ein Freund, besser gesagt, ein Bekannter von Peter. Ein oder zwei Wochen nach Peters Tod hat er bei mir angerufen. Er bat mich um den Schlüssel für das Atelier, in dem Peter gearbeitet hat. Angeblich hatte sich Peter Spielzeug von Andreas' Tochter ausgeliehen, für ein Filmprojekt.»

«Haben Sie diesen Andreas begleitet?», fragte Anja.

«Nein. Damals war mir alles zu viel. Aber später kam mir

die Sache komisch vor. Peter hatte mir nichts von einem Film erzählt, für den er Spielzeug brauchte. Und er kaufte lieber Requisiten, anstatt sie auszuleihen, schon um Ärger zu vermeiden, falls etwas zu Bruch ging.»

Bastian zog seinen Notizblock aus der Jacketttasche. «Kennen Sie den vollständigen Namen und die Adresse von Andreas?»

«Er heißt Andreas Meyer und wohnt im Münsterland, in Kattenvenne, glaube ich.»

«Und wissen Sie zufällig, ob er ein Wohnmobil besitzt?»

«Als er hier war, fuhr er keins.»

Wäre ja auch zu schön gewesen, dachte Bastian.

* * *

Zurück nach Münster übernahm Anja das Lenkrad. Die Straßen waren inzwischen wieder frei, deshalb wählten sie den Weg übers Land, durch Harsewinkel, Sassenberg und Warendorf. Während sie durch die Nacht fuhren und manchmal nicht mehr sahen als das, was die Scheinwerferkegel aus der Landschaft frästen, diskutierten sie über ihre Ausbeute. Und je länger sie diskutierten, desto bescheidener sah sie aus. Sie hatten einen Namen und das komische Gefühl einer Witwe. Ob beides zusammen etwas wert war, würde sich hoffentlich morgen früh zeigen, wenn sie die Möglichkeit hatten, mehr über diesen Andreas Meyer in Erfahrung zu bringen.

Zwischen Warendorf und Telgte klingelte Bastians Handy. Susanne. Bastian überlegte, ob er den Anruf ignorieren sollte.

«Warum gehst du nicht ran?», fragte Anja.

«Es ist Susanne.»

«Irgendwann müssen wir sowieso mit ihr reden.»

Bastian meldete sich.

«Wo bist du?», fragte Susanne.

Bastian schaute aus dem Fenster. «Bei Raestrup.»

«Ich habe dir heute mehrere Nachrichten geschickt.»

«Ich weiß», sagte Bastian. «Ich bin nicht dazu gekommen …»

«Verarsch mich nicht!», unterbrach ihn Susanne. «Ich habe keinen einzigen Bericht von dir gesehen. Weder von dir noch von Anja. Was, verdammt noch mal, habt ihr den ganzen Tag gemacht?»

Lüge oder Wahrheit, das war jetzt die Frage. Bastian entschied sich für die Wahrheit: «Wir haben eine neue Spur verfolgt.»

«Wir?»

«Anja und ich.»

Ein paar Sekunden lang hörte er nur Susannes Atem. Dann sagte sie: «Verfluchte Scheiße, Bastian, hast du mir heute Morgen nicht zugehört?»

«Doch, aber …»

«Ich habe dir gesagt, du sollst deine Theorie für dich behalten. Stattdessen ziehst du auch noch Anja da mit rein.»

Bastian stöhnte. «Das darfst du ihr nicht anhängen. Dafür übernehme ich allein die Verantwortung.»

«Du übernimmst die Verantwortung?», höhnte Susanne. «Wer bist du denn, dass du Verantwortung übernehmen kannst? Du hast am Anfang der Ermittlungen Scheiße gebaut und jetzt schon wieder, ein bisschen viel für einen Oberkommissar, der gerne zum KK 11 will, findest du nicht?»

«Du hast recht», sagte Bastian. «Ich habe Scheiße gebaut.

Deswegen möchte ich nicht zusehen, wie wir jetzt gemeinsam einen großen Fehler begehen.»

«Morgen früh um acht in meinem Büro. Beide», sagte Susanne kalt. Dann kappte sie die Verbindung.

«Schlimm?», fragte Anja.

«Vielleicht sollten wir noch nicht Feierabend machen. Wenn wir bis morgen früh um acht nichts in der Hand haben, sieht es übel aus.»

36

Du weißt jetzt, wer der *Pottlecker* ist.

37

Wo blieb die Leiche? Irgendwie steckte heute Morgen ein Sandwurm im Getriebe. Georg, der Sektionsassistent, war schon seit mehreren Minuten verschwunden, zusammen mit dem Mitarbeiter des Bestattungsinstituts. Normalerweise kamen sie immer zu zweit und legten ihnen die Leiche auf den Seziertisch, heute war nur einer erschienen. Seinem Kollegen sei unterwegs übel geworden, hatte der Bestattungsmensch gesagt, wahrscheinlich eine Lebensmittelvergiftung, deshalb hänge der Ärmste jetzt in den Seilen. Ob ihm jemand beim Tragen der Leiche helfen könne? Yasi hatte sich gefragt, in was für Seilen der magenkranke Fahrer wohl hing, sie hatte noch nie welche in einem Leichenwagen gesehen, doch Georg schien Bescheid zu wissen, zumindest war er dem Bittsteller sofort nach draußen gefolgt. Und nicht nur die Leiche, auch Henning, ihr rechtsmedizinischer Kollege, ohne den Yasi nicht mit der Obduktion anfangen konnte, hatte sich offensichtlich verspätet. Wenn das so weiterging, würde Yasi vor Langeweile noch an ihrem Daumen drehen müssen.

Yasi griff nach den Unterlagen und las die wenigen Informationen, die sie von der Staatsanwaltschaft bekommen hatte. Eine neununddreißigjährige Frau war in der Nacht plötzlich gestorben, der herbeigerufene Notarzt hatte kein eindeutiges Krankheitsbild erkennen können, auch der Ehemann der Verstorbenen war wenig hilfreich gewesen, also hatte der Notarzt *unklare Todesursache* angekreuzt. Mit der Folge, dass die Leiche in der Rechtsmedizin landete. Hätte landen sollen, korrigierte sich Yasi leicht verärgert. Was war hier eigentlich los? Was trieben Georg und der Leichenwagenfahrer da draußen?

Sie hörte Schritte. Der Fahrer. Allein. Ohne Georg und ohne Leiche.

Yasi stemmte ihre Hände in die Hüfte. «Sagen Sie jetzt nicht, dass es schon wieder ein Problem gibt.»

«Wenn Sie schnell kommen würden?» Der Mann ließ die Schultern hängen und schaute sie durch seine getönte Brille treuherzig an. «Ihr Kollege …»

«Was ist mit ihm?» Yasi entdeckte auf der grauen Anzugjacke des Fahrers einen dunkelroten Fleck, der vorhin noch nicht da gewesen war, vermutlich Blut.

«Er ist gestolpert.» Der Fahrer machte konfuse Bewegungen mit den Armen. «Und hat sich den Kopf gestoßen.»

«Schlimm?»

«Na ja, besser, Sie sehen sich das an.»

Yasi ging voraus, der Fahrer hielt sich dicht hinter ihr. Irgendwo hatte sie sein Gesicht, das durch die große Brille und die tief in die Stirn gezogene Mütze halb verdeckt wurde, schon mal gesehen, aber sie kam nicht darauf, bei welcher Gelegenheit.

Vor dem Sektionsgebäude stand der Leichenwagen mit geöffneter Heckklappe, die Bahre mit dem Leichensack ragte ein Stück heraus. Dagegen keine Spur von Georg. Und auch den zweiten, angeblich in Seilen hängenden Fahrer konnte Yasi nicht entdecken. Sie drehte sich um. «Was …»

Der Hundeblick war verschwunden, stattdessen grinste der Mann sie herablassend an. Und jetzt fiel es ihr wieder ein, wann und wo sie dieses Grinsen gesehen hatte: gestern Abend, auf dem Gesicht des Radfahrers, der ihr durch den Schlosspark gefolgt war.

Jemand stöhnte. Es klang nach Georg, er musste hinter dem Auto auf dem Boden liegen. Yasi bekam Angst. Georg war nicht gestolpert, dieser Mensch, der sie mit seinen gierigen Augen verschlang, hatte ihn niedergeschlagen. Sie dachte daran zu flüchten. Und genau dieser Moment, den ihr Gehirn brauchte, um den Gedanken zu fassen, dass sich all das, was sich gerade ereignete, nur um sie drehte, war der Sekundenbruchteil, der ihr fehlte. Der Mann hatte jetzt ein Gerät in der Hand, so groß wie ein Rasierapparat, mit zwei zangenförmigen Spitzen, die er gegen ihren Oberarm drückte. Durch Yasis Körper schoss eine Welle von Schmerz.

38

Susanne Hagemeister hatte sich Verstärkung geholt, Klaus Kenkmann lehnte mit grimmigem Gesichtsausdruck am Fenster ihres Büros. Bastian war klar, was das bedeutete: Susannes Warnung vor eigenmächtigen Ermittlungen hatte die Sphäre des Inoffiziellen verlassen, mit der Einweihung des MK-Leiters ließ sich Bastians Vermutung, der Glatzenmann sei noch auf freiem Fuß, nicht länger aus den Akten heraushalten. Jetzt galt es hopp oder top, entweder Anja und er konnten die Chefs der Mordkommission von ihrem Verdacht überzeugen – oder sie würden mit einer Tracht Prügel aus dem Raum gejagt.

«Guten Morgen!», sagte Susanne. Es klang, als ob ein Scharfrichter sich bei dem Verurteilten erkundigen würde, ob sein Kopf angenehm in der Guillotine liegt.

Bastian räusperte sich. «Guten Morgen!»

Anja murmelte ebenfalls einen Gruß, Kenkmann nickte nur.

«Dann schießt mal los!», sagte Susanne keinen Deut freundlicher. «Was habt ihr anzubieten?»

Bastian hatte plötzlich das Gefühl, dass sich in seinem Gehirn statt funktionierender Neuronen nur ein Haufen Watte befand. Das lag an der beschissenen Prüfungssituation, keine Frage, sein Leben lang hatte er Prüfungen gehasst. Und zum Stress kam auch noch Müdigkeit hinzu. Anja und er hatten die ganze Nacht im Büro verbracht, den Fall noch einmal von vorne aufgerollt, jedes Indiz hin und her gewendet, alle Möglichkeiten durchdiskutiert – bis ihnen die Köpfe rauchten und gar nichts mehr lief.

Bastian schaute zu Anja. Doch die fixierte nur einen Punkt auf dem Fußboden.

«Was ist?», fragte Kenkmann. «Wir haben nicht den ganzen Morgen Zeit.»

Bastian räusperte den Frosch im Hals weg. «Dann fang ich mal an.»

Er berichtete von seinem Aha-Erlebnis beim Lambertus-Fest vor der Lambertikirche, als ihm die zeitliche und inhaltliche Übereinstimmung der Taten des Glatzenmanns mit dem bekanntesten aller Lambertus-Lieder aufgefallen war. Er erwähnte, dass sich Christin Tomphütte daran erinnern konnte, O Bur, wat kost't dien Hei aus dem Mund des Glatzenmanns gehört zu haben, und dass der Sauerländer Marcel Gramlich das Lied nach Auskunft seiner Witwe eben nicht gekannt hatte. Anja unterstützte Bastian an einigen Stellen mit zusätzlichen Informationen und übernahm es schließlich selbst, den mysteriösen Segelunfall des Maskenspezialisten Peter Schneiderhahn zu schildern. Danach trat für ein paar Sekunden eine unangenehme Stille ein, die an Bastians sowieso schon angespannten Nerven zerrte.

«Ist das alles?», fragte Kenkmann.

«Nein», sagte Bastian. «Wir haben einen Namen: Andreas Meyer. Ein Bekannter von Schneiderhahn. Ein paar Wochen nach dessen Tod hat er sich von der Witwe den Schlüssel zu Schneiderhahns Werkstatt geborgt. Angeblich, weil er Schneiderhahn Spielzeug geliehen hatte. Wir vermuten, er wollte Skizzen oder Modelle der Glatzenmann-Maske vernichten, um seine Spuren zu verwischen.

«Ach!», machte Kenkmann. «Ihr vermutet?»

«Einen Beweis haben wir selbstverständlich nicht, Meyer war ja unbeaufsichtigt.»

Wieder Stille. Kenkmanns und Susannes Mienen wirkten wie eingefroren.

Scheiß Psychotrick, dachte Bastian. Obwohl er die Verhörmethode aus seiner Ausbildung kannte, zeigte sie Wirkung. Er fühlte sich klein und eingeschüchtert. Ganz im Sinne des Erfinders.

Es gibt keinen Grund, den Schwanz einzuziehen, redete Bastian sich ein. *Du bist nicht der Geisterfahrer, sondern die anderen. Sie werden dir noch dankbar sein, dass du ihnen das unter die Nase gerieben hast.*

«Weißt du, wie mir das vorkommt, Matt?», sagte der MK-Leiter. «Wie ein Besuch bei einer Wahrsagerin auf dem Send. Da sitzt eine alte Frau in einer Holzbude, dreht ein paar Tarotkarten um oder guckt in ihre Glaskugel, raunt von seltsamen Begebenheiten und Stimmen aus dem Jenseits, die sie hört, und am Ende hat sie noch ein Unglück für dich auf Lager. Hinterher sind alle beeindruckt, weil die Wahrsagerin mit ihrem psychologischen Halbwissen und den vage gehaltenen Andeutungen bei jedem irgendeinen neuralgischen Punkt trifft. Dafür braucht man aber keine übersinnlichen Fähigkeiten, sondern nur gesunde Lebenserfahrung, kombiniert mit einem Schuss Hokuspokus. Was ich damit sagen will, Matt: Ihr tischt uns hier eine Geisterbeschwörung auf, die sich gewaschen hat. Ich bin allerdings nicht bereit, Zeit und Personal in eine Geisterjagd zu investieren. Und noch weniger bin ich bereit, damit an die Öffentlichkeit zu gehen und mich zum Gespött der Medien zu machen.»

«Es besteht keine Notwendigkeit, damit gleich an die Öffentlichkeit zu gehen», sagte Anja.

«Seien Sie vorsichtig, was Sie sagen!», kanzelte Kenkmann sie ab. «Aufgrund Ihrer geringen Erfahrung und der Tatsache, dass der Kollege Matt Sie da mit hineingezogen hat, könnten wir bei Ihnen mildernde Umstände geltend machen. Also setzen Sie sich bloß nicht noch tiefer in die Nesseln.»

Sie würden es vergeigen. Bastian spürte, wie er von Sekunde zu Sekunde mutloser wurde. Alle Argumente prallten an den beiden ab wie an einem Schutzschild. Eher ließen sich nordkoreanische Diktatoren zu Demokraten umschulen als Kenkmann und Susanne von ihrer festbetonierten Haltung abbringen. Wenn auch ihr letzter Trumpf nicht stach …

«In der letzten Nacht sind wir noch einmal alle Berichte durchgegangen», sagte Anja. «Ohne auf den Namen Andreas Meyer zu stoßen, wie ich zugeben muss.»

«Ein paar Stunden Schlaf wären vielleicht sinnvoller gewesen», stichelte Susanne.

«Deshalb habe ich noch etwas anderes versucht», ließ sich Anja nicht aus dem Konzept bringen. «Ich habe mir die Meldungen und Strafzettel unserer uniformierten Kollegen rund um Marcel Gramlichs Wohnhaus in Appelhülsen angesehen. Und siehe da: Vor zwei Tagen hat ein Andreas Meyer, wohnhaft in Kattenvenne, nur eine Parallelstraße von Gramlichs Haus entfernt im absoluten Halteverbot geparkt. Den Kollegen, die ihm ein Knöllchen verpasst haben, hat er erzählt, er sei Journalist. Die Kollegen waren etwas übereifrig und haben ihm die Speicherkarte seines Fotoapparats abgenommen. Seltsamerweise hat Meyer weder protestiert noch die Karte später abgeholt. Aber das Schönste kommt noch.» Anja setzte vor die Pointe eine kurze Pause. «Ein paar Stunden nach Meyers Abgang wurde im Garten von Gramlich die Glatzenmann-Maske entdeckt.»

Susanne und Kenkmann schauten sich an. Zum ersten Mal an diesem Morgen bekam ihre scheinbar unerschütterliche Selbstsicherheit Risse. Glaubte Bastian. Wollte es zumindest glauben. Anja und er hätten beinahe angefangen, rund um ihre Schreibtische zu tanzen, als sie auf Meyers Strafzettel gestoßen waren. Wenn auch diese Entdeckung nichts half, was blieb ihnen dann noch?

«In Ordnung», sagte Kenkmann. «Wir werden uns diesen Andreas Meyer genauer ansehen. Und damit meine ich: nicht ihr beide. Wir setzen ein anderes Team auf die Sache an.»

«Das kannst du nicht machen», protestierte Bastian. «Meyer ist unsere Entdeckung. Wir wollen das weiterverfolgen.»

«Abgelehnt», sagte Kenkmann. «Ihr geht jetzt brav in euer Büro und macht die Arbeit, die ihr schon gestern erledigen solltet. Keine Extratouren mehr. Über die Konsequenzen aus der Geschichte reden wir später.»

Draußen auf dem Flur wurde es laut. Irgendetwas erregte die Gemüter, doch Bastian konnte nicht heraushören, um was es ging.

«Haben wir uns verstanden?», fragte Kenkmann.

«Klar», sagte Bastian grimmig.

«Ja», sagte Anja.

Ein Klopfen an der Tür. Unmittelbar darauf stand Kommissariatsleiter Brunkbäumer schon im Raum. «Habt ihr … Entschuldigung, ihr seid in einer Besprechung?»

«Wir sind gerade fertig», sagte Susanne. «Ist irgendwo eine Bombe hochgegangen?»

«So was Ähnliches.» Auf Brunkbäumers Stirn glänzte Schweiß, Bastian hatte den Leiter des KK 11 noch nie so aufgeregt gesehen. «Jemand hat zuerst einen Leichenwagen und dann eine Rechtsmedizinerin entführt.»

Bastians Herz sprang im Sechseck, er musste sich auf Susannes Schreibtisch abstützen. «Wer?»

«Ach du Scheiße!», stieß Brunkbäumer aus. «Stimmt ja. Es geht um deine Freundin, diese Chinesin.»

«Yasi ist … von wem?»

«Wissen wir nicht. Der Typ ist mit dem Leichenwagen und der Geisel verschwunden. Eine Forderung gibt's bis jetzt nicht.»

Bastian wankte zur Tür.

«Du bleibst hier, Basti», rief Susanne ihm hinterher. «Du kannst da jetzt nicht hin.»

Und ob ich das kann, dachte Bastian.

39

Als der Schmerz schwächer wurde, kam die Angst umso stärker zurück. Yasi lag mit gefesselten Armen und Beinen und Tape auf dem Mund unter einer stinkenden Wolldecke im Leichenwagen. Der Wagen bewegte sich in gemäßigtem Tempo. Sie rutschte vorsichtig hin und her. Wenn sie heftig zappelte, könnte sie vielleicht die Decke abschütteln. Aber was erreichte sie damit? Leichenwagen hatten getönte Fenster, selbst wenn es ihr gelang, sich aufzurichten, würde sie niemand sehen. Das Einzige, was ihr die Aktion einbrachte, war vermutlich ein weiterer Stromschlag. Auf eine erneute Berührung mit dem Elektroschocker hatte sie aber überhaupt keine Lust. *Was mich nicht umbringt, macht mich stärker*, hatte ein an Syphilis erkrankter deutscher Philosoph behauptet. Yasi hielt das für Unsinn. Als sie sieben Jahre alt gewesen war, hatten ihre Brüder sie eine Nacht lang in der dunklen Speisekammer eingesperrt. Und bis heute fürchtete sie sich vor unbeleuchteten, fensterlosen Räumen.

Yasi zwang sich, ruhig durch die Nase zu atmen. Bloß nicht in Panik verfallen und hyperventilieren. Unter der Decke würde ihr schnell der Sauerstoff ausgehen. Sie durfte jetzt nicht bewusstlos werden, sie musste einen klaren Kopf behalten.

In die Fahrgeräusche mischte sich eine Melodie, ein ekelhaft fröhliches Summen. Das Arschloch, das sie gekidnappt hatte, war guter Dinge. Yasi spürte, wie sich die Haare an ihren Armen aufrichteten, sie bekam ein Hühnerfell, wie man in Münster sagte. Wahrscheinlich ließ der Typ gerade seine kranke Phantasie spielen, malte sich aus, was er später mit ihr machen würde. Einen anderen Sinn konnte die ganze Aktion nicht haben. Es ging nicht um Lösegeld, auch nicht um eine politische Forderung. Wer sollte schon Lösegeld für sie zahlen? Das Rechtsmedizinische Institut? Deutschland? Für eine chinesische Migrantin? Wozu? Und politisch hatte sie sich seit Jahren aus allem herausgehalten, es gab keinen Grund, an ihr ein Exempel zu statuieren. Die Mosuo, ihr Volk, waren halbwegs brave Bürger des chinesischen Staates, sie forderten weder Abspaltung noch Autonomie, solange man ihnen erlaubte, nach ihren traditionellen Regeln zu leben, respektierten sie die Han-Chinesen und deren kruden kapitalistischen Kommunismus.

Nein, Yasi war sicher, dass der Mann es auf sie abgesehen hatte, auf sie als Frau. Die Art, wie er sie angestarrt hatte, zuerst gestern Abend und dann vorhin, sprach Bücher. Aber warum ausgerechnet sie? Was hatte sie getan, um sein Interesse zu wecken? Wieso hatte er sie ausgewählt? Und warum scheute er für das Ziel, sie in seine Gewalt zu bekommen, keinerlei Gefahr? Weshalb waren ihm die Konsequenzen anscheinend völlig egal? Georg würde den Mann beschreiben können, vielleicht auch die Mitarbeiter des Bestattungsunternehmens, denen er den Leichenwagen gestohlen hatte. Zudem war ein Leichenwagen so ziemlich das auffälligste Fluchtfahrzeug, das man sich denken konnte, die Polizei würde sehr schnell Hinweise aus der Bevölkerung bekommen. War der Mann einfach nur dumm? Oder war ihm sein eigenes Leben egal? Yasi mochte gar nicht daran denken, was das für sie bedeutete.

Das widerliche Summen nahm kein Ende. Immer dieselbe Melodie. Yasi lauschte. Das Lied kam ihr bekannt vor, sie hatte es erst vor kurzem irgendwo gehört. Zweimal sogar. War das nicht ... Ihr wurde plötzlich ganz heiß, ihr Mund war so trocken, dass sich ihr Hals verengte, als sie zu schlucken versuchte. Sie bekam keine Luft. Der Glatzenmann. Ohne Glatze. Bastian hatte die richtige Ahnung gehabt, der Glatzenmann war noch auf freiem Fuß, er saß keinen Meter von ihr entfernt hinter dem Lenkrad. Der Mann, der sich am Hiltruper See erschossen hatte, war nicht der gesuchte Vergewaltiger und Mörder gewesen, Bastians Vorgesetzte und die Staatsanwaltschaft hatten sich geirrt.

Das Auto fuhr jetzt schneller, anscheinend hatten sie Münster verlassen. Wie hieß die Figur in dem Singspiel, die noch fehlte? Der *Topflecker*? Nein, anders. Der *Pottlecker*? War Yasi der *Pottlecker*? Würde der Glatzenmann mit und an ihr sein blutiges Ritual wiederholen? Das Furchtbare war, dass sich Yasi an jeden Schnitt, an jedes Muster, das der Typ mit seinem Messer auf die Körper der Frauen gezeichnet hatte, erinnerte. Hatte er sie deshalb ausgewählt? Weil sie genau wusste, was ihr bevorstand?

40

Bastian hatte eine Vision. Er sah zwei Männer in dunklen Anzügen, die nebeneinander über eine Wiese hoppelten. Erst als er genauer hinschaute, erkannte er, dass die Männer ihre Arme gar nicht und die Beine nur unter äußerster Anstrengung bewegen konnten. Er griff zum Funkgerät: «Auf der Wiese vor der Hautklinik an der Von-Esmarch-Straße hüpfen zwei gefesselte Leichenwagenfahrer herum. Vermutlich die Fahrer des Wagens, mit dem die Geisel transportiert wurde.»

«Verstanden, Matt», sagte die Frau in der Zentrale. «Können Sie sich darum kümmern?»

«Negativ», antwortete Bastian. «Ich muss zur Rechtsmedizin.» Und schaltete das Funkgerät aus. Ärger würde er später ohnehin genug bekommen.

Vor dem Eingang zur Rechtsmedizin parkten lediglich zwei Streifenwagen. Anscheinend war er der erste Kripomann vor Ort. Wahrscheinlich stritten sie im Präsidium noch über das Vorgehen.

Bastian stellte seinen zivilen Golf neben dem Blausilbernen ab und stürmte die wenigen Treppenstufen hinauf. Ein Uniformierter versperrte ihm den Weg.

Bastian zückte seinen Ausweis. «Wo finde ich die Kollegen?»

«Hinter dem Nebengebäude, in dem die Obduktionen stattfinden.»

Bastian kannte den Weg. Er lief um das Hauptgebäude herum zur Rückseite des Sektionssaals. Ein Rettungswagen parkte auf der schmalen Straße. Bastian sah, wie ein Mann hineingeschoben wurde. Georg, der Sektionsassistent, mit dem Yasi häufig zusammenarbeitete. «Warten Sie!»

Die Sanitäter verharrten kurz, bis sie von dem danebenstehenden Notarzt eine Anweisung erhielten und ihre Arbeit fortsetzten.

«Ich muss mit ihm reden!», brüllte Bastian. Heftig schnaufend erreichte er den Rettungswagen. «Matt. Kripo.» Er zeigte dem Notarzt seinen Ausweis. «Kann ich kurz mit dem Zeugen sprechen?»

«Keine Chance», wehrte der Weißkittel ab. «Der Mann ist nicht ansprechbar. Schweres Schädel-Hirn-Trauma.»

«Aber ...»

Der Notarzt schüttelte den Kopf. «Kein Aber.»

Eine uniformierte Polizistin kam hinzu. «Gibt es ein Problem?»

«Kein Problem», sagte Bastian.

«Wir müssen los.» Der Notarzt schwang sich auf der Beifahrerseite in den Rettungswagen, der sofort abfuhr.

«Hat er etwas gesagt?», fragte Bastian die Polizistin.

«Wer?»

«Der Zeuge, verdammt noch mal!», fuhr Bastian sie an. «Der Mann, der gerade weggefahren wurde. Der war doch dabei, als ... Oder etwa nicht?»

Die Polizistin schnappte nach Luft. «Auch wenn Sie von der Kripo sind, müssen Sie sich hier nicht so aufspielen.»

«Entschuldigung.»

«Ich werde das melden.»

«Ich sagte: Entschuldigung.» Bastian schloss für einen Moment die Augen und biss auf die Zähne. «Tut mir leid», sagte er in ruhigerem Ton. «Die Frau, die entführt wurde, Yasi Ana, die Rechtsmedizinerin, ist meine Freundin. Deshalb bin ich …»

Die Polizistin lächelte. «Verstehe. Schwamm drüber.»

«Danke.» Bastian nickte. «War sonst noch jemand hier, als es passierte?»

«Nur Frau Ana und der Assistent.»

«Obduktionen werden immer von zwei Rechtsmedizinern durchgeführt. Wo war ihr Kollege?»

«Weiß ich nicht.» Die Polizistin schaute zum Gebäude. «Fragen Sie mal da drin nach!»

Bastian hörte mehrere sich nähernde Sirenen. Seine Kollegen waren im Anmarsch. Viel Zeit blieb ihm nicht, vielleicht eine oder zwei Minuten. Er lief in den Sektionssaal. Mehrere Weißkittelträger mit ernsten Gesichtern bildeten einen Halbkreis um das zweite Polizistenpaar. Bastian erkannte Henning Schäfer, Yasis Lieblingskollegen. Er sparte sich die Vorrede und wandte sich direkt an Schäfer: «Waren Sie heute Morgen mit Yasi eingeteilt?»

«Ja, ich …»

«Entschuldigung», polterte der männliche Blauuniformierte. «Wer sind Sie denn?»

«Matt. Kripo.» Bastian hatte seinen Ausweis immer noch in der Hand. «Wieso waren Sie nicht hier?» Die Frage galt Schäfer.

Der Rechtsmediziner bekam einen roten Kopf. «Mein Fahrrad hatte einen Platten. Ich bin zu spät gekommen. Es ist schrecklich, wenn ich mir vorstelle, dass Yasi ... Ich habe den Leichenwagen noch gesehen und mich gefragt ...»

«Was zum Teufel machst du hier, Matt?» Die Stimme von Dirk Fahlen. Schlimmer konnte es kaum kommen, ihr Verhältnis ließ sich in entspannten Zeiten bestenfalls als Waffenstillstand bezeichnen. Und im Moment waren die Zeiten alles andere als entspannt.

Bastian drehte sich um. Hinter Fahlen drängte noch ein halbes Dutzend Kripoleute, hauptsächlich aus dem KK 11, in den Sektionssaal.

«Du weißt, weshalb ich hier bin.»

«Gefühle haben bei der Polizeiarbeit nichts zu suchen.» Fahlen kam näher. Er war ein paar Zentimeter kleiner als Bastian, dafür etliche Kilo schwerer. «Fahr ins Präsidium oder, besser noch, fahr nach Hause! Und warte ab! Hier stehst du uns nur im Weg. Wir halten dich auf dem Laufenden. Versprochen.»

Bastian wusste, dass jede Diskussion mit Fahlen zwecklos war. «Okay.»

Fahlen schien fast ein wenig enttäuscht zu sein, dass Bastian so schnell nachgegeben hatte. «Es ist das Beste, glaub mir.» Zum Abschied gab es noch einen Schlag auf die Schulter.

Langsam ging Bastian zu seinem Wagen zurück. Er wollte nicht abwarten, nicht im Präsidium und schon gar nicht zu Hause. Aber was konnte er tun?

Sein Handy klingelte. Anja. «Ja?»

«Der Leichenwagen ist gesehen worden. In Kattenvenne.»

«Andreas Meyer.»

«Wir hatten recht: Er ist der Glatzenmann.»

«Weißt du, was das bedeutet? Was er mit Yasi anstellen wird?»

«Denk nicht daran!», beschwor ihn Anja. «Wir kriegen ihn, bevor er ihr etwas antun kann.»

«Der Typ ist schlau. Glaubst du, der lässt sich so einfach festnehmen?»

«Warum nicht? Manchmal geben solche Typen auf, weil ihnen lebenslänglich Gefängnis lieber ist als eine Kugel in den Kopf.»

«Was passiert jetzt?», fragte Bastian.

«Das SEK ist unterwegs, in einer halben Stunde haben sie Meyers Haus umstellt. Ich fahre mit einigen von der MK ebenfalls hin.»

«Wir treffen uns in Kattenvenne», sagte Bastian. Und beendete das Gespräch, bevor Anja widersprechen konnte.

41

Du bist Gott und Teufel zugleich. Du gibst Leben, und du löschst Leben aus, wie es dir gefällt. Und du bist endlich frei. Von allem. Du musst keine Rücksichten mehr nehmen. Nicht auf deinen Chefredakteur, der es aufgegeben hat, dich anzurufen. Nicht auf den Zwang, Geld zu verdienen. Nicht auf das ganze bürgerliche Scheiß-Leben. Nicht auf Katharina und ihr Gezeter. Nicht auf Emma und ihr Geheule. Nicht auf Lotto-Arsch Lars Merschmann und seine schweinsköpfigen Freunde. Nicht auf die bucklige, hässliche Nachbarschaft, die über den Zaun in dein Haus glotzt, um Stoff fürs Tratschen und Lästern zu ergattern. Du musst niemandem mehr ein harmonisches Familienleben vorspielen, du kannst alle Konventionen ablegen wie einen viel zu lange getragenen, löchrig gewordenen Pullover. Du bist nur noch das Monster, das du sorgfältig versteckt hast. Du bist du.

Ein Problem hast du natürlich: Sie jagen dich. Sie werden dich bestimmt auch abknallen, wenn sich die Gelegenheit ergibt. Du bist für sie nur ein wildes Tier, das man über den Haufen schießen darf. Um die Geisel zu retten, ist alles erlaubt. Zumal, wenn die Geisel die Freundin eines Bullen ist. Ja, sie hassen dich. Sie hassen dich mehr als alles andere. Weil du dich das traust, was sie sich selbst verbieten, Herr über Leben und Tod zu sein, grenzenlose Macht zu spüren. Du bist die Kraft und die Herrlichkeit, das neue und letzte Es wird erfahren, wozu du fähig bist. Du wirst dich selbst übertreffen.

Die Entscheidung, alles auf eine Karte zu setzen, hast du gestern Abend gefällt. Die Schneiderhahn aus Bielefeld hat dich angerufen und dir erzählt, dass die Bullen bei ihr waren. Und sie hat ihr bisschen Mut zusammengenommen und dich mit piepsiger Stimme gefragt, ob du ihren Mann umgebracht hast. Die dumme Pute. Glaubt ernsthaft, du würdest ihr darauf eine Antwort geben. Du hast sie ausgelacht. Selbstverständlich hast du ihren Peter den Fischen zum Fraß vorgeworfen. Doch wieso solltest du ihr das auf die Nase binden?

Anschließend warst du erst einmal baff. Du hast eine Weile gebraucht, um die Situation zu analysieren. So viel Cleverness hättest du den Bullen gar nicht zugetraut. Schließlich hast du ihnen einen Glatzenmann geliefert, samt Beweisstück im Garten. Und der arme Kerl hat sich auch noch vor ihren Augen erschossen. Normalerweise hätte das reichen müssen, um den Fall abzuschließen. Doch irgendein oberschlauer Bulle war wohl mit dem Ergebnis nicht zufrieden und hat weitergeforscht. Und kennt jetzt deinen Namen. Dumm gelaufen.

Von diesem Moment an wusstest du, dass sich die Schlinge zuzieht. Die Bullen würden herausfinden, dass du ein Wohnmobil besitzt, und bald würden sie vor deiner Tür stehen und dich mitnehmen. Als dir das klar wurde, verschwand dein Ärger, du fühltest, wie eine Last von dir abfiel. Du musst dich nicht mehr verstellen, hast du dir gesagt, du bist frei, vogelfrei. Da sie dich sowieso kriegen, kannst du die verbleibende Zeit nutzen und zum grandiosen Finale noch einmal richtig

Spaß haben. So hast du beschlossen, den *Pottlecker* sofort einzusammeln und dich mit ihm zu verkriechen. Du hast alles vorbereitet. Für den letzten Tanz.

Du fährst den Leichenwagen in die Garage, wo Katharinas Wagen immer stand. Die Sache mit Katharina und Lars Merschmann wirst du nicht mehr klären können. Eine offene Wunde, die bleibt. Aber du hast nicht genug Zeit, dich darum zu kümmern, du musst Prioritäten setzen.

Du öffnest die Heckklappe des Leichenwagens. Das *Es* liegt regungslos unter der Wolldecke, tut so, als sei *Es* ohnmächtig. Du schleuderst die Decke zur Seite. *Es* saugt geräuschvoll den Sauerstoff durch die Nase ein. Schön stickig war es unter der dicken Decke, stickig und heiß, das Gesicht glänzt vor Schweiß. Die Augen schauen dich an, nicht ängstlich wie die der anderen, sondern gefasst, ein bisschen wütend sogar. Umso besser. Du hast den richtigen *Pottlecker* gewählt, du wirst viel Freude an ihr haben.

Als ersten Vorgeschmack ziehst du abrupt an den Seilen, der Körper der schmächtigen Asiatin schlittert durch den Innenraum des Leichenwagens. Sie quiekt unter dem silbernen Tape auf ihrem Mund. Du greifst in ihr Haar und reißt sie hoch, bis ihr Kopf nur wenige Zentimeter von deinem entfernt ist. Du starrst ihr in die Augen. Sie versucht, deinem Blick standzuhalten. Vergeblich. Willkommen in meinem Reich.

42

Bastian hatte ein Déjà-vu. Wieder ein Einfamilienhaus mit Garten. Wieder ein vorrückender SEK-Trupp in schwarzer Kampfmontur. Wieder ein Versuch, den Glatzenmann zu fassen. Bloß diesmal nicht in Appelhülsen, sondern in Kattenvenne. Und noch bevor die gläserne Terrassentür auf der Rückseite des Hauses vom Sondereinsatzkommando eingeschlagen wurde, wusste Bastian, dass auch das Ergebnis das gleiche sein würde: Der Glatzenmann war nicht da, die Aktion lief ins Leere. Nicht nur, weil Andreas Meyer nicht ans Telefon gegangen und keinerlei Bewegungen im Haus zu erkennen gewesen waren, nein, der Glatzenmann war viel zu schlau, um sich mit einer Geisel in seinem eigenen Haus zu verschanzen und abzuwarten, bis die Polizei aufkreuzte. Mochte die Entführung von Yasi auch überstürzt und improvisiert abgelaufen sein, es passte nicht zum Glatzenmann, dass er keinen Plan B für jede Eventualität in der Tasche hatte. Vielleicht stand der Leichenwagen, den mehrere Augenzeugen gesehen hatten, tatsächlich in der verschlossenen Garage neben dem Haus. Doch Meyer und Yasi, davon war Bastian überzeugt, hielten sich längst woanders auf. Allerdings behielt Bastian seine Überlegungen für sich, Susanne und Kenkmann, die neben ihm standen und den Einsatz des SEKs über die Bildschirme und Funkverbindungen des Kommandowagens verfolgten, würden sie sowieso nicht hören wollen.

Die Alarmanlage des Hauses schlug an, die Erstürmung hatte begonnen. «Erdgeschoss und Keller gesichert», drang kurz darauf die Stimme eines SEKlers durch den Lautsprecher.

«Habt ihr irgendwelche Personen angetroffen?», fragte Kenkmann.

«Negativ. Wir gehen jetzt hoch in den ersten Stock.»

Zwei Minuten später war auch das Obergeschoss gesichert. «Zielperson anscheinend ausgeflogen», meldete der SEKler.

«Nehmt euch auch die Garage vor!», verlangte Susanne. «Und falls der Leichenwagen drinsteht, seid extrem vorsichtig. Die Geisel könnte sich noch im Wagen befinden. Oder ein Gruß, den uns Meyer hinterlassen hat.»

«Habt ihr Hinweise auf eine Sprengstofffalle?», fragte der SEKler zurück.

«Nein. Aber der Mann ist zu allem fähig.»

Befehle wurden erteilt und bestätigt. Die Sekunden dehnten sich. Dann: «Leichenwagen gesichtet.»

«Könnt ihr etwas erkennen?», fragte Susanne.

«Negativ. Wir öffnen jetzt die Heckklappe.»

Bastian spürte, wie sich sein Magen verkrampfte. Was, wenn er unrecht hatte? Wenn Yasi tot im Leichenwagen lag?

«Klappe geöffnet. Abgesehen von einer Bahre mit Leichensack, ist der Wagen leer.»

«Und was ist *im* Leichensack?», fragte Kenkmann.

«Moment. Wir ziehen die Bahre heraus. Weibliche Konturen.»

Bitte, bitte, lass das nicht Yasi sein, dachte Bastian.

«Wie sieht die Leiche aus?» Susanne.

«Dunkelhaarige Frau, circa vierzig Jahre alt, mitteleuropäischer Typ.»

Bastian atmete aus.

«Die Leiche, die zur Rechtsmedizin gebracht werden sollte», mutmaßte Kenkmann.

Bastian hustete die belegte Stimme frei. «Fragt sie, ob in der Garage ein Wohnmobil steht.»

Susanne gab die Frage an den Truppführer des SEK weiter.

«Negativ. Nur der Leichenwagen.»

Anja tauchte an der Tür des Kommandowagens auf. «Nachbarn haben gesehen, wie Meyer in seinem Wohnmobil weggefahren ist. Vor etwa einer Dreiviertelstunde. Wir haben ihn knapp verpasst.»

«Wir finden den scheiß Camper», versprach Kenkmann. «Er kann noch nicht weit sein.»

«Er bleibt nicht im Wohnmobil», sagte Bastian.

«Ach? Und woher willst du das schon wieder wissen?»

«Der Liedtext. Die letzte Figur, die der Bauer einsammelt, ist der *Pottlecker*. Also Yasi.»

«Und was passiert dann?», fragte Susanne.

«*Nu giff't wi den Bur 'nen Schupp*», zitierte Bastian.

«Auf Hochdeutsch?»

«Nun geben wir dem Bauern einen Schubs», übersetzte Kenkmann.

«Meyer ist der Bauer, wir sind die Kinder, die ihn herumschubsen», erklärte Bastian. «Am Ende entkommt der Bauer, indem er Äpfel und Süßigkeiten an die Kinder verteilt.»

«Er hat eine Frau und ein Kind», warf Anja ein. «Wenn

jemand weiß, wo er sich verstecken könnte, dann am ehesten seine Frau.»

«Ich halte immer noch nicht viel von deinem Hokuspokus, Matt», erklärte Kenkmann. «Aber da du mit Meyer zweifellos richtig gelegen hast, will ich nicht kleinlich sein. Du hast einen Schuss frei. Treib meinetwegen Meyers Frau auf und löchere sie.» Er schwenkte seinen Blick zu Anja. «Und Sie passen auf ihn auf, klar?»

* * *

«Wie gehen wir vor?», fragte Anja, als sie sich im bieder eingerichteten Wohnzimmer der Meyers umsahen.

Trotz der Latexhandschuhe, die Bastian und Anja trugen, würden die Spurensucher von der KTU eine Krise bekommen, wenn sie ihre Kollegen bei der spontanen Durchsuchung erwischten. Ohne Schutzanzüge und fotografische Dokumentation lief normalerweise gar nichts. Aber hier ging es nicht um Regeln, sondern um Yasis Leben. Bis zum Eintreffen der KTU hatten Bastian und Anja noch ein paar Minuten. Die mussten sie nutzen.

«Telefon», sagte Bastian. «Meyers Frau hat bestimmt ein Handy.»

«Sie heißt Katharina.»

«Da drüben ist ein Festnetz, bestimmt ist die Nummer eingespeichert.» Bastian zeigte auf die Basisstation samt Telefon, die auf einem Glastischchen stand.

Anja nahm das Gerät und aktivierte die Adressliste. «*Kathi Handy*. Klingt gut, oder?»

«Ruf du sie an! Ist vielleicht besser.»

Sie schaltete den Lautsprecher ein. Nach dem siebten Klingeln sprang die Mailbox an. Eine Frau mit dünner Stimme leierte herunter, dass der Anschluss Katharina Meyer gehöre und sie gerne zurückrufe.

Bastian nickte, als Anja ihn fragend anschaute. «Erzähl ihr was!»

Der Piepton erklang. «Hier spricht Anja Strubel von der Kripo Münster. Frau Meyer, wir suchen Ihren Mann in einer dringenden Angelegenheit. Rufen Sie mich doch bitte sofort zurück unter folgender Nummer.» Anja diktierte ihre eigene Mobilnummer und bedankte sich.

Auf der Straße vor dem Haus quetschte sich ein weißer Sprinter zwischen die parkenden Polizeiwagen. Die Kollegen von der KTU waren eingetroffen.

«Einen Versuch haben wir noch, wenn wir uns beeilen», drängte Bastian. «Wen hast du anzubieten?»

«Wie wäre es mit *Mama und Papa*?»

«Mach's einfach!»

Diesmal meldete sich nach dem dritten Klingeln eine zornige Männerstimme: «Verdammt noch mal, hör auf, hier anzurufen! Wie oft muss ich dir das noch sagen? Wenn du …»

«Entschuldigung», unterbrach Anja. «Mein Name ist Strubel. Kripo Münster. Mit wem spreche ich, bitte?»

«Kripo? Wieso? Das ist die Nummer von …»

«Andreas Meyer, richtig. Sind Sie mit ihm verwandt?»

«Ich?» Der Mann lachte empört. «Ja, leider. Er ist mein Schwiegersohn.»

«Dann ist Katharina Meyer also Ihre Tochter?»

«Ja. Das ist sie.»

«Wissen Sie, wo sie sich aufhält?»

«Klar. Sie ist hier. Bei uns.»

«Und Ihr Schwiegersohn?»

«Ist mir egal, wo der sich rumtreibt. Hauptsache, er kommt nicht her.»

Anja warf Bastian einen vielsagenden Blick zu. «Sie haben mir immer noch nicht Ihren Namen verraten, Herr …»

«Möllenbeck. Mein Name ist Möllenbeck. Was wollen Sie von Andreas? Geht es etwa immer noch um den verfluchten Unfall auf der Umgehungsstraße?»

Daher kannte Bastian die Stimme. Möllenbeck war der Fahrer des Unglückswagens, der Anna-Lena van Beek überrollt hatte.

«Nein.» Auch Anja hatte den Mann am Telefon anscheinend richtig zugeordnet. «Um eine völlig andere Angelegenheit.»

Eigentlich ging es um dieselbe, dachte Bastian. Anna-Lena war vor Andreas Meyer geflohen. Und ausgerechnet in das Auto von dessen Schwiegervater gelaufen.

«Und wie kann ich Ihnen da helfen?», fragte Möllenbeck misstrauisch.

Bastian schüttelte den Kopf und lenkte pantomimisch ein Auto.

«Wenn ich mich recht erinnere, wohnen Sie in Telgte, nicht wahr?», wich Anja aus. «Wir sind in etwa zwanzig Minuten bei Ihnen.»

Im Hausflur kamen ihnen Jochen Millitzke und drei seiner Gefolgsleute in weißen Schutzanzügen entgegen.

«Ihr habt doch nicht etwa mit euren dreckigen Pfoten etwas angefasst?», knurrte Millitzke.

«Das würden wir nie wagen», sagte Bastian und beeilte sich, aus dem Haus zu kommen.

43

Der See so blau und spiegelglatt. Das Kanu gleitet durch das Wasser. Am Himmel hängen ein paar weiße Schleier. Yasi atmet die frische, klare Luft. Es ist noch früh am Morgen, sie hat sich allein aufgemacht. Wie schön die Natur hier ist. Und wie friedlich. Sie steckt das Paddel ins Wasser, links, rechts, die Insel, auf die sie zusteuert, kommt unmerklich näher.

Sie hat niemandem von ihrem Ausflug erzählt, ihren Geschwistern nicht und ihrer Mutter schon gar nicht. Sie hätte niemals erlaubt, dass sie einen ganzen Tag frei nimmt, nur bei den Familienfesten war es gestattet, die Arbeit im Haus und auf den Feldern zu vernachlässigen. Doch Yasi will allein sein, sie muss nachdenken, über sich, über ihr Leben. War das hier ihre Bestimmung? Der Lugu-See? Die jungen Männer, die ihr bei den Festen Liebeslieder widmeten? Sollte sie selber Kinder bekommen und später eine *Dabu* werden, eine Hausherrin, die über ihre Großfamilie und die Geschäfte des Hofes wacht? Oder gab es für sie ein anderes Leben? Jenseits der Berge, in der nächstgrößeren Stadt Lijiang, oder in Shanghai oder Peking? Oder noch weiter entfernt, irgendwo da draußen jenseits von China?

Den ganzen Tag sitzt sie auf der kleinen Insel unter einem

Baum. Als sie spät am Abend in ihr Dorf zurückkehrt, hat sie eine Entscheidung getroffen. Sie liebt den See und die Berge. Sie liebt die Pflanzen, die Tiere, die Dörfer, ihr Volk und ihre Familie. Und doch weiß sie jetzt, dass ihr das Andere stets fehlen wird. Sie muss gehen, in eine unbekannte, neue Welt.

Und jetzt war sie hier, in dieser unbekannten Welt, zusammen mit einem Psychopathen, der nichts dringlicher wünschte, als Frauen aufzuschlitzen und sich an ihnen zu vergehen. Ihre Mutter hatte sie damals vor dieser Welt gewarnt, und Yasi hatte sie ausgelacht. Was wusste ihre Mutter schon, nie hatte sie sich weiter als hundert Kilometer von ihrem Heimatdorf entfernt. Yasi hielt die Angst vor der Fremde für engstirnig, der Kosmos ihrer Mutter, ihrer Tanten, Schwestern und Cousinen fand Platz unter einer Glasglocke, vor deren Wänden sie freiwillig zurückschreckten, schon kleinste Veränderungen galten als Sensation. Nur die Männer, die sich um den Handel mit der Außenwelt kümmerten und in die Städte jenseits der Berge reisten, konnten Geschichten erzählen, von Straßen, auf denen der Strom der Autos nie abriss, von Flugzeugen, die bis Europa und Amerika flogen, von Menschen, die den ganzen Tag auf flimmernde Bildschirme starrten. Yasi und ihre Freundinnen durften höchstens die Touristen bestaunen, die immer zahlreicher an den Lugu-See kamen, Menschen in glatten einfarbigen Jacken und Hosen, die herumliefen und fotografierten. Meist spuckten Busse ganze Horden von Touristen aus, die offenbar einen Wettbewerb austrugen, in dem es darum ging, in möglichst kurzer Zeit möglichst viele Fotos zu machen. Die Touristen fotografierten alles, Häuser, Boote, ihr Essen und Menschen. Eine Zeitlang war Yasi stolz darauf, ein beliebtes Motiv für die Kameras zu sein. Doch dann merkte sie, dass es sie traurig machte, wenn die Fremden wieder verschwanden. Sehnsüchtig schaute sie den Bussen hinterher. Gerne hätte sie einmal getauscht, den Touristen angeboten, ein paar Tage in ihrem Zimmer zu wohnen, während sie mit ihren Freundinnen im Bus herumreiste.

Einige Jahre später war sie dann tatsächlich gegangen, zuerst nach Peking und anschließend weiter nach Deutschland. *Wer nichts wagt, der macht nichts falsch*, sagten die Deutschen. Sie hatte gewagt und Fehler gemacht und trotzdem nie bereut, ihr überschaubares, kleines Dorfleben aufgegeben zu haben. Bis heute.

Ja, sie hätte auf ihre Mutter hören sollen. Und warum war sie so abweisend zu den Jungen gewesen, die ihr bei den Festen geile Blicke zuwarfen? Der eine oder andere hatte ihr durchaus gefallen, doch die Furcht, schwanger zu werden und als Mutter das Dorf nicht mehr verlassen zu können, war stärker gewesen. Also hatte sie die jungen Männer so lange abgewiesen, bis die es aufgaben, an das Fenster ihres Blumenzimmers zu klopfen. Bis sie als Außenseiterin galt.

Wäre Yasi am Lugu-See geblieben, hätte sie die Männer erhört und Kinder bekommen, hätte sie sich eingefügt in die Traditionen – vielleicht wäre sie heute nicht glücklich. Aber sie würde den Abend erleben und den morgigen Tag. Und noch viele weitere Tage. Hier, im Münsterland, Tausende von Kilometern von der Heimat entfernt, war das nicht sehr wahrscheinlich.

Yasi wusste nicht, wohin sie fuhren. Der Glatzenmann hatte sie an einen Sitz in seinem Wohnmobil gefesselt und ihr die Augen verbunden, sodass sie lediglich den Unterschied zwischen Hell und Dunkel und ein paar Abstufungen dazwischen zu erkennen vermochte. Immerhin hatte er darauf verzichtet, ihr einen Sack oder eine Decke über den Kopf zu ziehen, so bekam sie genug Luft zum Atmen. Vorläufig.

Der Wagen hielt mit laufendem Motor an, eine Tür wurde geöffnet und knallte zu. Dann hörte Yasi metallische Geräusche, als ob ein großes Tor zur Seite geschoben würde. Der Glatzenmann kehrte summend zurück, im Schritttempo bewegte sich der Camper vorwärts. Es wurde dunkel. Sie waren in der Hölle angekommen.

44

Katharina Meyer trug eine große, verspiegelte Sonnenbrille, die den violetten Bluterguss nicht vollständig verdecken konnte.

«Das Schwein hat ihr ein blaues Auge geschlagen», sagte Katharinas Vater. «Nimm mal die Brille ab, Kathi, damit die Herrschaften von der Polizei sehen, wie dein Mann mit seiner Frau umgeht.»

«Nein», sagte Katharina.

Anja hob beschwichtigend die Hand. «Wir sind davon überzeugt, dass Ihr Schwiegersohn beziehungsweise Ehemann gewalttätig werden kann. Sie sollten auch unbedingt Anzeige erstatten. Doch zunächst einmal würden wir ihn gerne finden.»

«Warum eigentlich?», fragte Katharina. «Hat er was verbrochen?»

Während der Fahrt von Kattenvenne nach Telgte hatten sich Bastian und Anja darauf verständigt, die Wahrheit zu sagen. Die Information, wen die Polizei wegen des Überfalls auf die Rechtsmedizin verdächtigte, würde sich sowieso im Laufe des Tages verbreiten.

«Sie haben bestimmt in den Nachrichten von der Entführung der Rechtsmedizinerin aus Münster gehört.» Bastian wunderte sich selbst, dass der Satz aus seinem Mund so klang, als ginge es um irgendeine x-beliebige Rechtsmedizinerin. So viel professionelle Distanz hätte er sich selbst gar nicht zugetraut. Aber er merkte, dass das Eis dünn war, auf dem er sich bewegte, lange würde er diese Selbstbeherrschung nicht durchhalten.

«Wir haben Grund zu der Annahme, dass Ihr Mann an der Entführung beteiligt ist.»

Katharina Meyers Mund klappte auf und zu, und ihr ohnehin schon blasses Gesicht wurde noch bleicher. Bastian bedauerte, dass er ihre Augen nicht sehen konnte.

«Er hat … was?»

«Wir haben den gestohlenen Leichenwagen in Ihrer Garage in Kattenvenne entdeckt. Sehr wahrscheinlich ist Ihr Mann mit der Geisel im Wohnmobil unterwegs. Die Frage ist: Wohin fährt er?»

Der alte Möllenbeck begann hektisch zu atmen und streckte hilfesuchend den Arm aus. Anja geleitete den Mann zu einem Sessel.

Falls Katharina mitbekam, dass es ihrem Vater nicht gutging, ließ sie sich davon nicht ablenken. Sie starrte weiterhin Bastian an – glaubte er jedenfalls, möglicherweise hatte sie hinter den spiegelnden Brillengläsern auch die Augen geschlossen. «Ich wusste es.»

«Was wussten Sie?», fragte Bastian.

«Andreas ist der Glatzenmann.»

«Wie kommen Sie darauf?»

«Er war so … seltsam in letzter Zeit. So … völlig außer sich, als hätte er die Kontrolle über sich verloren. Ich weiß noch, wie er an dem Tag zurückkam, als dieses Mädchen, diese Holländerin, gefunden wurde. Ich hatte das Gefühl, ein Fremder steht in der Küche, so hatte ich ihn noch nie erlebt, total wirr, aggressiv. Zuerst dachte ich, er hat eine Affäre, er war so abweisend in letzter Zeit, aber dann …»

«Ja?»

«… fiel mir auf, dass Andreas immer in genau den Nächten mit dem Wohnmobil herumfuhr, in denen der Glatzenmann zuschlug. Und die Beschreibung, die die Polizei herausgab, traf exakt auf unseren Wagen zu. Ich habe es Andreas sogar ins Gesicht gesagt, aber er hat mich nur ausgelacht. Ich war mir natürlich nicht hundertprozentig sicher, und später, als dieser andere Mann sich erschossen hat …»

«Sobald wir die Geisel gefunden haben, können wir das ausführlich besprechen», stoppte Bastian ihren Redefluss. «Im Moment ist das Wichtigste, *dass* wir die Geisel finden.»

«Bevor Ihr Mann sie tötet», sagte Anja, die in der Zwischenzeit für Katharinas Vater ein Glas Wasser aus der Küche geholt hatte.

Katharina nickte. «Ja. Verstehe.»

«Wo könnte er hingefahren sein?», wiederholte Bastian seine Frage.

«Ich habe keine Ahnung.»

«Hat er Zugang zu einem anderen Gebäude, vielleicht einer Garage oder einer Lagerhalle?»

«Nicht dass ich wüsste.»

Sie steckten in einer verdammten Sackgasse. Und für Yasi wurde die Zeit knapp und knapper. Wenn sie nicht bald einen Hinweis bekamen …

«Es gibt da was», krächzte der alte Möllenbeck von seinem Sessel aus. Er streckte seinen Rücken, als er sich der Aufmerksamkeit der Anwesenden sicher war. «Ich habe eine kleine

Halle im Gewerbegebiet an der Siemensstraße in Münster gemietet – für meine Autos. Ich sammle Oldtimer, wissen Sie, keine hochwertigen, sondern …»

«Schon klar», sagte Bastian. «Und weiter?»

«Andreas hat sich mal den Schlüssel ausgeliehen, weil er sich die Oldtimer mit einem Freund anschauen wollte. Vielleicht hat er sich den Schlüssel nachmachen lassen.»

Seltsam, dass jemand wie Möllenbeck, den Bastian noch vor wenigen Tagen für einen hochgradigen Unsympath gehalten hatte, plötzlich in ihm den Wunsch nach einer Umarmung weckte. Der Wunsch hielt allerdings nur ungefähr eine Sekunde lang an, dann wollte er so schnell wie möglich weg, nach Münster, zur Siemensstraße.

Anja fuhr, Bastian wählte Susannes Mobilfunknummer und berichtete ihr von der Spur.

«Ihr geht da nicht alleine rein!», sagte Susanne. «Ihr wartet, bis Verstärkung eingetroffen ist. Habe ich mich klar ausgedrückt?»

«Absolut», bestätigte Bastian.

Anja trat aufs Gas. Die Straße nach Wolbeck führte durch Felder und Wiesen, nur ab und zu stand mal ein Bauernhof in der Gegend herum. Und von Wolbeck aus war es nicht weit bis zur Umgehungsstraße, in zwanzig Minuten konnten sie an der Siemensstraße sein.

45

Wie viel Zeit bleibt dir? Vierundzwanzig Stunden? Für das, was du vorhast, spielen ein paar Stunden mehr oder weniger keine Rolle. Du wirst es zu Ende bringen. Und du brauchst keine Pause. Du hast Tabletten, die dich wach halten. Abgesehen vom Adrenalin. Und das *Es* bekommt auch keine Pause. Dafür wirst du schon sorgen. Bis die Polizei hier ist, wird das Leben aus dem *Pottlecker* herausgeflossen sein. In schmalen roten Rinnsalen. Du hast keine Eile. Du willst keinen schnellen Tod. Du willst sehen, wie das Leben in den Augen langsam verlöscht.

Und dann wirst du dich stellen. Du wirst ihnen keine Möglichkeit geben, dich zu erschießen, sondern dich brav verhaften lassen. Und dein Anwalt wird auf Unzurechnungsfähigkeit plädieren. Du bist krank, wehrlos gegen deine Phantasien und Obsessionen. Du gehörst nicht ins Gefängnis, sondern in die forensische Psychiatrie. Du wirst den Gutachtern dein Leben erzählen, den ganzen Schmutz, deine missratene Kindheit, wie du angefangen hast zu quälen und zu morden, was du empfunden hast bei deinen Taten. Sie sollen teilhaben am Schmerz, an der Macht und an der Geilheit. Die Gutachter werden dich dafür lieben.

Und dann wirst du auf unbestimmte Zeit eingeschlossen werden. Zusammen mit stumpfsinnigen, sabbernden «Patienten» und beschränkten Pflegern, mit denen du dich bestenfalls über Fußball und das Wetter unterhalten kannst. Du musst dich einigeln in deine Phantasie und darauf hoffen, dass sich irgendwann die Tür wieder öffnet. Aber wer weiß, vielleicht triffst du auf eine Therapeutin, die du dazu bringst, sich in dich zu verlieben, und die dich, nachdem sie sich intensiv um dich bemüht hat, für geheilt hält. Du kannst das: verführen, weinen, Reue zeigen, dich geläutert geben. Das ist ein Klacks für dich. Mit ein bisschen Glück …

Doch das ist Schnee von morgen. Du schüttelst die Gedanken an die Zukunft ab. Du hast Zeit. Und Hunger.

In der Nacht hast du die Gerichte zubereitet und in den Kühlschrank gestellt. Das ist keine «Haute cuisine», allerdings verteilst du heute auch keine Kochlöffel oder Sterne. Das Essen muss nur dir schmecken. Und das wird es, weil du nicht allein bist.

Du nimmst den Vorspeisenteller aus dem Kühlschrank und entfernst die Folie. Edler Sockeye-Wildlachs mit Pfifferlingen und jungem Knoblauch. Dir läuft das Wasser im Mund zusammen. Der Tisch ist schon gedeckt, der Riesling entkorkt. Jetzt fehlt nur noch das *Es*. Du steigst in das Wohnmobil, löst die Fußfesseln und führst das *Es* an seinen Platz am Tisch, wo du *Es* mit den Beinen an den Stuhl festbindest. Die Hände bleiben auf dem Rücken, nur der Oberkörper ist frei beweglich. Das ist der Sinn. Du ziehst dein scharfes Messer aus der Hülle und schneidest die Bluse auf. Zwei kleine hellbraune Brüste kommen zum Vorschein. Du kitzelst die Brustwarzen mit der Messerspitze, das *Es* lehnt sich zurück und stößt protestierende

Laute aus. Du widerstehst der Versuchung, die Brustwarzen mit dem Messer zu ritzen, dafür ist es noch zu früh. Stattdessen sagst du: «Ich mache dir ein Angebot. Ich entferne die Augenbinde und den Knebel unter einer Bedingung: Du wirst weder schreien noch um dein Leben betteln, noch mit mir verhandeln. Bist du damit einverstanden?»

Das *Es* nickt.

Mit einem Ruck reißt du das Tape vom Mund. Ein Schmerzensschrei.

«Was habe ich gesagt?»

«Das tat weh.»

«Dieses eine Mal lasse ich das durchgehen. Beim nächsten Schrei klebe ich dir den Mund wieder zu. Kapiert?»

«Ja.»

Du entfernst die Augenbinde. *Es* kneift die Augen zusammen und schaut sich um, sieht den gedeckten Tisch mit dem Lachs, das Glas Weißwein, den Laptop.

«Wasser!», bittet *Es* mit heiserer Stimme. «Ich habe Durst.»

Du schraubst eine Plastikflasche auf und hältst sie an den geöffneten Mund. Es trinkt gierig. Du setzt die Flasche nicht ab, sondern hältst sie immer steiler, bis *Es* sich verschluckt. Wasser läuft über das Kinn auf den nackten Oberkörper.

Es hustet und spuckt. «Sie Arsch!»

Du lachst. «Ganz schön mutig.» Normalerweise würdest du das *Es* jetzt bestrafen, aber heute weichst du von deiner Prozedur ab. Du hast beschlossen, die Schlinge langsamer zuzuziehen, die Bilder, die du heute in deinem Gehirn abspeicherst, müssen für viele Jahre reichen. Du setzt dich also auf deinen Platz an der anderen Tischseite, nimmst einen Schluck Wein und kostest den Lachs.

«Hast du Hunger?»

«Nein.»

«Schade. Ich habe uns etwas Schönes zu essen gekocht.»

«Kein Interesse.»

«Um ehrlich zu sein, viel bleibt für dich ohnehin nicht übrig.» Dich amüsiert die Vorstellung, *Es* den Teller ablecken zu sehen. «Weißt du, welche Aufgabe ich dir zugedacht habe?»

«Ja.»

Wie war das? Hat *Es* tatsächlich ja gesagt? «Und was, glaubst du, wird das sein?»

«Ich bin der *Pottlecker*.»

Dir fällt fast die Gabel aus der Hand. Wie kann das sein? Wie soll *Es* von deinem Plan erfahren haben? Das grenzt an übersinnliche Fähigkeiten. Nur mit großer Anstrengung bewahrst du die Fassung. «Ein lustiges Wort. Wo hast du das aufgeschnappt?»

«Lambertus-Singen. *O Bauer, was kostet dein Heu?*»

Der Bulle, denkst du. Er hat dich durchschaut. «Ganz schön clever, dein Freund.»

«Ja. Deshalb wird er auch bald hier sein.»

«Da täuschst du dich. Hier findet uns niemand. Wir haben den ganzen Tag und die ganze Nacht.»

Du isst weiter und überlegst, ob du an deinem Programm etwas ändern musst. Aber alles, was dir einfällt, würde deine Lage nur verschlechtern. Nein, du hast keinen Plan C in der Tasche. Das hier ist die beste aller denkbaren Lösungen. Es gibt keinen Grund, nervös zu werden.

«Was bringt Ihnen das – Frauen zu quälen?»

«Oh, du willst diskutieren? Denkst du, du kannst mich damit beeindrucken? Indem du an mein Gewissen appellierst?»

«Nein. Sie haben keine Moral und auch kein Gewissen, das ist mir schon klar. Ich versuche nur zu verstehen, was in einem Mann wie Ihnen vorgeht. Erregt es Sie sexuell? Ist es die Macht, die Sie antörnt? Oder hassen Sie Frauen, weil Sie sich ihnen unterlegen fühlen?»

Du lachst. «Was wird das? Ein wissenschaftliches Kolloquium?»

«Wenn ich schon ins Moos beiße, will ich wenigstens wissen, warum.»

«Ins Moos? Du meinst: ins Gras?»

«Ist es nicht egal, in was ich gebissen habe, wenn ich tot bin?»

«Mir ist nicht egal, was ich esse.» Du schiebst den leeren Teller über den Tisch. «Und jetzt leck das ab!»

«Sie haben meine Frage nicht beantwortet.»

Du stehst auf. Das *Es* ist frech. Das gefällt dir, aber es ist Zeit, die Herrschaftsverhältnisse klarzustellen. Du stellst dich hinter den *Pottlecker*, greifst in die dicken schwarzen Haare, bis Mund und Nase den Teller berühren. «Leck den Teller ab!»

«Lecken Sie mich!»

Du ziehst den Kopf hoch und knallst ihn auf den Teller. Dreimal hintereinander.

Das *Es* schreit auf und blutet aus der Nase.

«Welche Bedingung habe ich vorhin gestellt?»

«Dann hören Sie auf, mir weh zu tun.»

«Ich sage es zum letzten Mal: Leck!»

Es beugt sich hinunter. Eine lange bewegliche Zunge schleckt die Essensreste auf. Dabei tropft Blut auf den Teller.

Na also, es geht doch. «Wenn ich zurückkomme, muss der Teller blitzsauber sein.»

«Ich blute.»

«Dann leckst du eben auch dein Blut auf.»

Du gehst nach hinten. Zeit für den Hauptgang. Rehbockrücken mit Artischocken, grünem Spargel und Tagliatelle. Ein Frevel, so eine Köstlichkeit in der Mikrowelle aufzuwärmen. Doch die Umstände zwingen dich zu Kompromissen.

Als du zurückkommst, ist der Teller blank, die Blutstropfen auf dem Tisch lässt du durchgehen. Das *Es* hat den Kopf in den Nacken gelegt, um die Blutung zu stoppen.

«Schau mich an!»

Du siehst an der Bewegung und dem Blick, dass *Es* seine Lektion gelernt hat. Der Widerstand ist verschwunden, *Es* hat Angst. Ihr seid auf dem richtigen Weg.

46

«**Das** da drüben muss es sein.» Bastian zeigte auf einen größeren Schuppen, von dessen nackten Betonwänden der Putz bröckelte.

«Bist du sicher?» Anja fuhr langsam an dem Gebäude vorbei. «Hat Möllenbeck nicht gesagt, die Halle steht am Ende der Nebenstraße?»

«Kommt darauf an, aus welcher Richtung man abbiegt. Die Beschreibung passt jedenfalls.»

Anja lenkte den Wagen an den Straßenrand und schaltete den Motor aus. «Was machen wir jetzt? Auf die Verstärkung warten?»

Bastian versuchte zu erkennen, ob das verrostete Schiebetor in jüngster Zeit bewegt worden war. Vielleicht suchten sie ja an der falschen Stelle. Vielleicht entfernte sich Meyer in diesem Moment immer weiter von Münster. Oder er versteckte das Wohnmobil dort, wo es am wenigsten auffiel: auf einem Campingplatz. Mit falschen Nummernschildern und einem Vorzelt als Sichtschutz würde er keinen Verdacht erregen. Es gab so verdammt viele Möglichkeiten. Und bei fast allen sah es für Yasi schlecht aus.

«Bastian?»

Er riss sich aus seinen Horrorvorstellungen. «Wo bleiben die Idioten bloß? Für Yasi kommt es auf jede Minute an. Was meinst du, sehen wir uns die Halle mal aus der Nähe an?»

«Du hast gehört, was Susanne gesagt hat.»

«Sie hat gesagt, wir sollen nicht reingehen. Und das tun wir auch nicht.» Bastian überlegte. «Wir müssen verdammt vorsichtig sein. Wenn er tatsächlich mit Yasi da drin ist und mitbekommt, dass er aufgeflogen ist, dreht er womöglich durch.»

Anja nickte. «Ich kann mir vorstellen, was du im Moment durchmachst.»

«Was Yasi durchmacht, dürfte um einiges schlimmer sein.»

«Sorry. So meinte ich das nicht.»

«War auch kein Vorwurf.» Bastian wandte sich Anja zu. «Ich möchte nur keinen Fehler machen. Das würde ich mir nie verzeihen.»

«Okay. Dann warten wir einfach.»

Bastian wählte Susannes Nummer. «Wir sind jetzt im Gewerbegebiet an der Siemensstraße. Wo bleibt die Verstärkung?»

«Seht ihr den Camper?»

«Wie denn? Das Tor ist natürlich verschlossen. Und die Halle hat keine Fenster. Zumindest nicht an der Wand, auf die wir gucken.»

«Reg dich ab, Bastian!», sagte Susanne. «Ich habe Fahlen verständigt, er wird so schnell wie möglich zu euch stoßen. Und wir verfolgen hier gerade jede Menge Hinweise.»

«Irgendwas Brauchbares dabei?»

«Kann ich noch nicht sagen. Wir müssen einfach Geduld haben, auch wenn das schwerfällt. Ruf mich an, sobald sich etwas Neues ergibt.» Susanne kappte die Verbindung.

«Scheiße!» Bastian schlug mit der flachen Hand auf die Frontverkleidung. «Ausgerechnet Fahlen. Der reißt sich bestimmt kein Bein aus.»

«Vorschlag», sagte Anja. «Du bleibst hier, und ich gehe einmal um die Halle herum. Vielleicht gibt es ja auf der anderen Seite ein Fenster.»

«Sei bloß ...»

«Ich weiß», unterbrach ihn Anja. «Meyer wird mich weder sehen noch hören.»

«Okay.»

Soweit man von der Straße aus erkennen konnte, führte ein schmaler Fußweg komplett um Möllenbecks Lagerhalle herum. Anja überquerte den Parkplatz des angrenzenden Spielcasinos, kletterte über einen niedrigen Zaun und verschwand dann auf der Rückseite des Gebäudes. Bastian stieg aus und lehnte sich an den Dienstwagen. Plötzlich überfiel ihn ein Gefühl der Niedergeschlagenheit. Sie würden zu spät kommen, so oder so. Was sie auch machten, es war vollkommen sinnlos, Yasi würde sterben. Hinter diesem Tor oder an einem unbekannten Ort. Den einsamsten und grausamsten Tod, den man sich vorstellen konnte. Von der Welt alleingelassen mit einem Psychopathen, der nichts mehr zu verlieren hat.

Hatte sich da etwas bewegt? Bastian fixierte die Dachkante an der linken Ecke der Halle. Direkt neben der Regenrinne hing ein schmaler länglicher Gegenstand. Und Bastian hätte schwören können, dass sich der in den letzten Sekunden bewegt hatte. Großer Gott, war das eine Überwachungskamera? Die Linse glotzte in seine Richtung. Falls es sich nicht um eine Attrappe, sondern um eine echte Kamera handelte, bedeutete das ... Die Erkenntnis durchzuckte Bastians Körper wie ein Stromstoß: Meyer *war* in der Halle. Und er hatte sie bereits entdeckt.

Den nächsten Gedanken, Anja anzurufen und zum Auto zurückzubeordern, verwarf Bastian sofort wieder. Stattdessen täuschte er ein gelangweiltes Gähnen vor. Meyer durfte nicht mitbekommen, dass Bastian die Kamera gesehen hatte. Sobald Anja zum Auto zurückgekehrt war, würden sie sich ein Stück entfernen. Das wiegte Meyer hoffentlich in Sicherheit und verschaffte dem SEK zumindest noch einen kleinen Überraschungseffekt. Wo blieb Anja bloß? Sie hätte schon längst wiederauftauchen müssen.

Ein Schrei. Halb Überraschungs-, halb Schmerzensschrei. Nach einer Schrecksekunde rannte Bastian los. Im Lauf öffnete er das Pistolenholster und zog seine Dienstwaffe heraus. Noch zehn Meter. Bastian zwang sich, langsamer zu werden und tief zu atmen. Seine Hände durften beim Zielen nicht zittern. Die Hausecke. Bastian presste sich gegen die Wand, hielt die Luft an, schob den Kopf vor. Einige Meter entfernt befand sich eine Tür. Bastian atmete zweimal, ging langsam an der Wand entlang, entsicherte die Pistole, drückte die Türklinke. Verschlossen.

«Geh da sofort weg, Matt!»

Bastian drehte sich um. Dirk Fahlen. Mit zwei Männern aus dem KK 11 im Schlepptau.

«Er hat Anja», flüsterte Bastian verzweifelt. «Sie ist da drin.»

«Wir ziehen uns zurück», befahl Fahlen barsch. «Durch eine unüberlegte Aktion bringst du sie nur zusätzlich in Gefahr. Wann lernst du es endlich, dich an die beschissenen Regeln zu halten?»

* * *

Yasi sah, dass die Frau verletzt war. Nach der roten Schleifspur auf dem Betonboden zu urteilen, blutete sie heftig, vermutlich eine Stichverletzung im Bauchbereich. Würde der Blutverlust nicht bald gestoppt, führte das unweigerlich zum Tod. Der Glatzenmann hatte die Hände der Frau mit Kabelbindern gefesselt und zog sie am Kragen ihrer Jacke hinter sich her. Dann warf er sie wie einen Müllsack gegen eines der alten Autos, die in der Halle herumstanden. Yasi erkannte die Frau, es war Bastians Kollegin, sie hieß A… Anja, richtig. Die Polizistin musste heftige Schmerzen haben, sie hielt die Augen geschlossen und biss auf die Zähne. Nach ein paar Sekunden schien die Schmerzwelle etwas abzuebben, sie öffnete die Augen. Yasi versuchte, Blickkontakt herzustellen, auf dem Gesicht der Polizistin zeigte sich die Andeutung eines Lächelns.

Yasi wollte ihr helfen. Aber sie wusste, dass sie den Glatzenmann nicht darum bitten konnte. Zumal er extrem gereizt wirkte. Kein Wunder, sein Versteck war aufgeflogen, bald würde es draußen von Polizisten wimmeln. Yasi glaubte zwar nicht, dass ihn das zur Aufgabe bewegen konnte, doch zumindest seine Konzentration und seine Zeitpläne wurden dadurch empfindlich gestört. Ob das für Anja und sie ein Vorteil war oder ob das nur ihr Ende beschleunigte, stand auf einem anderen Blatt.

«Wir müssen die Blutung stoppen», sagte Yasi. «Sonst stirbt sie.»

«Na und? Was kümmert mich das? Ich habe sie nicht eingeladen.»

«Tot nützt sie Ihnen nichts. Schlagen Sie lieber eine Fliege mit zwei Klappen.»

Er grinste herablassend. «Keine schlechte Idee. Zwei Geiseln sind besser als eine. Falls eine von euch draufgeht, bleibt mir noch die andere.»

Yasi ging nicht darauf ein. «Ich bin Ärztin, ich kann das rasch erledigen. Sie haben bestimmt einen Erste-Hilfe-Kasten. Ich brauche Kompressen und Binden.»

Der Glatzenmann schaute von Yasi zu Anja, die regungslos am Auto lehnte. Mit jedem Herzschlag sickerte ein bisschen Blut in die Kleidung, neben dem Oberschenkel hatte sich bereits eine Pfütze gebildet.

«Ich will keinen Ton hören. Wenn ihr miteinander redet, platzt der Deal, verstanden?»

Er ging zu seinem Wohnmobil. Anja bewegte sich. Zuerst glaubte Yasi, die Polizistin würde vor Schwäche umfallen, dann sah sie, dass die junge Frau ihren Oberkörper drehte, damit sie mit den aneinander gefesselten Händen in ihre Hosentasche greifen und ihr Handy herausziehen konnte. Das musste furchtbare Schmerzen verursachen, die Polizistin stöhnte mit zusammengebissenen Zähnen. Hinten im Gebäude schlug der Glatzenmann eine Wagentür zu. Anja schob das Handy schnell unter den Reifen des Oldtimers und richtete sich wieder auf. Auf ihrem kalkweißen Gesicht glänzten Schweißperlen. Lange würde sie nicht mehr durchhalten.

47

Du spürst deinen Magen. Die Ereignisse zwingen dich zu ständigen Improvisationen, und das verursacht Stress. Nicht mal dein liebevoll zubereitetes Menü kannst du genießen, der Rehrücken ist kalt geworden, lustlos schiebst du den Teller zur Seite. Ein paar Stunden mit dem *Pottlecker* – mehr verlangst du doch gar nicht. Hätte dich die Polizei in Ruhe gelassen, wäre alles so einfach gewesen. Du wärst freiwillig zur nächsten Polizeiwache gegangen. *Alles easy, hier bin ich, nehmt mich fest.* Wie Kevin Spacey in *Sieben*. Aber das hat dir der übereifrige Freund des *Pottleckers* vermasselt, zusammen mit seiner Kollegin. Die dafür jetzt bluten muss.

Du schaust auf den Laptop, der mit der Überwachungskamera verbunden ist. Auf der Straße vor der Halle hat sich inzwischen eine ganze Armada von Polizeiwagen versammelt. Dazwischen uniformierte und nicht uniformierte Polizisten, auch die Sturmhaubenträger von der Elitetruppe sind dabei. Klug von dir, dass du auf den Vorschlag des *Pottleckers* eingegangen bist, die Polizistin zu verarzten. Dass du zwei Frauen in deiner Gewalt hast, stärkt deine Position. Sie werden es nicht riskieren, gleich zwei unschuldige Leben aufs Spiel zu setzen, sie müssen verhandeln. Und das ist deine Chance.

Du nimmst einen Schluck Wein und betrachtest den *Pottlecker*, den du wieder an den Stuhl auf der anderen Tischseite gefesselt hast. Ein bisschen härter als beim ersten Mal, die Kabelbinder an den Händen hast du enger zusammengezogen. Es soll weh tun, und es tut weh. Das siehst du auf dem glatten hellbraunen Gesicht.

Du schiebst den Teller ganz hinüber. «Iss das auf und leck den Teller ab!»

Es gehorcht.

48

«**Was** macht der Kerl beruflich?», fragte die Polizistin.

Die Verhandlungsgruppe war eingetroffen. Jedes größere Polizeipräsidium in Nordrhein-Westfalen verfügt über diese Spezialeinheit, die darauf trainiert ist, mit Geiselnehmern und Suizidenten zu verhandeln. Erfahrene Polizeibeamte, die in der Lage sein müssen, emotionale Beziehungen herzustellen, zu potenziellen Selbstmördern, die auf Baukränen herumklettern, ebenso wie zu brutalen Bankräubern. Oder zu einem Psychopathen, der damit droht, zwei Frauen umzubringen. Aktuell bestand die Verhandlungsgruppe aus sechs Leuten, zwei Männer und eine Frau arbeiteten direkt mit der Einsatzleitung zusammen, die anderen drei blieben im Hintergrund, um die Gespräche mit dem Geiselnehmer zu analysieren – wenn es dazu kommen würde.

Die Polizistin von der Verhandlungsgruppe wartete auf die Antwort. Sie hatte die Frage an Kenkmann gestellt, der zusammen mit Susanne, Fahlen, Biesinger und dem Chef der SEK-Einheit in einem zur Einsatzzentrale umfunktionierten Raum des Spielcasinos stand. Durch das Fenster hatte man einen Blick auf Möllenbecks Oldtimer-Halle.

Kenkmann gab die Frage mit einem auffordernden Blick an

Bastian weiter. Dass Bastian überhaupt dabei sein durfte und nicht längst unter Androhung von Disziplinarmaßnahmen nach Hause geschickt worden war, hatte er nur dem Umstand zu verdanken, am meisten über Andreas Meyer und die total missglückte Observation der Halle zu wissen. Eine zweifelhafte Ehre, wie ihn alle Anwesenden permanent spüren ließen.

«Er ist Gastro-Kritiker.»

Die buschigen Augenbrauen des älteren Manns der Verhandlungsgruppe tanzten auf und ab. «Das ist ein Beruf?»

«Gehst du nie richtig schick essen, Gerd?», frotzelte die Frau, die von ihren Kollegen Elke genannt wurde. «Es gibt Leute, die lesen Zeitschriften darüber, wo es die blutigsten Steaks und die krossesten Pommes gibt.»

«Brauch ich nicht», brummte Gerd. «Wir gehen höchstens mal zum Griechen an der Ecke. Und der kocht immer gut.»

Inzwischen hatte Elke, die anscheinend für das Technische zuständig war, ein Foto von Meyer auf den Bildschirm ihres Laptops geholt. Ein freundlicher Dreißigjähriger mit Anzug und Krawatte, der auch in jeder x-beliebigen Sparkassen-Filiale hätte arbeiten können, lächelte brav in die Kamera.

«Schnuckelig», gurrte Elke.

Wenn das so weiterging, würde Bastian noch auf die intensiv gemusterte Auslegware kotzen.

«Hat es schon einen Kontakt gegeben?», fragte Gerd. Mit seiner sonoren Märchenonkelstimme war er vermutlich der Mann am Telefon, bei dem die Gewalttäter ihren Seelenschutz abladen durften.

«Negativ», sagte der SEK-Chef. «Wir versuchen gerade, eine Kamera in der Halle zu positionieren, damit wir uns einen Überblick verschaffen können.»

«Wäre super», meinte Elke. «Haben wir eine Telefonnummer?»

«Nein», sagte Susanne. «Meyers Handy lag im Leichenwagen.»

«Und das der Geisel?»

«Frau Dr. Anas Handy haben wir vor dem Rechtsmedizinischen Institut gefunden.»

«Anja hat ein Handy in der Tasche», meldete sich Bastian.

«Okay.» Elke dehnte das Wort. «Sobald die Kamera Bilder liefert und wir einen Eindruck bekommen, entscheiden wir, was wir damit machen.»

Der SEK-Chef bekam eine Nachricht auf seinen Kopfhörer. «Die Leitung steht.»

Elke schaltete einen zweiten Laptop ein. Zwei Minuten später erblickten sie das Innere der mäßig ausgeleuchteten Halle aus der Froschperspektive. Meyer saß im Kapuzenpullover an einem Tisch. Ihm gegenüber Yasi. Nackte Haut schimmerte durch die in Fetzen herunterhängende Kleidung. Bastian senkte den Blick. Es war ihm peinlich, dass seine Kollegen Yasi in diesem Zustand sahen.

«Frau Dr. Ana», kommentierte Susanne. «Es scheint ihr, den Umständen entsprechend, gutzugehen.»

«Gut?», würgte Bastian. «Was verstehst du unter gut?»

«Wenn du das nicht aushältst, geh bitte raus!», polterte Kenkmann. «Wir haben keine Zeit für Diskussionen.»

«Schon gut, ich sag nichts mehr.»

«Wo ist Anja Strubel?», fragte Biesinger. Dienstrangmäßig war der Kriminalrat die größte Nummer im Raum, allerdings lag die operative Leitung des Einsatzes beim SEK-Mann.

Mit Hilfe von Steuerungstasten bewegte Elke die Kamera. «Da, an dem beigefarbenen Wagen.»

«Sie bewegt sich nicht», stellte Susanne fest.

«Und sie ist nur an den Händen gefesselt», sagte Elke neutral. «Das spricht dafür, dass sie verletzt ist. Vielleicht schon tot.»

Bastian wurde übel.

«Wir haben einen Kontakt», sagte der zweite Mann der Verhandlungsgruppe, der seit seiner Ankunft den polizeiinternen Funkverkehr am Kopfhörer verfolgt hatte.

«Hat er sich telefonisch gemeldet?», fragte Gerd.

«Nein, er möchte eine Videokonferenz.»

«Kein Problem», sagte Elke. «Das kriegen wir hin.»

«Du weißt, dass ich diesen neumodischen Scheiß hasse», knurrte Gerd.

«Ich richte das für dich ein», versprach Elke. «Du musst gar nichts machen. Du quatschst einfach auf ihn, ein wie du das sonst auch tust.»

Sie räumte ihren Platz vor dem Laptop und überließ Gerd das Feld. Ein paar Sekunden später tauchte der Mann im Kapuzenpullover auf dem Monitor auf. Eindeutig Andreas Meyer, obwohl das mit Bartstoppeln übersäte, von tiefen Falten gefurchte Gesicht wenig Ähnlichkeit mit seinem Pressefoto aufwies.

«Hallo, Herr Meyer», sagte Gerd. «Mein Name ist Gerd Osterholz. Ich bin der Verhandlungsführer der Polizei.»

«Ich will Geld», sagte Meyer. «Zwei Millionen in gebrauchten Scheinen. Und ein Fahrzeug. Irgendwas Schnelles. In spätestens zwei Stunden müssen Auto und Geld vor der Tür stehen. Sonst stirbt eine der Frauen.»

«Ich werde sehen, was ich tun kann, Herr Meyer.»

«Sie werden nicht sehen», unterbrach ihn der Glatzenmann. «Sie werden es tun. Darüber verhandele ich nicht.»

«In Ordnung, wir kriegen das hin», beruhigte Gerd. «Aber vorher möchte ich mich davon überzeugen, dass es den beiden Geiseln gutgeht.»

«Den Schlampen geht's prächtig, das können Sie mir glauben.»

«Ich würde gerne persönlich mit ihnen sprechen.»

«Und wenn nicht?»

«Ich will die Sache nicht unnötig komplizieren, Herr Meyer. Allerdings kann ich meine Vorgesetzten nur dann überzeugen, zwei Millionen Euro lockerzumachen, wenn ich ihnen versichere, dass beide Frauen am Leben und gesund sind.»

«Ich dachte, Sie sind der Verhandlungsführer. Warum müssen Sie dann Ihre Vorgesetzten überzeugen?»

«So ist das nun mal bei einer Behörde, Herr Meyer. Es gibt immer jemanden, der noch eine Stufe höher auf der Leiter sitzt und die Sache genehmigen muss.»

Der Glatzenmann drehte den Laptop, Yasi geriet ins Blickfeld der kleinen Kamera, sie saß zusammengesunken auf ihrem Stuhl.

«Können Sie mich hören, Frau Dr. Ana?», fragte Gerd.

Yasi nickte.

«Wie geht es Ihnen? Sind Sie verletzt?»

«Nein.»

«Ich sehe Blut in Ihrem Gesicht und auf Ihrem Körper.»

«Nasenbluten. Nichts Schlimmes.»

«Wir lassen Sie nicht im Stich, Frau Ana», versprach Gerd. «Wir werden alles Erdenkliche tun, um Sie da rauszuholen.»

Yasi nickte erneut.

«Was ist mit der Polizistin? Anja Strubel?»

«Sie hat eine stark blutende Stichverletzung im Bauchbereich.» Yasi sprach jetzt sachlich und schnell. «Wenn sie nicht bald in ein Krankenhaus kommt, wird sie sterben.»

Meyer drehte den Laptop wieder zu sich. «Halb so wild. Nur ein kleiner Pikser mit dem Messer. Die Ärztin hat ihr einen Verband angelegt. Kein Grund zur Sorge.»

«Das glaube ich Ihnen gerne, Herr Meyer», sagte Gerd. «Kann mich Frau Strubel hören?»

«Klar.»

«Kann sie auch etwas sagen?»

«Sag was!», brüllte Meyer.

Keine Reaktion.

«Ich fürchte, so wird das nichts», sagte Gerd freundlich. «Wäre es möglich, dass Sie den Laptop in die Nähe meiner Kollegin bringen?»

Meyer verschob das Gerät erneut, diesmal in einem anderen Winkel. Anja war jetzt auf beiden Monitoren zu sehen, aus unterschiedlichen Perspektiven.

«Heb deine Hände!», befahl Meyer.

Ein Zittern lief durch Anjas Körper, dann bewegten sich ihre Hände ein paar Zentimeter nach oben.

«Sehen Sie, sie lebt», kommentierte Meyer, der die Laptop-Kamera wieder auf seinen Oberkörper gerichtet hatte.

«Ich mache Ihnen einen Vorschlag», sagte Gerd mit seiner gütigsten Stimme. «Überlassen Sie uns die verletzte Geisel, und ich verspreche Ihnen, dass wir Ihnen das Auto und die zwei Millionen so schnell wie möglich besorgen.»

Der Glatzenmann lachte. «Halten Sie mich für einen Volltrottel? Ich gebe doch nicht freiwillig einen Trumpf aus der

Hand. Da müssen Sie sich schon etwas Besseres einfallen lassen.»

Gerd lächelte, als hätte man ihn gerade bei einem ganz miesen Trick erwischt. «In Ordnung. Sie haben recht. Sie haben Anspruch auf einen gleichwertigen Ersatz. Tauschen wir doch die verletzte Geisel gegen eine gesunde aus. Das erspart Ihnen eine Menge Ärger und Probleme. Denken Sie an die Fahrt mit dem Auto. Sie können die Frau unmöglich mitnehmen.»

Meyer kratzte sich am Kopf. «Austausch? Ein verlockender Vorschlag. Wissen Sie was? Ich glaube, ich lasse es so, wie es ist. Wir schaffen das schon. Ich schalte den Laptop jetzt ab. In zwei Stunden melde ich mich wieder. Dann steht der Wagen mit dem Geld vor der Tür.» Der Monitor wurde schwarz.

«Warten Sie!», beschwor Gerd den Geiselnehmer. «Wir können doch ...»

«Zwecklos», sagte Elke. «Er hat die Verbindung gekappt.»

«Scheiße!» Gerd schlug mit der flachen Hand auf den Tisch. «Dieses kranke Arschloch.»

«Meyer lügt.»

Von Bastian und den anderen Anwesenden unbemerkt, hatte Alexander Leipold den Raum betreten.

«Was machen Sie denn hier?», entfuhr es Kenkmann. «Ich dachte, Sie sind schon längst wieder in Düsseldorf.»

«Ich habe mir ein paar Tage freigenommen. Aus Liebe zur alten Heimat.»

«Und wie kommen Sie zu der Annahme, dass Meyer lügt?», beendete Kriminalrat Biesinger das Zwiegespräch.

«Diese Forderungen, die er stellt, Geld und Fluchtfahrzeug, sind nur vorgeschoben. In Wirklichkeit will er Zeit gewinnen.»

«Wozu?»

«Für Dr. Yasi Ana. Er hat sie nicht entführt, um Lösegeld zu erpressen. Er will mit ihr das machen, was er auch mit den anderen Frauen gemacht hat. Und wir haben ihn dabei gestört. Bedenken Sie, dass Meyer intelligent genug ist, um unsere üblichen Verhaltensmuster in seine Überlegungen einzubeziehen. Er glaubt, dass wir uns größere Chancen ausrechnen, ihn zu überwältigen, wenn er die Halle verlässt. Also stellt er Forderungen, mit denen er uns ködert. In Wirklichkeit hat er überhaupt nicht vor, zu fliehen. Ich bin sicher, in exakt zwei Stunden wird er sich freiwillig stellen. Oder sich selbst töten.»

Und Anja und Yasi sind dann auch tot, dachte Bastian.

Dröhnendes Schweigen im Raum, offenbar war Bastian nicht der Einzige, der Leipolds unausgesprochene Schlussfolgerung verstanden hatte. Und da niemand anderer die Frage stellen wollte, sprach er sie selbst aus: «Warum stürmen wir die Halle nicht?»

«Damit würden wir das Leben der Geiseln gefährden», widersprach der SEK-Chef. «Meyer hat die Dienstwaffe Ihrer Kollegin.»

«Drinnen passiert was», sagte Elke.

Die stummen Bilder, die die unter dem Tor durchgeschobene Minikamera lieferte, zeigten Meyer, der inzwischen hinter Yasi stand und seine Hände auf ihre Schultern gelegt hatte, während er mit ihr redete.

«Wir könnten das Handy von Anja Strubel einschalten», schlug Elke vor. «Falls es offen herumliegt, liefert es vielleicht einen brauchbaren Ton.»

«Tun Sie das!», sagte der SEK-Chef.

Susanne kam zu Bastian und zog ihn ein Stück zur Seite.

«Du musst dir das nicht antun. Geh solange raus. Ich halte dich auf dem Laufenden.»

Bastian schüttelte genervt ihre Hand ab. «Ich gehe hier ganz bestimmt nicht weg.»

«Wir machen uns doch alle großen Sorgen, Bastian. Aber ich bin davon überzeugt, wir bringen das zu einem positiven Ende. Und Yasi Ana hält sich hervorragend. Sie wird es überstehen.»

«Ja, natürlich, alles wird gut», höhnte Bastian. «Er bringt sie beide um, kapierst du das nicht?» Sofort tat es ihm leid, sie so angefahren zu haben. «Susanne, ich weiß, du meinst es gut. Aber lass mich bitte in Ruhe, okay?»

49

Sie würde sterben. Yasi machte sich keine Illusionen. Der Glatzenmann wollte nicht fliehen. Er musste es nicht sagen, der lüsterne Blick, mit dem er sie nach der Verhandlung mit dem Polizisten angesehen hatte, sprach für sich. Und das, was er danach getan hatte.

Yasi lag jetzt mit gespreizten Beinen auf einer Art Zahnarztstuhl, Rücken- und Fußteil ließen sich unabhängig voneinander verstellen. Ihr Peiniger hatte die Möglichkeit, sie in jede erdenkliche Position zu bringen, sie konnte sich nicht dagegen wehren, da sie mit Kabelbindern fest an das Gestänge gezurrt war. Lediglich ihren Kopf vermochte sie ein paar Zentimeter zu bewegen, mehr Spielraum ließ das Plastikband, das um ihren Hals hing, nicht zu. Sie mit der Schlinge zu töten wäre ein Kinderspiel. Ein kräftiger Ruck, und sie würde nach kurzer Zeit das Bewusstsein verlieren.

Doch so einen einfachen Tod würde ihr der Glatzenmann sicher nicht gönnen. Dazu musste er sie nicht wie eine Forschungsratte am Stuhl fixieren. Oder seine auf Hochglanz geschliffenen Messer in ihrem Blickfeld platzieren. Er wusste, dass sie wusste, was er mit ihr tun würde. Sein Gesicht hatte vor ekelhafter Vorfreude gestrahlt, als er ihr mit dem Messer die restlichen Kleider vom Leib geschnitten hatte. Ohne ihr die kleinste Verletzung zuzufügen, das behielt er sich für später vor.

Seit einigen Minuten war er verschwunden. In den Bereich des Gebäudes, den Yasi nicht einsehen konnte. Von dort hatte er auch sein Essen geholt. Diese kunstvoll dekorierten Gerichte, die aussahen, als stammten sie aus einem teuren Restaurant. Ein Psychopath mit Geschmack und Liebe zum Detail. Alexander Leipold würde seine Freude an dem Glatzenmann haben, bestimmt lieferte ihm die Geschichte Stoff für viele Vorträge. Und in ein paar Jahren gäbe es dann eine Kinoverfilmung: *Nach einer wahren Begebenheit* ... Schade, dass sie nicht zur Premierenfeier würde gehen können.

Yasi drehte den Kopf. Anja atmete schwer. Wenigstens war sie noch bei Bewusstsein. Als hätte die Polizistin den Blick gespürt, öffnete sie ihre Augen. Einen Moment lang rührte sich in Yasi so etwas wie Hoffnung. Bastian und seine Kollegen würden eingreifen. Sie mussten doch wissen, wie schlecht es um Anja stand. Und dass der Glatzenmann seine Geiseln niemals freilassen würde.

Anjas Kopf sackte auf ihre Brust, die Hoffnung schwand.

«Hast du mich vermisst?»

Er war vollkommen nackt, mit rasiertem Oberkörper wie ein männliches Model. Nur in hässlich.

«Es wird Zeit, dass wir anfangen, findest du nicht?»

Er nahm eines der Messer in die Hand und prüfte mit dem Zeigefinger die Spitze. Der Test schien zu seiner Zufriedenheit auszufallen, lächelnd beugte er sich über Yasi.

«Küss mich!»

Er stutzte. «Was hast du gesagt?»

«Du sollst mich küssen», wiederholte Yasi.

Ihre Bestimmtheit verunsicherte ihn. «Wieso? Hast du dich in mich verliebt?»

«Ich bewundere dich. Du bist so stark. Und ich möchte noch einmal geküsst werden, bevor ich sterbe.»

Sein Mund kam näher. «Du machst dich über mich lustig? Denkst du, du kannst mich damit beeindrucken?» Sein Lachen verteilte Speicheltröpfchen auf Yasis Gesicht.

Das war der Moment, auf den sie gewartet hatte. Sie schnappte hoch, vergrub ihre Zähne in seiner Unterlippe, biss so fest zu, wie es ihr möglich war.

Reflexhaft riss er sich los. Yasi schmeckte Blut, in ihrem Mund steckte ein Klumpen Fleisch, sie spuckte ihn aus.

Er taumelte zurück, vor Wut und Schmerz aufheulend. Das Messer schepperte auf den kahlen Betonboden. Yasi sah, wie das Blut zwischen den Fingern, die er sich vor den Mund gepresst hatte, hindurchquoll. Die Verletzung tat weh, sehr weh. Aber nicht weh genug, um ihn außer Gefecht zu setzen.

Er glotzte sie an. Zuerst verwundert, dann entschlossen.

«Hilfe!», schrie Yasi. «Hilfe!»

Mit einer geschmeidigen Bewegung hob er das Messer vom Boden auf.

«Hilfe!»

Langsam kam er auf sie zu, das blutverschmierte Gesicht zu einer Grimasse verzerrt. Yasi verstand nicht das Gebrabbel, das er ausstieß, aber die Bedeutung war klar: Er würde sie jetzt töten.

Ein ohrenbetäubender Knall erfüllte die Halle, Sonnenlicht flutete herein. Yasi kniff die Augen zusammen, das Tor zur Straße war nur noch in Rudimenten vorhanden. Die Polizisten hatten es weggesprengt, gerade noch rechtzeitig, in wenigen Sekunden würden sie bei ihr sein. Yasi schaute zum Glatzenmann. Der im selben Moment seine Erstarrung abschüttelte und wieder alle Aufmerksamkeit auf sie richtete. *Du bist nicht gerettet*, sagten seine Augen.

Er hob den Arm mit dem Messer. Dann platzte sein Oberkörper auf, an drei, vier Stellen gleichzeitig. Erst danach erahnte Yasi die Schüsse, die sich unter den Nachhall der Explosion mischten. Der Glatzenmann guckte sie verwundert an – und kippte um.

Yasi lehnte den Kopf zurück. Es war vorbei. Sie wartete auf das Gefühl der Erleichterung, das sich nicht einstellen wollte. Sie empfand gar nichts, nur einen gewissen Ärger über das Dröhnen und Pfeifen in ihren Ohren.

«Yasi!»

Bastian stand neben ihr, vor Freude und Verlegenheit zitternd. «Ich bin so froh …» Er zog seine Jacke aus und legte sie über ihren Körper.

«Schneid mir lieber die blöden Fesseln ab!», sagte Yasi.

50

Du hast verloren. Du wirst sterben. Ich sterbe.
Juchheißa-vivat Kärmis-Tod, juchheißa-vivat Kärmis-Tod …
Ich …
Juchheißa …

51

Die Strecke war viel zu kurz. Nur zwanzig Minuten Autobahn, dann würden sie hinter der Abfahrt schon den Terminal sehen. Bastian wäre lieber nach Frankfurt, Düsseldorf oder Amsterdam gefahren. Den Abschied noch ein bisschen herauszögern. Aber Yasi hatte ab Münster-Osnabrück gebucht, sie müsse sowieso etliche Male umsteigen, hatte sie erklärt, da komme es auf einmal mehr nicht an.

Bastian spürte eine Hand auf seinem Oberschenkel. Yasi lächelte ihn an. «Sei nicht traurig!»

«Das lässt sich nun mal nicht ändern. Ich vermisse dich jetzt schon.»

«Ich werde dich auch vermissen.»

«Dann sag, dass du zurückkommst!»

«Das kann ich nicht.» Yasis Hand glitt über seinen Oberschenkel, ihm wurde warm. «Ich denke darüber nach. Aber ich kann dir nichts versprechen. Erst muss Zeit vergehen, einige Wochen, vielleicht Monate. Ich möchte herausfinden, wer ich bin und wo ich leben will. Wer weiß, vielleicht liegt meine Bestimmung darin, als Bäuerin in meinem Dorf zu arbeiten. Oder ich merke, dass die Arbeit auf den Feldern viel zu anstrengend ist. Oder dass mich meine Mutter und meine Geschwister nerven – mit ihren Geschichten über die seltsamen Gewohnheiten der Yi, ihrem Gejammer über das Wetter und ihren endlosen Vorbereitungen für das nächste Familienfest.» Yasi lachte. «Sagt ihr nicht: *Mach dir heute keine Sorgen, verschieb das lieber auf morgen!*»

«Nein, das sagen wir nicht.» Bastian setzte den Blinker, sie hatten die Flughafenausfahrt erreicht. «Ich finde es nicht richtig, dass du dich weigerst, dich psychologisch betreuen zu lassen.»

«Mir geht es gut. Menschen sind unterschiedlich», sagte Yasi. «Manche leiden ihr ganzes Leben unter einem schrecklichen Erlebnis, andere nicht. Für die einen ist es am besten, ihre Erfahrungen mit professioneller Hilfe zu verarbeiten, andere verschließen ihre Erinnerungen lieber in einem entfernten Winkel ihres Gehirns. Deshalb gibt es nicht die eine gültige Methode, damit umzugehen.»

Bastian fuhr auf das Flughafengebäude zu, das aussah, als wäre es versehentlich mitten in die grüne Landschaft gesetzt worden. «Und du gehörst zu denen, die lieber verdrängen?»

«Wie soll ich das beantworten?» Yasi seufzte. «In ein paar Monaten bin ich klüger.»

Bastian stellte den Wagen im Kurzparkerbereich ab. «Du bist unvernünftig. Aber da erzähle ich dir ja nichts Neues.»

«Ich bin alles in allem glimpflich davongekommen. Anja hat es schlimmer erwischt.»

Anja hatte überlebt. Gerade so eben, wie die Ärzte später sagten. Wäre sie noch eine halbe Stunde länger in der Gewalt des Glatzenmanns geblieben, hätte sie nicht mehr gerettet werden können. Inzwischen war Anja aus dem Krankenhaus entlassen worden. Bastian hatte sie fast täglich besucht, in der Klinik und in ihrer Wohnung. Er empfand seiner Kollegin gegenüber ein diffuses Schuldgefühl, obwohl Anja ihm mehrmals versichert hatte, dass er keinerlei Verantwortung trüge, es sei allein ihre Entscheidung gewesen, Meyers Versteck zu erkunden. Dass sie damit den Täter zu der Geiselnahme provoziert hätte, sei einfach Pech gewesen. Doch Bastian wusste es im Grunde besser. Als älterer und erfahrenerer Polizist hätte er Anjas Alleingang verhindern müssen. Die Hoffnung, Yasi retten zu können, hatte ihn sämtliche Alarmsignale überhören lassen. Mit dem Ergebnis, dass er, wie es seine Vorgesetzten zwei Tage später in großer Runde formulierten, «Anjas Gefährdung billigend in Kauf genommen habe». Einzig dem positiven Ausgang des Geschehens und seinem Beitrag zur Identifizierung des Täters verdankte Bastian, dass das Gesamturteil der Chefs relativ milde ausfiel. So kam er ohne Eintrag in die Personalakte davon und durfte weiter Dienst in der K-Wache machen. Die angestrebte Versetzung ins KK 11 jedoch war in noch weitere Ferne gerückt, wie ihm Kriminalrat Biesinger anschließend unter vier Augen mitteilte: «Sie hinterlassen zu viel böses Blut, Matt. Wenn Sie sich nicht besser in die Hierarchien einfügen, werden Sie bei uns keine Karriere machen.»

«Arschlecken», war Udos Kommentar gewesen, als Bastian ihm bei der ersten gemeinsamen Schicht in der K-Wache davon erzählte. «Biesinger ist ein Bürokrat. Dem ist das Funktionieren des Apparats wichtiger als der Erfolg. Wer hat die verdammte Kacke aufgeklärt? Du doch wohl. Hättest du nicht auf die Hierarchien gepfiffen, wäre der Glatzenmann immer noch unterwegs. Aber weißt du was?» Auf Udos Gesicht breitete sich ein Grinsen aus. «So bleibst du mir wenigstens noch ein Weilchen in der K-Wache erhalten. Ist doch auch nett.»

Tatsächlich hatte sich Bastian überraschend schnell wieder eingelebt. Vorkommnisse zu bearbeiten, die einen nur ein paar Stunden oder längstens bis zum nächsten Morgen beanspruchten, war auch eine Entlastung für die Psyche, man schleppte keine Fälle mit nach Hause. Und die Arbeit lenkte ihn ab. Meistens jedenfalls. Anja, das merkte er bei seinen Besuchen, hatte mehr als nur eine physische Verletzung erlitten, sie war ins Grübeln geraten und zweifelte an sich und ihrer beruflichen Belastbarkeit. Ob sie jemals wieder ins Präsidium zurückkommen würde, stand in den Sternen. Und Yasi flog auf unbestimmte Zeit nach China, um bei ihrer Familie am Lugu-See zu leben. Bastian blieb allein zurück.

Er zog Yasis Rollkoffer in das fast leere und viel zu große Terminal-Gebäude.

«Bleib stehen!», sagte Yasi. «Wir verabschieden uns hier.»

«Wieso? Ich kann doch ...»

«Nein.» Sie stellte sich auf die Zehenspitzen und küsste ihn auf den Mund. «Ich mag keine rührenden Abschiedsszenen. Und ich möchte nicht, dass du hier wartest und mir mit traurigen Augen hinterherschaust. Also fährst du jetzt sofort wieder zurück nach Münster!»

Bastian beobachtete den Himmel, bis das Flugzeug am Horizont verschwunden war.

Danksagung

Dieser Roman ist reine Fiktion, das gilt für die Geschichte ebenso wie für die handelnden Personen. Trotzdem gibt es hier und da Berührungspunkte mit der Realität, so habe ich mich bemüht, die Arbeit der Kriminalpolizei und der Rechtsmedizin einigermaßen wirklichkeitsnah darzustellen. Für Informationen über Organisation und Arbeit einer Mordkommission danke ich KHK Ulrich Bux, bei Fragen zur Verkehrspolizei und zur Zusammenarbeit der deutschen und der niederländischen Polizei hat mir PHK Klaus Laackman geholfen. Möglich wurden diese Gespräche durch die großzügige Unterstützung des münsterschen Polizeipräsidenten Hubert Wimber.

Ein besonderer Dank gilt Prof. Dr. Heidi Pfeiffer, der Direktorin des Rechtsmedizinischen Instituts der Westfälischen Wilhelms-Universität in Münster, die mir nicht nur ihr Expertenwissen zur Verfügung gestellt, sondern auch das Manuskript gelesen und sachliche Fehler korrigiert hat.

Erhellendes zur Arbeit von Fallanalytikern und der Theorie der antisozialen Persönlichkeitsstörung habe ich in dem Buch von Sandra Lüpkes und Monika Wittblum, «Woran erkennt man ein Arschloch?» (München, 2013), gefunden.

Eine umfassende Darstellung der bekanntesten psychopathischen Gewalttäter vor dem Hintergrund moderner psychologischer Forschung gibt Prof. Dr. Borwin Bandelow in seinem Buch «Wer hat Angst vorm bösen Mann?» (Reinbek bei Hamburg, 2013).

Einblicke in das Verhältnis von Gastronomen und Gastro-Kritikern haben mir Bernd Ahlert, Chef des Restaurants «Brust oder Keule» im münsterschen Kreuzviertel, und der Restaurant-Kritiker (und liebe Krimi-Kollege) Carsten Sebastian Henn gegeben.

Den Text von allem Überflüssigen befreit und den Rest sprachlich aufpoliert hat meine Lektorin Nina Grabe.

Ohne ihre Ideen, unsere (fast) täglichen Diskussionen am Küchentisch, ihre kritischen Anmerkungen bis hin zur finalen Korrektur des Manuskripts gäbe es das Buch gar nicht (oder nur viel schlechter): Danke, Sandra!

Für alle noch verbliebenen Unzulänglichkeiten bin allein ich verantwortlich.

Münster, Juli 2014
Jürgen Kehrer

Jürgen Kehrer, 2014